Mi color favorito es verte

Pilar Eyre
Mi color favorito es verte

Finalista Premio Planeta 2014

Planeta

El papel utilizado para la impresión de este libro es cien por cien libre de cloro y está calificado como **papel ecológico**.

Avinguda Diagonal, 662, 6.ª planta. 08034 Barcelona (España)
www.planetadelibros.com

En esta novela se citan las siguientes canciones:

Postal de La Habana, © Juan Carlos Senante / Francisco José López Varona / Joaquín Ramón Martínez Sabina
Quelqu'un m'a dit, © Carax Leos
Formidable, © Stromae
La vie en rose, © Louis Guillaume Guglielmi / Edith Giovanna Gassion
Soñar contigo, © Javier Laguna / Toni Zenet / Pájaro Suárez / Javier Viana
La cucaracha, © Aurelio Varela Díaz / Manuel Martínez Faixa / Eulogio Llaneza
Pregúntale a las estrellas, © Habanera popular anónima
Mi casita de papel, © Francisco Codoñer Pascual / Mercedes Belenguer Machancoses
Pedro Navaja, © Rubén Blades
Clavelitos, © Genaro Monreal Lacosta / Federico Galindo Llado
Si je chante, © Bill Anderson / Jerry Crutchfield
El manisero, © Moisés Simons
Aquí me tienes, © Javier Labandón Pérez
El último adiós, © Fabio Alonso Salgado
Bambolero, © Tonino Antoine Baliardo / Jahloul Bouchikhi / Simon Diaz / Nicolás Reyes
Adaptación de la cubierta: Booket / Área Editorial Grupo Planeta
Fotografía de la cubierta: *On The Beach*, © Peter Seminck
Fotografía de la autora: © Emilio Naranjo / EFE
Primera edición en Colección Booket: junio de 2015

Depósito legal: B. 10.851-2015
ISBN: 978-84-08-14271-3
Impresión y encuadernación: Rodesa, S. L.
Printed in Spain - Impreso en España

Biografía

Pilar Eyre (Barcelona, 1951) estudió Filosofía y Letras y Ciencias de la Información. Ha ejercido el periodismo como columnista, entrevistadora y reportera en diversos periódicos y revistas (*Hoja del Lunes*, *Mundo Diario*, *La Vanguardia*, *Interviú*, *El Periódico de Catalunya* y *El Mundo*), y ha colaborado también en varias emisoras de radio y televisión. Es autora de numerosos libros, entre ellos *Dos Borbones en la corte de Franco*; *Secretos y mentiras de la Familia Real*; *Ricas, famosas y abandonadas*; *Vips: Todos los secretos de los famosos*; *Mujeres, veinte años después*; *Cibersexo*; *La reina de la casa* y *Franco confidencial*. También es autora de las novelas *Todo empezó en el Marbella Club* y *Callejón del olvido*, y de la biografía *Quico Sabaté, el último guerrillero*. Sus relatos históricos *Ena*, *Pasión imperial*, *María la Brava* y, sobre todo, *La soledad de la reina* la han convertido en todo un fenómeno editorial.

Para Ferran Llisterri Eyre, luz de mi vida

1

Todo lo que voy a contar empezó el último agosto. Era noche cerrada, el mar besaba con lengua suave la orilla de la playa y, aunque hacía calor, los hombres llevaban ya los jerséis a la espalda con las mangas anudadas alrededor del cuello como en una postal descolorida de la Costa Brava de los años cincuenta. Santi me alargó una de las mangas vacías, aflautó la voz y me dijo

—Encantado, encantado.

Y así, mientras estrechaba un trozo de tela, riendo como una imbécil, vi por primera vez a Sébastien.

El camarero acompañaba a un hombre muy alto y a una niña casi adolescente, sorteando las mesas desocupadas del restaurante Gitano, hasta colocarlos finalmente a nuestro lado, con un incesante parloteo que no recibía ninguna respuesta:

—Ah, ¿prefieren aquí? Quizás les entre un poco de aire, hoy sopla levante, les voy a cerrar la ventana... ¿Su hija tomará un aperitivo?

El hombre alto me llamó la atención por dos cosas. Miento, por tres. Era muy guapo. Se parecía increíblemente a mi marido, muerto hacía siete años. Y me miraba fijamente, profundamente, caminaba y me miraba, apartaba la silla y me miraba, se sentaba y me miraba, cogía la enorme carta con sus enormes manos y me miraba.

Mi amiga Camila, a mi lado, me susurró:

—Es un fan.

Lo dijo despectivamente. Camila es hermosa a la manera de las divas de cine negro, pero sobre todo es una autora de culto. Está propuesta para el Nobel, los otros escritores siempre la citan como uno de sus referentes, da conferencias en Estocolmo, la invitan a congresos latinoamericanos, es íntima amiga de Vargas Llosa y de Juan Goytisolo, que le escriben los prólogos de sus libros..., pero no vende mucho. Yo soy una escritora de segundo orden porque el periodismo ha consumido los mejores años de mi vida y me ha chupado mi energía y mi creatividad, escribo libros sobre reyes y reinas antiguos, novelas históricas en las que los protagonistas tienen vida sexual y las mujeres siempre sufren mucho por culpa de sus maridos, tengo en uno de los periódicos de mayor tirada una columna muy popular y salgo en televisión. Como considero que los libros son productos que se deben promocionar como si fueran lavadoras, bailo si es necesario abrazada al presentador que me entrevista, comparto plató con una aventurera que antes de irse me concede la gracia de decir «le he regalado tu libro a mi abuela y le ha gustado mucho», doy conferencias sobre mis novelas por pueblos y ciudades en las que imito voces y me visto como para una función de gala en la ópera, monto polémicas en programas de debate en las que llamo machista a mi oponente, y en consecuencia, vendo.

Bueno, vendía, para ser sinceros.

Vendía mucho, muchísimo. Tanto que con los royalties de mi antepenúltimo libro me he comprado una casa en Llafranc con un inmenso jardín con pinos, rosales y hasta pérgola, a la que he llamado, cómo no, La Reina Virgen.

En consecuencia, también soy famosa, me piden autógrafos por la calle, no suelo ir a lugares públicos multitudinarios para que no me fotografíen con los móviles y por eso el hombre alto me miraba. Casi podía predecir su siguiente movimiento:

—Mi hija, ¿se puede hacer una foto contigo? Es para mi joven y bellísima esposa, que no ha podido venir porque se ha quedado en casa cuidando de nuestros trillizos, producto de nuestra inagotable actividad conyugal, ¡es una admiradora tuya! Yo no veo la televisión ni puedo leer tus libros porque estoy demasiado ocupado construyendo caminos, canales y puentes y porque además no soy marica.

El hombre alto comía, pero ni aun así apartaba sus ojos llameantes de mí. Se llevaba el tenedor a la boca mirándome, dejaba la servilleta a un lado mirándome. Tenía anudado al cuello una especie de pañuelo palestino, que se quitó con un gesto desdeñoso, y me miraba como si fuera el primer movimiento hasta quedarse desnudo. La niña, al fin, se giró para observarme también con curiosidad, sin entender el porqué de esa atención. Frunció el ceño con extrañeza. Después apartó los ojos de mí y los dirigió sobre su padre con aire admonitorio.

A ver, entendámonos. No soy ningún monstruo. Soy alta, delgada, ciertas especialidades médicas han conseguido que no tenga arrugas, hago gimnasia y me gasto mucho dinero en ropa. Pero sé que no soy Scarlett Johansson (antes decía Michelle Pfeiffer, pero he tenido que actualizar la comparativa porque nadie la recuerda ya). Y además tengo cincuenta y siete años. Ligo, ¡demonios si ligo! Desde que murió mi marido he aprendido posturas acrobáticas que ni siquiera sabía que existían y he conocido a todo tipo de hombres, algún empresario de paso por

Barcelona, compañeros casados con demasiado alcohol en las venas, un médico bastante conocido y guapo pero impotente, y alguno que ni siquiera recuerdo, consecuencia de una noche loca. ¡Ese era el material con el que solía alternar! Pero una pieza como ese hombre alto nunca había caído en mis redes, ay ese hombre alto:

—Pilar, Pilar, ¿estás distraída?

Santi chasqueaba los dedos delante de mis ojos. Fue ministro con Felipe González hasta que una angina de pecho lo retiró de la política, y ahora lleva marcapasos y le disgusta que sus amigos olviden que ha sido una de las personas que más han mandado en España. Se estaba enfadando.

Me sacudí como si saliera de un sueño:

—No, por qué... —Tendí mi vaso al camarero—. Un poco más de vino.

Con ademán expresivo, el hombre le dio la vuelta a la botella, de la que no salió ni una gota, y entonces pedí:

—Traiga otra, por favor, sí, la misma...

Mis compañeros de mesa me miraron con inquietud. Todos eran ricos, más que yo, sobre todo Camila, pero a todos los atenazaba el miedo a tener que pagar una segunda botella que casi con seguridad me iba a beber yo entera. Y entonces dije:

—No, mejor tráigame un vodka-tonic.

El camarero me lanzó su inevitable retahíla de nombres:

—Absolut, Smirnoff, Grey Goose, Citadelle, Belenkaya...

No quise demostrar que tenía una marca preferida para no quedar como una borracha e hice un gesto con la mano:

—No sé, cualquiera —fingí dudar—. ¿Grey Goose?

Camila lanzó una risotada, y el segundo hombre que nos acompañaba, un «textilero» de Sabadell llamado Martín, viudo también, me dijo:

—¿Vodka-tonic con calamares, Pilar? Oh, esta gente de la tele, qué extravagante...

Porque para ellos yo no soy escritora, sino «famosa de la tele». Se han comprado todos mis libros para que se los dedique, pero no creo que hayan leído ninguno, al menos jamás me han comentado nada aparte del consabido «¡Qué gordo es!».

Hacía dos minutos que no miraba al hombre alto. Cuando me trajeron la bebida, levanté la copa, le eché un vistazo y seguí viendo sus ojos ardientes, sensuales, clavados en mí.

Me estremecí y sentí esa familiar bola de mercurio en el pecho que baja hasta el vientre y más abajo dejando un rastro de carbones encendidos, lo que sirve para demostrarme a mí misma que sigo viva. E hice lo que más odio del mundo. Brindar en su dirección, como si estuviera viviendo en una comedia de Arturo Fernández. Sin sonreír, el hombre alto levantó su copa y brindó conmigo. Bebimos al unísono; mis tres compañeros de mesa fingían hablar entre ellos del conflicto de Siria, pero no dejaban de prestarme atención. Se oía el ruido de cubiertos caros, tintineo de copas, el viento arreció y golpeó una puerta, pero el hombre alto y yo estábamos solos. Se arrastraban los minutos en la noche húmeda y pegajosa... Al final, me decidí. Me levanté trastabillando un poco camino del lavabo, me acerqué a su mesa y dije:

—Hola, buenas noches.

Me dirigí a la niña, que, al ser mujer, pequeña porción de mujer pero mujer al fin, merecía la cortesía de ser mi interlocutora. Ella me miró sin contestarme y por un absurdo momento pensé que nos separaban unos cristales dobles que impedían la comunicación. Después se giró de forma interrogativa hacia su padre, que hizo un amago de levantarse, pero también permaneció en silencio. Carraspeé desconcertada; quizás el hombre se había quedado tan apabullado por mi presencia que no podía articular palabra, ¡tal vez padre e hija eran sordomudos! Pero, ya puestos, tuve que seguir despeñándome cuesta abajo con los ojos de mis amigos en la nuca como si fueran disparos:

—¿Es la primera vez que venís aquí?

Vale, reconozco que no es una frase original, ni siquiera ingeniosa, pero tal como estaba, semiagachada, sosteniendo el bolso en la axila, con una fila de camareros ociosos apoyados en la barra observándome, con José María, el dueño del local, detenido en el momento en que cobraba una factura, fue lo único que se me ocurrió. Ahora sí que los ojos del hombre parpadearon levemente, y se despegaron al fin de mí para mirar alrededor, pero después volvieron a mirarme con fijeza hipnótica, cayeron los párpados con pesadez y después se abrieron, verde deslumbrante en el que querría hundirme, y oí su voz por primera vez, esa voz:

—*Désolé... Je ne parle pas l'espagnol...*

Me di tal susto que me incorporé de golpe. ¡El hombre alto era francés! ¡No me conocía! ¡Me miraba porque le gustaba! El aire se llenó de música de violines, las gaviotas cantaron un aria, en mi pecho se desató una llamarada avasalladora y tuve ganas de girarme hacia mi amiga Camila y hacerle lo que en el resto de España se llama un corte de mangas y por estos pagos «una butifarra». Pero conseguí contenerme, me acordé a tiempo que reír no nos favorece a las mujeres mayores, y me lancé a una retahíla de frases inconexas en la lengua de Molière, como si me hubieran metido una moneda por una ranura y fuera una vieja *jukebox* largando disco tras disco:

—Ah, claro, franceses; hay muchos por aquí, sobre todo en este tiempo. ¿De dónde sois? ¿Cómo os llamáis? ¿Estáis alojados aquí en el hotel Llafranc? ¿Cuándo habéis llegado? ¡Qué buen tiempo tenemos! —Y otra vez—: ¿Cómo os llamáis?

Sonrieron ambos ante mi vehemencia, fueron a hablar a la vez, y al fin el hombre impuso su autoridad solo con una mirada a su hija, que bajó sus ojos de adulta hasta el plato, y me informó:

—Ella es Amandine... y mi nombre es Sébastien.

¡Sébastien!

Dijo Sébastien, y el mundo no se conmovió y siguió su marcha dando vueltas y vueltas alrededor del sol, como si nada hubiera ocurrido, pero una onda de fuego me recorrió de arriba abajo. Desde ese momento llevo este nombre cincelado en el cerebro. Cuando pienso en las cadencias de cada sílaba, y ese «tien» final, que podría ser «tian» pero no llega a serlo, esa ene larga, prolongada hasta el infinito, tan fuerte como un puñetazo en el estómago, tan suave como la pisada de un niño, tengo que parar de escribir, los dedos se quedan en alto, respiro hondo como si fuera a perder el sentido y hundo la cabeza en las manos preguntándome por qué.

¿Por qué tuvo que pasar todo? ¿Por qué?

Las pequeñas piedras que recojo en la playa y que en invierno pongo como amuletos al lado de mi ordenador parece que se ríen de mí. ¡Todo fue tan brutal y jodido! Cojo una y le paso la lengua, está salada, tersa y fría como el hombro de Sébastien.

Pero aquel día tan solo esbocé una pequeña reverencia, como si estuviera en uno de esos bailes de la corte que salen incesantemente en mis libros, y me presenté:

—Yo me llamo Pilar. —Y proseguí a tontas y a locas—. Pilar, ya sabéis, un *pilier*, un pilar... En Francia no existe el nombre..., *une colonne*, una columna...

Hice un gesto enfrentando las palmas de las manos en paralelo arriba y abajo varias veces, y cómo nuestra relación pudo superar esta hemorragia de majaderías, esta eyaculación de palabras estúpidas e ir más allá, todavía ahora, y mira que le he dado vueltas, no puedo explicármelo. Amandine me miraba con sorna y parecía veinte años mayor que yo, en sentido metafórico, claro está, porque yo en esos momentos me veía a mí misma como una vieja excéntrica haciendo el idiota y molestando al personal. ¡Quizás acabarían por echarme! Ya veía los titulares: «Famosa escritora de segundo orden obligada a marcharse de un restaurante por incomodar a los clientes». Aunque resultaría más llamativo (no olvidemos que soy periodista) presentar los hechos de esta manera: «Nuevo varapalo para la casa real. ¡La bisnieta de un grande de España en la calle!». No hace falta detallar que mi pobre bisabuelo, que lleva casi un siglo bajo tierra, ostentó fugazmente un marquesado adquirido en algún cambalache no muy honorable que no conllevaba grandeza de España, ¡pero para qué arruinar un buen titular con algo tan sin importancia como la verdad!

Sébastien cabeceó con una sonrisa contenida y repitió como si lo paladease:

—Pilar, interesante...

Se instaló entre nosotros un largo silencio, solo interrumpido por el rumor de las olas, y me dije o ahora o nunca. Proseguí haciendo un leve gesto a mi espalda señalando a mis amigos, a los que adivinaba pendientes de la conversación:

—Cuando terminéis de cenar, ¿queréis tomar una copa con nosotros?

Amandine fue a decir algo, pero el padre le apuntó con el índice haciéndola callar y me explicó:

—Muy bien..., la dejo en el hotel, aquí al lado, y regreso.

Me hubiera puesto a bailar una sardana, y una muñeira también haciendo honor a mi sangre gallega en un cincuenta por ciento, pero en lugar de eso pregunté comedidamente señalando el hotel vecino, famoso porque en él se había alojado el humorista británico Tom Sharpe:

—¡O sea que estáis en el hotel Llevant!

Un inciso. Espero que en el futuro el Gitano, que es el restaurante donde ocurrían estos hechos que estoy narrando, también resulte mundialmente conocido por ser el lugar donde voy a cenar casi todas las noches, sirva esto como advertencia a José María, cierro paréntesis.

El hombre francés asintió y me miró expectante; la hija, algo enfurruñada, hizo ruido con el plato para demostrarme que la conversación se había terminado, pero, como los malos actores que se resisten a abandonar el escenario, aún metí una frase de diálogo totalmente innecesaria:

—¿De dónde sois?

Y el hombre, después de una vacilación imperceptible, me dijo:

—De Montpellier.

Me fui al lavabo volando a medio metro del suelo.

Si anoto esta conversación con tanto detalle fue porque más tarde cobró su importancia. Al estar la hija delante, deduje cuando llegó el momento de hacerlo que todo lo que se me dijo era verdad. Estas sencillas frases fueron las únicas certezas en las que me basé para tratar de desenmarañar el gran misterio que iba a cambiarme la vida. Pero no adelantemos acontecimientos.

En el cuarto de baño contemplé mi rostro de cincuenta y ocho años. Antes ya he dicho que tengo cincuenta y siete. Bueno, vale, son cincuenta y nueve, pero a quién le importa. Acerqué mi cara al espejo. Coloqué las manos a ambos lados de la mandíbula y estiré, después me chupé las mejillas y puse morritos que abrí y cerré como un pez o un pollito:

—Piu, piu.

Sonreí para que me desaparecieran las arrugas del contorno de la boca:

—¡Gioconda!

Me tapé un ojo con el pelo:

—¡Veronica Lake!

Cerré los ojos y tanteé el mármol como si tocara el piano:

—¡Ray Charles!

Bailo al ritmo del *What'd I say, totororo totororoó...* Saco mis pinturas de guerra del bolso: repaso de la raya del ojo, un poco de colorete y brillo en los labios. Más colorete. Más brillo, más raya en el ojo. Quito colorete. Me ahueco la melena, *tell your mama, tell your pa...*, me recoloco el sostén, meto barriga, me levanto el pantalón por detrás para que se me vea el culo respingón, salgo después de una última ojeada de perfil, ah, no, me he olvidado de hacer pipí, entro, salgo, pongo colorete, *tell me what'd I say, yeah...*, subo las escaleras y paso por delante de padre e hija, que hablan en un educado murmullo muy distinto del griterío que impera en mi mesa porque mis amigos se dedican ya a las bebidas fuertes. Me siento y le digo a Camila por un lado de la boca sin mirarla:

—Se llama Sébastien y es francés, de Montpellier. ¡No tiene idea de quién soy!

Ya no miro si mira y el corazón me va a cien por hora, desbocado como un tren de mercancías sin control. ¡Cómo está tardando esa maldita niña en terminar su cena, Dios! Pero pronto me arrepiento de este exabrupto, esa maldita niña quizás algún día será mi hijastra... Porque yo tengo secretos inconfesables: además de ciertas visitas de las que hablaré luego, ¡soy adivina autodidacta! ¡Tengo pensamientos premonitorios! ¡Por algo me he hecho escritora! Porque yo conozco a un hombre, en el sentido de hola qué tal, y ya me imagino yendo al altar con él, viviendo junto a él, envejeciendo juntos, preparando juntos esas cenas que suelo ofrecer en mi casa en las que las amigas con un marido colgando del brazo me dicen: «¿todavía sola?, ¿pero en qué piensan los hombres de este país?», acompañándome a la fiesta del Premio Planeta, cambiando las bombillas del porche, abrochándome los collares por detrás y echándome unos polvos que tiembla el misterio, así me lo imagino.

En estos sueños de futuro mi hijo desaparece, como si Stalin personalmente se hubiera encargado de borrarlo como hizo con Trotski en todas las fotos de la revolución bolchevique. Donde estaba antes mi hijo hay ahora una mancha opaca, porque además de quererlo por encima de todas las cosas, tengo tanto respeto por él (alguien diría que más que respeto, puro miedo) que no puedo involucrarlo en mis locuras, aunque sean meramente imaginarias. Me resulta imposible. A veces, a pesar de todo, consigue colarse e interfiere en mis fantasías con las piernas separadas, brazos cruzados y expresión severa, ¡no necesita ni hablar! Y todo se desvanece entonces con un sonido de ¡plof! igualito al que hacen los globos cuando explotan, y nos quedamos él y yo solos frente a frente y yo disimulo:

—Oh, qué tarde, querido hijo, me voy a poner a escribir, que tengo que terminar la columna.

No lo engaño. Mueve la cabeza con paciencia franciscana y levanta los ojos al cielo preguntándole a su padre por qué le ha dejado esta obligación tan onerosa.

Él podría parafrasear a Luis Cernuda quejándose de que «de todas las cargas que el Señor puso sobre mí, la más pesada es la de ser hijo de mi madre». Claro que nunca dirá tal cosa, porque, a pesar de sus veinticinco años, es un empresario pragmático, escéptico y frío que no cree en Dios y no tiene ni idea de quién es Luis Cernuda porque lo único que lee son libros de economía e informática en inglés.

Pero mi hijo estaba en la lejana Barcelona sacando adelante su empresa de internet, y los pies se me iban debajo de la mesa siguiendo ahora una melodía que Joaquín Sabina había compuesto solamente para mí:

Y antes de morirme quiero
vivir la vida un poquito.

Porque el hombre alto ya tenía nombre y se llamaba Sébastien. Al fin se levantó, mejor dicho, se desplegó por tandas, y Amandine se volvió con esa gracia alada de las adolescentes francesas y me dijo adiós con la mano (era esbelta como una bailarina, el sol la había quemado tanto que llevaba la piel embadurnada de crema y los ojos hinchados, y en Llafranc no la vería nunca más). Sébastien me dirigió una mirada en la que leí un mundo más allá de los libros, y siguió a su hija hasta la puerta. Salieron. Camila me dijo:

—Ese no vuelve. —Soltó una risa de las suyas—. Habrá dicho ¡vaya mesas de viejos! ¡Pero si debe de tener cuarenta y pico años!

Miré fijamente el mantel dudando si podía cogerlo tirando copas y platos y estrangularla con él. ¡No creo que por este nimio detalle José María dejase de poner la placa con mi nombre en la puerta! También quizás sería efectivo el cuchillo de postre bastante afilado, ¡o podría romperle simplemente la botella de vino vacía en la cabeza! Ya alargaba la mano hacia la cubitera cuando sonó mi móvil, y la melodía a cargo de U2 le salvó la vida a Camila, aunque ella en ese momento no se diera cuenta.

No suelo contestar a esas horas de la noche, pero vi que era mi editor y no tuve más remedio que ponerme:

—Hombre, Ricardo, ¿qué tal?

—¿Te molesto?

Podría haberle dicho la noche está estrellada y tiritan azules los astros a lo lejos, y también, sí, me molestas y mucho. Pero contesté:

—Claro que no, me encanta oírte, espera que salgo fuera.

Ricardo es mi editor desde hace veinte años y lo conozco desde que estudiamos juntos Filosofía y Letras, aunque lo de estudiar es exagerar un poco, porque consumimos nuestro tiempo en manifestaciones, asambleas y reuniones de un partido llamado Bandera Roja que, como nuestras convicciones de que el comunismo era la salvación, ha sido barrido por el viento de la historia. Desde que me anudé a la editorial de su propiedad con un contrato de un libro al año, me até al cuello una cadena de por vida. Yo he reflotado una empresa en crisis y él me ha convertido en escritora, pero año tras año, con un ritmo de producción infernal, tengo que dar a luz un libro. Como una máquina de elaborar embutidos, produzco salchicha tras salchicha con una pulcritud y docilidad que es el asombro de todos mis colegas, que solo escriben cuando la inspiración llama a su puerta.

Me preguntan con altivez algo burlona en esas mesas redondas a las que vamos a emborracharnos y comer de gorra:

—¿Otro libro?

Y yo contesto avergonzada:

—Sí, otro.

Me levanto todos los días a las siete de la mañana, escribo hasta mediodía, y después de nuevo por la tarde hasta la hora de cenar. A veces, cuando tengo que buscar algún dato que se me atraviesa y que puede ser simplemente el nombre del trovador favorito de la reina, me pongo a rastrear por internet hasta la madrugada, y cuando lo encuentro (Aramís de Galindo), me siento como el aventurero que descubre su primera pepita de oro. Y me duermo abrazada a mi pepita con tal satisfacción que un rastro de baba humedece mi almohada.

Pero ahora estábamos en ese pequeño período de descanso que me concedo entre libro y libro. Apenas un mes en el que tomo vodka-tonic, alterno con amigos de carne y hueso y no fantasmas que vivieron hace quinientos años y que hoy están inmortalizados en mármol, y el polvo y los pelos de mi perro *Fender* se acumulan sobre el teclado de mi ordenador, al que solo acudo una vez a la semana para escribir una apresurada crónica veraniega para mi periódico sobre la gastronomía local o Naty Abascal en topless.

—¿Qué hay de nuevo, Ricardo?

Mi hombre en Barcelona carraspea y al final me suelta:

—Aparte de que en Siria acaban de morir 50.000 personas por culpa del imperialismo y el fanatismo religioso, Pilar, tengo que darte otra mala noticia. —Aspiró fuerte—. Ya las recibirás por correo, las liquidaciones, digo, pero verás la caída brutal de ventas, de todo el sector, eh, no solo de tus libros... Pero que este año no te esperes grandes alegrías, nos han devuelto paquetes enteros sin abrir...

Mientras hablo, recorro el paseo iluminado por la luz blanca de las farolas tratando de no tocar con mis sandalias de lentejuelas azules las uniones de los ladrillos de forma romboidal. Y me visualizo bajando ventas y convirtiéndome en una escritora minoritaria como Camila, pero a mí no me cantarán los Vargas Llosa ni los Goytisolo, mis libros terminarán siendo destruidos por no caber en los exiguos almacenes de la editorial y solo me encontraré algún ejemplar antiguo descolorido por el sol en el kiosco de una de esas estaciones de tren por las que nunca pasa nadie.

Me siento en el murete sobre la playa. La luna casi llena riela en el mar y el faro de las islas Formigues parpadea como si algún amigo me guiñara un ojo desde el horizonte. Hay estrellas y el cielo no es negro, sino azul marino. Ricardo me está gritando con impaciencia:

—Pilar, Pilar, coño, ¿estás ahí?

Intento tomármelo en serio, aunque el mundo se empeñe en ser hermoso y las sirenas me canten al oído.

No vendo, ruina, devolver la casa, vestir de H&M.

Contesto:

—Claro, es que me has dejado sin palabras, qué quieres decir exactamente.

Una barca de pescadores, la única, deja un colorido rastro de aceitoso fueloil, y de vez en cuando un pez salta en un chispazo fosforescente, tan rápido que parece imaginado.

La voz de mi editor se levanta histéricamente en la noche:

—Que no se vende nada, coño, y tus libros tampoco... Fin de ciclo, Pilar, las novelas históricas ya no interesan una mierda.

Se me cierra la garganta como si una mano me apretara, la voz me surge quejumbrosa cual pordiosero doliente:

—Pero, cómo, qué me dices, si ahora teníamos preparada la vida de Isabel de Valois, los trovadores, el maltrato de su marido homosexual en el fondo...

Un perro suelto de raza fox terrier como el *Milú* de Tintín viene a olerme los pies, pero se va asustado con las orejas gachas cuando oye los rugidos que salen de mi móvil:

—Con Isabel de Valois me limpio el culo, con los trovadores me limpio el culo, con tus libros me limpio el culo...

Protesto mientras trato de alcanzar al perro con el pie para acariciarlo, pero él teme una patada y se aparta temerosamente, ¿estará abandonado?

—Pero, Ricardo, ya tengo todos los libros que existen sobre el siglo XVI, los palacios, los cinturones de castidad, las doncellas promiscuas... Pensaba introducir un elemento fantástico en forma de dragón que habla andaluz y es muy gracioso...

Ricardo da un gran suspiro y barre todo con la gran escoba del desprecio:

—Eso es una mierda ya, Pilar, una mierda pasada de moda... ¡Antigua, apolillada y rancia! Todas las mujeres que compraban tus libros o han muerto o tienen Alzheimer; cambia de registro, monada, yo solo te digo eso, cambia de registro o...

Un chico joven viene a buscar el fox terrier, lo coge en brazos y me mira con sospecha temiendo tal vez que quiera robarlo. Lo que me faltaba, la escritora fracasada y robaperros. El animalucho hunde su morro en el cuello del muchacho y solo le falta acusarme con la pata.

—O qué, Ricardo.

Me separo el teléfono de la oreja temiéndome lo peor, pero mi editor se limita a suspirar y a decirme en tono tan suave que me entra un escalofrío:

—O nos vamos los dos a freír espárragos... En vez de estar todo el día con el chocho al aire, piensa nuevos argumentos... —Y como presa de inspiración, me dice con voz animada—. ¿Por qué no escribes una novela nórdica de misterio?

—¿Nórdica que pase en los países escandinavos, quieres decir?

—Sí. —Mi editor es como un crío, se anima con una piruleta—. Un hombre que odie a las mujeres, un periodista y una chica con *piercings*..., mucho café, frío, asesinatos rituales...

—Es que eso ya está escrito, Ricardo, se llama *Los hombres que no amaban a las mujeres*... El autor es Stieg Larsson...

Sé que mi editor está cogiendo papel y lápiz para apuntar:

—A ver, repite, Larsson... Hablaré con él por el tema de los derechos...

Ricardo no lee nada, ni mis libros. Suspiro con cansancio:

—Está muerto. Larsson está muerto.

Su voz vuelve a levantarse ahora en un trémolo victimista:

—Joder, tía, a todo le pones pegas. Vale, está muerto —vuelve a maldecir—, pero yo solo te digo, Pilar, que si esto sigue así los que vamos a estar muertos somos nosotros, yo cierro la editorial y nos vamos los dos a la mierda. Salud, diviértete.

Cuelga el teléfono; claro que esta expresión no corresponde a la época actual a menos que se te ocurra ahorcar el móvil en la rama de un árbol. Con este pensamiento tan tristemente jocoso vuelvo a entrar en el restaurante. Camila se apresura a preguntarme, con un atisbo de esperanza en la voz:

—Era tu editor, ¿no? ¿Qué? ¿Malas noticias?

Descarto la conversación con un ademán, porque yo tengo una cualidad, que también podría tomarse como un defecto. Cuando hay unos pantalones a la vista, todo lo demás empalidece. Una vez, hace tiempo, sorprendí a mi abuela hablando con mi madre, y le decía con cierta congoja: «Pilarita es buena niña pero ¡está loca por los hombres!». ¡Y yo solo tenía ocho años!

Porque de repente se borró mi editor de mi mente, el banco podía quedarse con mi casa, y si me amputaban las manos o las novelas históricas se convertían en papel de váter, si el mundo se desmoronaba y nos acechaba una nueva glaciación, si me comunicaban de repente que me habían concedido el Nobel, el Bombín de San Isidro y el lazo de Isabel la Católica a la vez, yo diría con impaciencia: «sí, vale, vale», y me incorporaría en la silla tiritando por dentro porque ahí en la puerta estaba el hombre alto. Seguía el viento y él se pasaba la mano enorme, con los cinco largos dedos abiertos como un abanico, sobre la frente, el inicio del pelo, y seguía hasta la nuca, inclinaba la cabeza como si fuera a embestir y los ojos le centelleaban fogosos y aventureros sin dejar de mirarme bajo sus cejas triangulares y aterciopeladas. Sébastien.

2

Ahora tengo que hacer otra confesión que no me favorece.

Mis padres, a veces, vienen a visitarme.

O sea, no es que cojan el coche (papá era de Jaguar) y se presenten en mi casa para darme el coñazo, no, no hacen eso, ya que les resulta imposible dado su estado actual. Porque mis padres están muertos, completamente muertos de la cabeza a los pies; para hablar en puridad, mamá está más muerta, porque lleva más tiempo bajo tierra, veintidós años frente a cuatro. Murió de cáncer de colon a los sesenta y cinco años, en cambio papá murió de viejo a los noventa y cinco. A pesar de esta grave e invalidante circunstancia, los dos me visitan de vez en cuando en plan aparición. ¡Y me hablan! Yo les cuento mis cosas y les pido, les pido mucho, un novio, que mis libros funcionen, un novio, que mi hijo triunfe con su empresa, un novio, que mis hermanas tengan salud, y mis amigas también, un novio, un novio, ¡un novio!, aunque la verdad es que me dirijo más a mi padre que a mi madre, porque en el fondo hemos sido educadas en la creencia de que los hombres tienen más poder que las mujeres. A mamá le da mucha rabia y echa mano del mismo tono lastimero que exhibía en vida y que tan nerviosas nos ponía a sus tres hijas:

—¡Como siempre, yo soy un cero a la izquierda, y ahora aún más por hacer tanto tiempo que me he muerto! ¡No sé por qué me molesto en aparecerme!

Esta noche, mientras me estaba arreglando para salir a cenar con Camila, Martín y Santi, han vuelto a venir. Mis padres, digo. A la misma hora en que un hombre alto estaba hablando por el teléfono de la recepción de su hotel en un idioma extraño que no era ni francés ni inglés, hasta que ha llegado su hija y le ha dicho:

—Papá, es la hora.

Claro que yo todo esto todavía no lo sé, porque ni siquiera conozco aún al hombre alto. Estoy completamente sola en mi inmensa casa con cinco cuartos de baño porque mis primas, que suelen pasar quince días conmigo todos los veranos, se han ido a una boda en Sevilla, de esas que duran una semana. Carla me ha dejado pegado con celo en el espejo del lavabo un corazón recortado en azul y una sentencia, sacada de internet seguramente: «No te enamores... Mejor tírate por las escaleras: duele menos y no pierdes tanto tiempo». Leo se ha limitado a escribir «No hagas caso a esta amargada», y me ha dejado la huella de sus labios pintados de rojo.

Hablo frente al espejo y les digo a través de él, cruzando toda España:

—Bobas. —Y también—. Volved pronto, capullas.

Porque queda claro que aunque no me canso de repetir que me encanta vivir sola y gozar de la libertad que me da el tener dinero, un hijo que es un genio, una mala salud de hierro y el inagotable y satisfactorio amor a mi oficio, a mi editor y a las reinas y trovadores que pueblan mis novelas, hay días en que me cubro la cabeza con la almohada y después me levanto con unas horrorosas ganas de llorar sin saber por qué, la soledad me agarrota con sus dedos helados y pienso a cuánta altura está mi terraza sobre el jardín porque tampoco soy de tirarme para total romperme una pierna, fastidiar a todo el mundo y ser ingresada en un hospital con una bata de esas que se abren por atrás.

El iPad, puesto en equilibrio sobre el bidet, desgrana mi lista (pagada) de Spotify. Ahora es Carla Bruni:

Quelqu'un m'a dit
que tu m'aimais encore.
Quelqu'un m'a dit...

Pongo canciones francesas antes de conocer a Sébastien. ¿Podríamos estar hablando de una premonición?

Pero, no, no quiero apuntarme ese tanto. El instinto no me avisa de que el hombre alto y francés, en este mismo minuto, está dejando el periódico en el que publico encima de la mesa del bar, se ajusta el fular alrededor del cuello y se despide de la recepcionista embarazada con un seco ademán.

Como el resto de la casa, mi cuarto de baño ha sido decorado por Estrella Salietti con enormes espejos enmarcados en tablas pintadas con estampado de tigre. Mis padres se han sentado en el borde de la bañera, mi madre va a la moda del año en que murió, con hombreras, pantalón de cintura alta y un peinado de esos con el flequillo liso y el pelo rizado que pusieron de moda los de Abba. Papá lleva bastón, por coquetería, y por coquetería también sostiene una boquilla con un cigarrillo que no usa porque hace mucho que ha dejado de fumar.

Me estoy pasando la plancha por la melena y mi madre observa divertida:

—Pelo de rata.

Papá sonríe con benevolencia y la riñe:

—No acomplejes a la fea, que igual pilla trauma.

Mi madre abre los ojos cómicamente, agita las manos hacia arriba como los negros cuando cantan gospel en las películas y grita:

—¡Trauma!

Los dos ríen a carcajadas.

Finjo que no los oigo, porque si lo hiciera no saldría de casa. ¡Cómo no saldría de casa! ¡Si hubiera tenido en cuenta su opinión sobre mí, ni me hubiera casado, ni estudiado dos carreras, ni hecho periodista, ni escrito libros, ni habría trabajado en televisión, ni hubiera osado tener un hijo para que no saliera también con pelo de rata y la autoestima por los suelos! ¡Creo que ni siquiera hubiera hecho la primera comunión, porque recuerdo que ese día oí cuchichear a mi madre: «Lo bien que le quedaba el vestido a su hermana y mírala a la pobrecita, parece mismamente un macaco de Guinea disfrazado»!

Esto tiene una explicación. Acabábamos de ir al circo, donde unos chimpancés vestidos de seres humanos iban en bicicleta e incluso se casaban con chistera y chaquet, ellos, con traje de tul, ellas. No hace falta decir a quién le recordaba yo a mi madre.

Y sí, mi hermana mayor es muy guapa.

Mi querida madre se echa en la bañera hacia atrás y balancea un pie al ritmo de Carla Bruni:

Quelqu'un m'a dit...

Parece una adolescente y yo pienso que quizás se caerá del todo y se desnucará con consecuencias fatales, pero recuerdo que ya está muerta. ¡Mierda! ¿Lo de joder a los hijos no prescribe jamás? Intento no ver los guiños que se intercambian cuando me estoy poniendo rímel con la boca abierta, una costumbre femenil cuya motivación nunca he podido averiguar. «Pelo de rata», sigue repitiendo mamá. Cuadro la mandíbula para darme fuerzas, chasqueo los dedos a mis espaldas para que se larguen, doy una patada hacia atrás al vacío y mis padres se propulsan hacia arriba moviendo los pies como si nadasen, dándose empujones y llamándose tonto hasta que desaparecen en la estratosfera entre risitas burlonas. Papá se deja el bastón, vuelve a bajar, lo coge, me guiña un ojo y tira hacia arriba con un suave aleteo de sus pies calzados con mocasines Gucci.

—Gilipollas.

Cojo el sugerente e incómodo conjunto de encaje de ropa interior que compré en La Perla para mi último amante, el *«casau»*, como lo llaman mis primas. ¿Que si sigo con él? ¿Después de lo que me hizo? Me lo pongo porque, aunque esta noche salgo con amigos infollables, la esperanza es lo último que se pierde. Por esperanza también quiero dejar arreglada mi habitación, escondo bajo la cama de un puntapié bata, zapatillas y las pesas con las que intento tornear mis brazos, y cierro con llave el cajón de la mesa de noche con los condones, la vaselina y el Piaget de brillantes que me autorregalé cuando uno de mis libros alcanzó los trescientos mil ejemplares vendidos. La ropa que quiero ponerme está dispuesta en perchas colgadas en los tiradores de la cómoda, una falda, una camisa de seda, bailarinas, el Hermès al cuello... Me miro en el espejo de cuerpo entero, ¿y qué veo?

—Hola, señora de mediana edad, ¿estamos listas para salir a jugar al bridge con nuestras amigas también de mediana edad? Oh, encantadora y anciana dama, perdóneme por no haberla reconocido, veo que en realidad es usted Montserrat Caballé pintada para su papel en *Madama Butterfly*. Qué cejas de payaso, insigne prima donna, y esa boquita.

¡Porras! ¡Y solo faltan cinco minutos para la hora!

Justo ahora se pone a sonar el teléfono, y *Fender* se arranca con un aullido lastimero que tendría que hacerme reflexionar, porque mi perro, como yo, tiene poderes adivinatorios. Pero rápido, rápido, no desvariemos, cojo toallas para quitarme parte del maquillaje, abro armarios, saco ropa que voy tirando encima de la cama, vestidos, blusas, dónde está aquella camiseta usada mil veces pero con la que me siento joven y sexy, fuera sostén de encaje, que me hace bultos, venga ese sujetador antiestético pero de falso aspecto natural, y pantalones, tejanos, por supuesto, rotos a la altura de las rodillas y con un sugerente bordado en la zona del culo.

Bramo:

—¡Las sandalias!

Dónde están las sandalias, por Dios; saco todos los zapatos, miles de zapatos, *Fender* aúlla, el móvil no se cansa de sonar, bajo las escaleras a la pata coja atándome la tira tobillera, subiéndome la cremallera del apretado pantalón, echándome litros de perfume encima, sí, ahí también, y dejando la habitación como si en ella María Jiménez y Britney Spears hubieran celebrado juntas su última farra.

El móvil, insistente. ¿Esos pesados no pueden esperarme ni cinco minutos? Las llaves, el bolso, el tap tap de los zapatos sobre el adoquinado. El hombre alto, aún sin nombre, sin cara, sin entidad, también está saliendo del hotel llevándose en el bolsillo la voluminosa llave de la habitación, una obra de arte diseñada por Salvador Dalí. Un camarero sale detrás de él:

—Señor Pagès, señor Pagès.

No se gira, no contesta. Al final le han de tocar el codo, extrañados:

—¿Señor Pagès?

Él tiene un gesto que hace que el camarero salte hacia atrás, asustado ante una mirada de acero que se suaviza repentinamente:

—¿Sí?

El camarero apunta con timidez:

—La llave...

Pero de eso yo todavía no sé nada.

Nada. Cuando se sentó a nuestra mesa del restaurante yo no sabía nada de él. Únicamente que se llamaba Sébastien.

Más que sentarse se dejó caer a mi lado, la silla crujió un poco bajo su peso. Nos miramos intensamente, él no a los ojos sino de la frente a la barbilla, como leyéndome. Yo le tendí la mano con formalidad:

—Encantada... —Y repetí, porque no sabía muy bien qué decir—. Mi nombre es Pilar.

Mis compañeros de mesa se apresuraron a presentarse, como si estuviéramos en una de esas reuniones de Alcohólicos Anónimos en las que todos se identifican, solo faltó que coreáramos:

—¡Te queremos, Sébastien!

¡Yo ya lo quería! ¡Lo amaba! ¡Quería casarme con él, que mi hijo de metro noventa y practicante de kickboxing, además de uno de los veinte empresarios más prometedores de España (según el *Magazine* de *El Mundo*), lo llamara papá, y que la Nochebuena la pasara en Sant Just, donde nuestra tía recibe con la elegancia de una reina medieval y donde los primos cantamos *A Rianxeira* haciendo honor a nuestros ancestros!

¿Cantando *A Rianxeira* Sébastien?

Un Sébastien que no se molestó en ser simpático. Camila, más tarde, me dijo:

—Yo ya me di cuenta de todo, porque es un tipo duro, como un miembro de las FARC.

Porque Camila ha vivido muchos años en Colombia, y además es muy observadora porque es novelista (los prólogos se los escribía García Márquez).

Sébastien cabeceó hacia mis compañeros de mesa y después se giró hacia mí con todo el cuerpo, me sonrió un poco al bies, sin enseñar los dientes, y sus ojos se llenaron de arrugas; tenía pelos blancos en las cejas, unas manchas de sol al lado de la nariz, larga y afilada, y una pequeña cicatriz que apenas se notaba le deformaba el labio superior. Ensanchó su sonrisa, entrecerró los ojos, y me dijo, como si nos conociéramos de siempre, como si hubiéramos hecho juntos un largo tramo de vida que nos había conducido a esto:

—Por fin.

Suspiré, me relajé; o sea que enamorarte, encontrar al hombre de tu vida era esto. También sonreí. Creo que Camila había extendido su mano por delante de mí presentándose y queriendo estrechar la suya, Santi y Martín mascullaban algún comentario sobre la dulce Francia y sus quesos, pero yo solo decía:

—Bien..., bien..., bien...

El sortilegio duró bastante, mejor dicho, no sé si fueron segundos, años o eras; el amor era una afilada espina que me atravesaba todo el cuerpo. Al final Santi preguntó en voz tan alta que los últimos comensales levantaron la mirada, recogieron sus cosas y huyeron a toda prisa:

—¿Qué quieres tomar?

Sébastien miró mi vaso y dijo:

—Lo mismo que ella.

Me gustó que no señalara mi vaso con el dedo sino con la barbilla, porque a mí de pequeña me enseñaron que señalar es de muy mala educación, pero me quedé desconcertada cuando visité la Capilla Sixtina y vi a Dios por los techos extendiendo el dedo a troche y moche. Camila volvió a alargar el cuello cual quelonio saliendo de su caparazón para preguntarle:

—¿A qué te dedicas?

La miré con severidad, ¡a mí no me importaba a qué se dedicaba Sébastien! ¡Monada, tú a lo tuyo! Pero él contestó:

—Soy periodista, corresponsal de guerra.

Abrí los ojos como platos soperos. ¡Periodista, como yo! ¡Empezaban los milagros!

—Pe... pero si yo también soy periodista.

No mostró asombro; se limitó a sonreír, a hacer ese gesto tan francés de encogerse de hombros y a dar un trago largo a su copa.

Camila continuó preguntando:

—¿Y dónde escribes?

Contestó:

—En *Le Figaro* y en *Le Monde*.

Me sorprendió, no había perdido totalmente el raciocinio, y le dije:

—Pero ¿es posible? ¡Son dos periódicos de distintas

empresas e ideologías muy diferentes! ¡Qué extraño que utilicen al mismo periodista!

Él abrió las manos como si no pudiera explicarlo y dijo:

—Sí, es peculiar, lo sé... Yo soy un caso único, les envío mis crónicas a los dos...

No me preguntó dónde trabajaba yo, pero aun así le dije el nombre de mi diario. Al ver que no se inmutaba, Camila le preguntó con extrañeza:

—¿No lo conoces? —Y a continuación—: ¿Y cómo es que no estás en Siria?

Él iba a contestar, pero yo ya estaba mirando airadamente a mi amiga, dándole al mismo tiempo una patada por debajo de la mesa para que dejara de incordiarnos, y con la mente le conminé:

«Cállate, zorra.»

Con gesto resignado se retiró al fondo de su silla e inició una conversación con un ficus podrido que tenía al lado, o eso al menos me pareció a mí.

Dijimos muy pocas cosas esa primera noche. Nos llevábamos el vaso a los labios y nos mirábamos y sonreíamos porque teníamos un secreto. Puse la mano en la mesa para apretar la tecla de silencio en el móvil, y él colocó la suya encima; tenía los dedos largos, las uñas muy blancas y muy cortas, los nudillos gruesos, el índice un poco arqueado y amarillento de los grandes fumadores. Martín quiso hacer una foto de grupo, y él en ese momento tuvo un repentino ataque de tos y se tapó la cara con las manos. Martín quiso repetir, pero todos protestamos porque tenía un móvil complicadísimo que se había comprado en Hong Kong y se demoraba hasta el aburrimiento.

Se arrastraban sillas sobre el suelo desnudo, cerraban las cortinas, de la cocina llegaba un ligero olor a lejía y

José María bostezaba y bajaba las persianas traseras. La puerta se abrió, oímos el ruido de los obenques de los barcos de vela repiqueteando en el pequeño puerto y apareció el guarda nocturno del hotel frotándose las manos:

—Se ha levantado fresca; buenas noches.

Martín se puso el jersey por la cabeza, y luego metió el índice y el pulgar por el cuello de la camisa subiéndoselo casi hasta los lóbulos de las orejas, y alguien trazó una firma en el aire en dirección al camarero:

—Chico, la cuenta.

Nosotros nos levantamos también mirándonos, en vertical el uno frente al otro. Palpitaban nuestros cuerpos hambrientos como si tuvieran su propia dinamo interna, independientemente de nuestros cerebros, del alma o de lo que sea que nos mantiene con vida y que nos hace ser individuos distintos y únicos. No sé quién pagó, ¡he intentado acordarme y no puedo!

El detective me preguntó más tarde:

—¿Pero usted no se dio cuenta de si pagó con tarjeta o en efectivo?

¡Hay tantos detalles de esa noche que no puedo evocar! Lo he pensado tantas veces que solo recuerdo ya lo que recordé la primera vez y sé que hay muchos sucesos que se han borrado para siempre... Quizás Sébastien haya hecho acopio de sus propias reminiscencias y tal vez algún día podremos reunir las suyas y las mías, y reconstruiremos esa noche tan importante para ambos. Será como completar un puzle, pero quizás las piezas no encajen y correspondan en realidad a dos rompecabezas distintos.

Pero ¿qué digo? ¿Cómo puedo escribir esto? ¿Me he vuelto loca? ¿Después de lo que sé y de lo que ha pasado?

Júbilo y tormento.

A veces olvido en qué se ha convertido mi vida.

Salimos del restaurante. José María, con la larga pértiga en la mano con la que echaba el cierre, nos despidió con un buenas noches casi ininteligible a causa del sueño y el cansancio, el viento levantaba del suelo hojas secas y papeles viejos y Santi, que vivía al lado, se fue mientras se despedía agitando la mano por encima del hombro. Aunque Martín y Camila, renuentes, se resistían a dar por acabada la noche y pateaban el empedrado como caballejos antes de una carrera, Sébastien y yo no dudamos ni un momento. Sin molestarme en disimular, le dije solo a él:

—¿Te apetece venir a casa... a tomar una copa?

Camila y Martín se fueron ofendidos, sin decir adiós, y después oímos el rugido del Porsche de Martín durante mucho tiempo, horadando el silencio rumbo al último garito de la noche. Sébastien se puso a mi lado y empezamos a subir la cuesta que lleva a La Reina Virgen. Ahora me doy cuenta de que él me iba mirando todo el rato a los ojos y sin embargo parecía saber perfectamente cómo encaminar sus pasos hacia donde vivía yo, pero ya no sé si esto es verdad o me lo estoy imaginando. Lo que sí recuerdo nítidamente es que busqué con mi mano la suya, entrelazamos los dedos, nos cogimos ansiosamente, nos agarramos más bien el uno al otro, ¡cómo encajaba mi mano con la suya, su palma seca, apenas abultada, con la mía! ¡Nuestras manos ávidas la una de la otra!

Me subían chispas desde la muñeca hasta la garganta, donde se alojaba el cosquilleo de una risa imparable, ¡qué océano de gozo me inundaba por dentro! Después habríamos de recorrer todos los caminos del placer, las vías más secretas, descubrimos rincones en nuestros cuerpos que ni siquiera conocíamos, pero ese primer contacto, mi mano hecha un puño metida dentro de la suya...

Golpeo el brazo de la silla con las últimas fuerzas de mi alma exhausta, aparto el teclado del ordenador, hinco los codos en la mesa y apoyo la frente en las palmas de las manos. ¡Daría años de vida, daría lo que tengo, todo lo que he conseguido para volver a aquel instante de vigilia cargado de una emoción casi insoportable! ¡Cuando la vida era grandiosa!

Mi casa está al final de una cuesta que tiene exactamente 473 pasos. ¡Me hubiera gustado correr como el viento! Pero subimos en silencio y lentamente el hombre alto y yo, con el fino encaje de las ramas de los árboles sobre nuestras cabezas, porque ambos temblábamos. Sobre la puerta hay una bombilla encerrada en un fanal amarillento que da una luz color membrillo que ilumina apenas el azulejo donde está escrito el nombre de mi casa. Sébastien deslizó la mano por las letras y me miró inquisitivamente. Yo le expliqué:

—Es el título de uno de mis libros. —Me puse a rebuscar en el bolso—. Espera que saque la llave...

Avancé unos pasos agachada para insertarla en la cerradura, él se acercó también, y tropezamos con un inmenso paquete que alguien había dejado en la puerta de casa. Un saco gigante.

Intenté fingir que no lo veía, pero Sébastien, con un gesto automático, se inclinó para recogerlo:

—Mira. —Dudó al pronunciar mi nombre, al final optó por—: Mmmh, te han dejado esto.

Simulé sorpresa:

—Oh, qué raro, mételo aquí, déjalo en el jardín. —Abrí la puerta aparentando desinterés—. Ya lo miraré mañana...

Pero era demasiado tarde, por la abertura del saco salía una correa como una serpiente muerta. Sin pensar, Sébastien tiró de ella y surgió... un bolso de lona con las letras LV encerradas dentro de un rombo. Enganchado a otro bolso de Louis Vuitton. Y otro y otro. Miró estupefacto dentro del saco y luego levantó sus ojos hacia mí:

—¡Pero esto está lleno de bolsos!

Me callé sin saber qué decir, aunque por dentro maldecía en arameo. Y aquí tengo que hacer otra confesión. Señor juez, tenga usted compasión de mí, pero nadie ha dicho que yo fuera perfecta.

Tengo una asistenta que se llama Lidia, una muchacha de Palafrugell honrada a carta cabal a la que el marido abandonó con cuatro hijos pequeños. Cuando la contraté para que viniera a limpiar mi casa, me dijo:

—He leído en la Wikipedia que usted tiene dos profesiones, escritora y periodista. —Y antes de que pudiera recuperarme del asombro de tener una chica tan ducha en las nuevas tecnologías, me soltó—: ¡Pues yo también!

Era cierto. Hace limpieza domiciliaria y vende bolsos falsos de Louis Vuitton. Todas sus «señoras» le compramos los dichosos bolsos para ayudarla. A todas nosotras los vuittons nos salen hasta por las orejas, pero aun así compramos y compramos incesantemente, formamos una especie de logia masónica y cuando nos encontramos en el mercado o en una fiesta con el falso complemento nos sentimos hermanadas y purificadas por una buena obra. ¡Y ay si alguna de nosotras intenta colarnos algún bolso auténtico! Por mucho que se disculpe:

—Lo tengo desde hace años... Me lo regaló mi marido...

La miramos con tal desprecio que se ve obligada a dejarlo en casa o a donarlo a Cáritas.

Como Lidia, con tanto hijo y tanto pluriempleo, iba siempre con el tiempo justo, me dejaba el muestrario para que yo se lo enseñara a mis primas y a Camila.

Bueno, sí, es un delito. Santi ya me había contado que se llama «receptación de bienes robados y contrabando» y me había advertido que si se enteraba la policía, «la banda del Vuitton» acabaría entre rejas. Así que, ¿cómo explicárselo a Sébastien? ¿Fingir que me había cansado de estos bolsos, cuyo precio real no bajaba de los tres mil euros, y que los había dejado ahí para que se los llevase el barrendero?, ¿o confesar que era el regalo de un vecino loco por mí, un jeque árabe que por las mañanas me cubría de brillantes y por las noches de bolsos de marca?

Pero *Fender* vino a salvarme la vida, había saltado por la terraza de mi habitación al jardín y ahora estaba olisqueando con cierta repugnancia la mano que le tendía Sébastien; el saco de bolsos había quedado olvidado y yo le di una patada discreta mientras intentaba apaciguar a mi perro:

—*Fender, Fender...*

Porque mi perro no suele hacer buenas migas con mis acompañantes, ¡alguna vez hasta les ha mordido! Pero Sébastien permanecía inmóvil con la mano tendida y *Fender* fue poco a poco bajando la cabeza hasta que se tumbó, rodó sobre sí mismo y ofreció su barriga blanca y suave como muestra de sumisión al macho alfa de la manada.

¡Sébastien tenía poder sobre los animales, como Noé!

Abrí la puerta del chalet, encendí las luces y lo hice pasar. Apagué las malditas y delatoras luces inmediatamente, y a tientas prendí dos velas. El perro se fue arriba con el rabo entre las patas y Sébastien se puso a mirar alrededor, como un animal que está descubriendo un nuevo territorio. Me di cuenta de que tenía algo de fiera salvaje, mejor dicho, de hombre habituado a vivir en la selva, se movía con ligereza felina. Sigilosamente se acercó al ordenador y pasó la mano por el teclado, tableteó con los dedos de una mano con la gracia de un pianista, descubrió una punta de cigarrillo que estaba semioculta detrás de un libro y la apretó hasta que salieron algunas finas hebras rubias mezcladas con un polvo negruzco; era un porro, pero no hizo ningún comentario y lo volvió a dejar en el mismo sitio; después se aproximó a las cortinas del jardín y las apartó, la luna daba al césped un aspecto polvoriento y un olmo seco, sin hojas, alzaba sus ramas contra el firmamento cuajado de estrellas como un capilar gigantesco. Se volvió hacia mí con gran elegancia, como un ladrón de guante blanco o un explorador de rutas salvajes. Y afirmó más que preguntó:

—¡No tienes miedo!

No le contesté, no podía decirle que mis miedos son otros y que están tan enterrados en mi interior que ningún ladrón podría robármelos.

Le ofrecí un taburete al lado de la barra de cristal que separa la cocina del comedor, una solución imaginativa de mi decoradora que ha sido fotografiada para varios suplementos dominicales. Saqué hielo de la nevera y lo estrellé contra el fregadero para desmenuzarlo. La luz de la vela ponía huecos bajo sus mejillas, le serví una copa, yo me puse otra, pensé, si brinda es un idiota integral. Y si dice chin chin, más.

No brindó. Pero tampoco bebió. Pensativamente depositó la copa sobre la mesa, apagó con suavidad el cigarrillo en el cenicero, me cogió por la cintura y me estrechó entre sus brazos. Me apretó mucho. Hociqué en su hombro, busqué un hueco entre la clavícula y el cuello, me quedé ahí respirando sofocadamente. Bajó su boca hasta mi oreja, pensé, si me mete la lengua es un gilipollas y además un asqueroso y le doy puerta, pero se limitó a decirme:

—Querida, querida...

No jadeaba, tenía una voz precisa, joven, de muchacho, me separé de él, lo miré. Había arrugas alrededor de sus ojos, más blancas que el resto de la piel, y ojeras pronunciadas, el bigote castaño oscuro y la barba rizada y canosa, pero el cuello era terso, fuerte, bronceado, sus hombros muy rectos, la espalda muy ancha, y el vientre, que notaba a través de mi camiseta, plano y duro. No debí hacerlo, pero le pregunté:

—¿Cuántos años tienes?

—Cuarenta y seis.

No me preguntó cuántos tenía yo. Se quedó mirándome, ahora un poco burlón, yo tanteé la mesa hasta que agarré mi vaso, y di un trago:

—Yo soy un poco mayor que tú... Bueno, bastante...

Se rio como si la edad fuera una broma, algo divertido:

—Y eso, ¿tiene importancia para ti? —Me cogió el vaso, lo dejó en la mesa, y ahora sí que me besó, sabia, profundamente, y me susurró—: Pilar...

Me sorprendió. Creía que se había olvidado de mi nombre, que ni siquiera se había dado cuenta de cómo me llamaba... Me arqueé hacia atrás y él acopló su cuerpo al mío como la yedra al árbol. Intenté hablar, no me salía, carraspeé y dije:

—Vamos arriba.

Fender dormía atravesado en la puerta de mi habitación y ni se movió cuando le pasamos por encima. La luna se colaba por las rendijas de la persiana sobre aquel paisaje devastador formado por montones de ropa sobre la cama, sostenes y bragas en el suelo, toallas sucias en el cuarto de baño, zapatos tirados en la alfombra, un bañador mojado en el bidet, los armarios abiertos... Pero ni él ni yo vimos nada. Me lanzó sobre la cama, se incorporó para desabrocharse los puños de la camisa y al final optó por quitársela por la cabeza, yo me quité la camiseta, los pantalones, a la vez volaron bragas, sostén, calzoncillo, y sin ninguna vacilación echó su cuerpo sobre el mío.

No hablamos. Como todos los enamorados hubiéramos querido encontrar palabras nuevas no desperdiciadas en otras pasiones, pero solo me salía:

—Amor mío, amor mío.

Hubiéramos querido caricias sin estrenar, virginidad, el alba de la vida.

El cajón donde estaban los condones, el humectante y el Piaget caro permaneció cerrado toda la noche.

En el cabecero de mi cama cuelga un rosario bendecido por el Papa que tintineaba delicadamente; en un momento dado, puso la mano sobre él y el suave clinc clinc dejó de oírse. Al fin se incorporó sobre un codo y miró la hora. Una luz lechosa empezaba a filtrarse por las persianas y se oía un pájaro cantar una sola nota, cuuuic cuuuuic. Yo me tapé con la sábana, pero él me la bajó y miró mi cuerpo diciéndome muy suavemente:

—Pilarita, Pilarita.

No recuerdo que me sorprendiera que estuviera llamándome con el dulce apelativo de mi infancia, que solo utilizan las personas de mi familia... Tampoco sentí miedo por su mirada. Mi cuerpo de cincuenta y nueve años estaba allí, con la cicatriz de mi cesárea atravesando el vientre, la cicatriz de mi operación de pulmón recorriéndome el costado y subiendo como una culebra hasta el pecho izquierdo, ¡pero ese cuerpo le había dado placer, había sabido recibirlo, y me sentía orgullosa de lo bien que se había portado! Me hizo levantar, me cogió y me puso frente al espejo, nuestros dos cuerpos el uno al lado del otro, el suyo como una estatua de Fidias, el mío moreno y delgado como el de un macaco, como decía mi madre, con las dos bandas blancas no tocadas nunca por el sol. Él me las acarició y me dijo:

—¡Eres guapa!

Y sí, me sentía guapa. Me sentía joven, ligera, irresponsable y llena de vida. Me puse un pantalón corto y una camiseta mientras él se vestía con habilidad y prisa. Lo acompañé abajo bailando sobre las puntas de los pies. Sébastien me seguía silenciosamente, hasta que sentí que de pronto se quedaba quieto. Me volví riendo y preguntando:

—¿No quieres irte?

Pero me callé. Porque se había detenido delante de una fotografía de mi marido y era como si se estuviera mirando en un espejo, idéntica barba entreverada de canas, idéntica sonrisa, las mismas arrugas alrededor de los ojos, la frente amplia con unas finas rayas horizontales. En la imagen había sombrillas de playa al fondo y él ya estaba enfermo, pero apenas se le notaba en la esclerótica del ojo, que en lugar de ser blanca era amarilla, y ese detalle hacía que se me rompiera el corazón cada vez que lo contemplaba.

La foto la había hecho Oriol Maspons, que me dijo al regalármela:

—Conocerás a otros hombres, porque yo no te veo como una viuda desconsolada, pero ninguno será mejor que él.

Sébastien se quedó mirando la foto muy serio y después clavó sus ojos en mí y me acarició la cara, levemente, me agarró por el hombro y me hincó en su pecho, pero entonces en lugar de ser mi amante era mi padre, mi marido, todos los hombres que se me han muerto. ¡Esa putada tan gorda a la que solo puedes sobrevivir relegándola a un rincón de tu memoria tan remoto que no vuelva a aflorar nunca! Conseguí detener un estúpido sollozo que se empeñaba en subirme a la garganta, me desasí del abrazo y lo empujé a la puerta. No me pidió el teléfono, no me dijo otra cosa que:

—Esta noche regresaré.

Los bolsos de lona continuaban desparramados sobre el césped, como después de una catástrofe ferroviaria. Mi madre se paseaba con una bandolera colgada del hombro y papá hurgaba con su bastón en el saco. Por una vez no les presté atención, recogí los bolsos, los sequé, le hice una leve caricia a la foto de mi marido y, luego, instintivamente, le besé en los labios, lavé las copas, arreglé la habitación, me tomé la pastilla para dormir de todas las noches, me acosté y no pude apear la sonrisa ni un segundo, y sonriendo me quedé dormida sin advertir la chicharra del teléfono, que sin cesar zumbaba y culebreaba por la mesa de noche. Me desperté de golpe cuando se cayó al suelo.

3

Primero no entendí lo que me decía la voz, «Pilar, Pilar», y yo solo repetía «qué, qué», pensando en mi delirio que era Sébastien, que la noche de amor se prolongaba por otros medios, hasta que me di cuenta de que alguien sollozaba y repetía «Pilar, Pilar» más como una letanía que como un requerimiento. Me desperté de golpe, me senté en la cama, y al removerse las sábanas y alcanzarme el olor agrio del sexo, no pude reprimir un instante de aspereza y rechazo hacia ese exterior que venía a perturbar ese brutal estado de enajenamiento, esa herida abierta que era mi amor por Sébastien. Pero enseguida me arrepentí por mi egoísmo, ya que reconocí la voz de Álex, el hijo de Oriol Maspons:

—Papá se murió ayer, estuvimos todo el día intentando contactar contigo, no cogías el teléfono... Pilar, Pilar...

La noticia me sobrecogió y borró por un momento —sí, solo un momento, tengo que reconocerlo— todo lo demás. Oriol muerto, él, que había estado siempre tan vivo, una de sus frases míticas era «se está muriendo gente muy rara, gente que no se había muerto nunca», y ahora me explicaba el sentido de esta sentencia aparentemente tan disparatada. Con torpeza pronuncié unas palabras de consuelo, y Álex me dijo:

—Lo enterramos hoy... El calor, ya sabes... Si no puedes venir, no te preocupes, ha sido de repente...

De repente se había muerto, de repente se cercenaba una parte de mi vida que ya nunca podré recordar con él. Tantos viajes, tantas historias compartidas, tanto cabreo, tanta risa.

No quise ducharme, y estuve un buen rato oliéndome el hueco del codo porque ahí se había refugiado el inconfundible olor de Sébastien, hechicero y misterioso. No me di cuenta de que *Fender* había venido buscando su caricia matutina hasta que, ofendido, se metió debajo de la cama, lo que hacía con gran aparato porque la cama era baja y él estaba bastante gordo. Yo me agaché, aparté el cubrecama y le levanté el dedo medio susurrándole:

—*Vaffanculo*.

Mientras me vestía, le grité a Lidia, que trajinaba abajo con escobas y cacharros:

—Lidia, me voy a un funeral en Barcelona, mañana hablamos del tema bolsos. —Y mientras cogía las gafas de sol, con una sonrisa que no tenía ni un día más de quince años, le pedí—: Hazme la cama con las sábanas bonitas...

Bajé al garaje directamente, y durante el viaje fui acordándome de aquel día en que fuimos a Granada a cubrir la violación de una niña por su padrastro en el Sacromonte y la madre nos espetó: «Si nos dan cien pesetas, la niña llora, y si no, no, ustedes mismos». Y Oriol dijo, por enredar:

—¿Y si le damos doscientas?

La mujer desorbitó los ojos, miró a su alrededor como buscando qué ofrecernos y al fin suspiró:

—Por doscientas pesetas le pueden ustedes tirar una afoto a mi mare, que baila fandangos y no tiene piernas.

O la entrevista a Julio Iglesias en Ibiza. Entramos en su habitación de hotel y yo ya no vi la luz del sol en dos días. Oriol me vino a buscar, barrigón y bienhumorado, con sus dos scottish terrier, y solo me preguntó:

—Tú, a que Julio lleva calzoncillos blancos.

Vaya pregunta. Y sí. Llevaba.

Este *tú* se lo aplicaba a todo el mundo, porque no recordaba el nombre de nadie, ni de las íntimas amigas casi hermanas como yo, pero que conste en acta que me llevaba más de veinte años. Que luego la gente empieza a calcular y te echan la edad del hombre de Atapuerca, pues que miren en Wikipedia, que ahí sale todo muy clarito.

Pensaba en Oriol y ponía en el iPod a Carla Bruni y a Richard Anthony. ¿Me había parecido triste alguna vez Richard Anthony y su *Et j'entends siffler le train*, quizás en mi lejana y complicada adolescencia llena de dioptrías y acné juvenil? ¡Por qué, dioses inmortales, por qué! ¡Pero si la canción francesa es la más alegre del mundo! ¡Chiquito de la Calzada al lado de Richard Anthony es el payaso triste! Francia es ahora mi patria; en realidad lo ha sido siempre. A ver, señores del jurado, ¿por qué si no llevé a mi hijo al Liceo Francés? ¿Por qué en vida de mi marido íbamos todos los veranos quince días a la Costa Azul?

> *Formidable.*
> *Tu étais formidable, j'étais fort minable.*

Ahora era el joven y algo negro Stromae el que berrinchea; me lo bajé la semana pasada a mi lista de Spotify, ¿es una premonición o no es una premonición? ¡Mis ángeles de la guarda llevan toda la vida trabajando para este encuentro!

Mi madre se apareció fugazmente, sacó la cabeza al revés por el parabrisas como si estuviera tumbada en el techo del coche y me gritó, la melena al viento:

—Entonces te podían haber dado un mejor nivel de francés. —Y añadió con ironía, porque ella no cree en nada de eso—: Tus *ángeles de la guarda.*

Puse el limpiaparabrisas y desapareció. Iba a un entierro y cantaba con las ventanillas abiertas dando golpes en el volante, y que nadie piense que yo a Oriol no le quería, pero es que todo lo que recordaba suyo era divertido y me daba risa, y esta noche volvería a ver a Sébastien. Miraba en el espejo retrovisor el rostro que amaba Sébastien y veía mis ojos brillantes y orientalizados por la dicha, los pómulos marcados, mis labios tensados en una perpetua sonrisa que no se terminaba nunca... Sébastien... Soltaba el volante para acariciarme la parte alta del muslo, allí donde una palmetada suya me había dejado un morado, y cuando llegué al tanatorio, perdóname Oriol que estás en los cielos, los asistentes me parecían celebrantes de una ceremonia gozosa y espontánea, que me recibían alborozados, casi pensé que elevarían los brazos al cielo y gritarían:

Oh, ahí viene, bella entre las bellas.
Abridle paso porque él la ama.
Y en ella sonríe la primavera.

El acto se estaba terminando. Me había puesto una falda blanca bordada y un jersey de rayas muy marinero, aunque tengo que decir que el atuendo de todos los asistentes, llegados desde sus distintos lugares de veraneo, era bastante variopinto. Rostros bronceados que hablaban de largas sesiones de barco, camisas de lino, camisetas descoloridas, minifaldas, algún pantalón corto, peinados salvajes que hacía semanas que no pasaban por la peluquería, voces en sordina, «Menorca, Llavaneras, la Cerdaña, Sitges...», y el intenso aroma a cera, a nardos, a incienso, se mezclaba con esas emanaciones leves que nos recuerdan que la carne es mortal, y también con el ligero olor a loción bronceadora y colonias frescas y un poco ácidas. En primera fila, al lado de Coral, la mujer de Oriol, estaba el alcalde, ese sí impecable como siempre, y el presidente de la Generalitat, que creo me debió de confundir con alguna pariente, porque me dio un abrazo muy apretado y me dijo:

—Lo siento mucho, era un gran hombre y un señor de Barcelona.

Después me besó la mano, y yo recibí el homenaje con perfecta naturalidad. ¡Estaba enamorada y era lógico que me agasajasen! Estuve a punto de hablarle de Sébastien, ¡tenía tantas ganas de pronunciar su nombre en voz alta! Pero cuando ya abría la boca para empezar «escucha, Artur, estábamos cenando en el Gitano...», apareció el jefe de protocolo y me apartó con delicadeza.

Mi hermana y mi hijo me habían guardado un asiento junto a ellos, en la tercera fila. Los dos me miraron con suspicacia, pero yo fingí no ver sus ojos inquisitivos y me puse a abanicarme con el recordatorio, cosa bastante absurda, porque la esquela, que era una foto de Oriol con sus perros, tenía apenas el tamaño de una estampita.

Mi hijo bajó la voz hasta un susurro inaudible para advertirme:

—Mamá, has llegado tarde.

Asentí, algo avergonzada, pero me hice un poco el gallito, porque mi amor me daba fuerzas:

—Bueno, tú has tenido que venir desde tu oficina de la Travesera de Gracia y yo desde Llafranc, ciento cincuenta kilómetros.

Mi hijo frunció las cejas, y a mí me abandonó el valor y me eché a temblar:

—Mamá, te recuerdo que si estoy en Barcelona es porque tengo que trabajar y tú no.

No me atreví a replicar y contesté humildemente:

—Sí, claro, perdona, pobre... —Y le mentí con lo único que podía conmoverlo—: *Fender* está malito, ha vomitado, lo he tenido que sacar a pasear...

No me creyó, pero se puso a mirar al frente momentáneamente aplacado, y ahora fue mi hermana la que se inclinó hacia mí:

—Yo vine ayer desde San Feliu al tanatorio... No te localizaban... También me llamaron los administradores, que el ascensor de la calle Rocafort se ha estropeado y uno de los áticos de Sants se ha inundado por una cañería...

Y añadió que había localizado antes a nuestra hermana pequeña que a mí, lo cual tiene su mérito, porque vive entre Madrid y Galicia y nunca sabemos muy bien dónde se encuentra.

Y es que las casas que nos han dejado nuestros padres son como bebés delicados siempre necesitados de atenciones, una catarata incesante de desastres sin fin, pero, a pesar de eso, Dios, cuántas catástrofes se han producido en mi primer y breve encuentro con Sébastien. ¿Qué pasará cuando nos casemos? ¿La novena glaciación, el choque de los planetas y Zara bajando en bolsa?

Sopesé contarles lo de Sébastien, ¡tenía tantas ganas de hablar de él! Pero ya me imaginaba sus expresiones hastiadas, porque tanto mi hermana como mi hijo creen que me enamoro con demasiada frecuencia, y serían capaces de comparar a Sébastien con otros especímenes de los que ya no recuerdo el nombre y que ahora me daba cuenta de que venían a ser como ensayos generales, como el número cero de un proyecto nuevo llamado Auténtico Amor.

De repente advertí que no solo me miraban ellos dos, sino todos los que estaban a mi alrededor..., porque estaba canturreando, ¡Pilar Eyre cantando en el entierro de un íntimo amigo suyo!

Quand il me prend dans ses bras,
il me parle tout bas.

Disimulé con un golpe de tos y me soné con un trozo de kleenex que encontré milagrosamente en el bolsillo de la falda. Pero es que por una de esas piruetas del destino que parecen invenciones, la mujer y el hijo de Oriol habían decidido poner *La vie en rose* como despedida.

A esa misma hora Sébastien cogía el coche para ir a Palafrugell, bajaba la ventanilla y preguntaba a una chica con un aparatoso bolso colgado del brazo dónde estaba una...

Pero no, yo de todo esto todavía no sé nada.

Se terminaron los parlamentos, y los maltrechos restos de la *gauche divine* enfilaron sus renqueantes pasos hacia la salida, donde un sol alegre, muy poco funerario, ponía una nota frívola en aquel abigarrado grupo de gente que empezaba a despedirse con grandes golpes en la espalda rumbo otra vez a sus vacaciones.

Le comenté a mi hijo:

—Hombre, para un día así, qué menos que una tormenta... Qué fallo de organización...

Mi hijo estuvo a punto de reírse, porque yo sé que en el fondo le hace gracia tener una madre estrafalaria, pero como se ve obligado por mandato divino a hacerme de padre, de abuelo, de jefe y de enfermero, apretó los labios con expresión severa. En ese momento sonó mi móvil con la estridente música de U2 y me aparté para contestar. Era Jorge Puig, un viejo amigo de juventud, un abogado importante que vive en Madrid defendiendo pleitos de esos largos, enrevesados e internacionales que dan mucho dinero.

Estaba en Barcelona de paso para Porto Cervo y quería comer conmigo. Me froté las manos metafóricamente hablando, comer, sí, vale, pero también hablar de Sébastien, ah, colega, de esta no te libras.

Pasé por casa para coger un pantalón que esa noche quizás me pondría para Sébastien. En realidad, tres pantalones. Y media docena de faldas, varias camisetas, un jersey por si hacía frío y unas botas por si al fin me decidía por el aire cañero, la chaqueta de cuero entonces, ¿cuero para ir por casa como madame Kitty? Dejé chaqueta y botas, pero cogí una crema de Sisley efecto *lifting «pour les seines»* y me di una ducha rápida. El espejo del cuarto de baño, el de toda la vida, me confirmó lo que yo ya sabía: en Pilar habitaba una muchacha y el mundo era un lugar donde solo se podían cantar canciones alegres.

Jorge me esperaba en el restaurante Contraluz, que está frente a mi casa. Semivacío, tenía ese final de agosto un aire informal, los camareros iban vestidos con tejanos y había una mesa de distinguidos japoneses.

Mi amigo es guapo, y además famoso porque estuvo involucrado en un caso de corrupción política, y la gente le miraba de esa forma que tiene la gente de Barcelona de mirar, como si no les importase, aun importándoles mucho. Por un momento hubo cierta rivalidad latente, a quién miraban más, a él o a mí; ahora, eso sí, los japoneses pasando de todo.

Le besé en las mejillas, y estaba tan contenta que si me hubiera propuesto subir a mi casa para acostarse conmigo habría aceptado, pero supongo que ni se le pasó por la cabeza, porque Jorge tiene *overbooking* de mujeres. Pero cuidado, que a mí ahora no me tose nadie.

Me observó con atención:

—Ya veo que te ha afectado mucho lo de Maspons.

Me avergoncé un poco, pero enseguida recurrí a eso tan sobado de que él era el primero en disfrutar de la vida y que le gustaría verme contenta, y mientras estaba mirando la carta, Jorge prosiguió:

—O sea, que te va bien con... —chasqueó los dedos, yo levanté la mirada del menú, ¡las noticias vuelan!—. ¿Cómo se llamaba? El casado...

Lo miré con el asombro con el que Adán contempló por primera vez a Eva:

—¿El casado? ¿Y ese quién es?

Jorge se echó atrás en la silla y rompió a reír:

—¿Cómo que quién es? ¡Pero si el mes pasado me llamaste desconsolada porque le habías preparado una cena con velas y te había dejado tirada sin avisarte! Y me enseñaste un mensaje que le habías enviado en el que le decías que...

Hice un gesto tan airado que Jorge se calló. El casado, Paco en la vida civil, un anciano decrépito de sesenta años, se fue a dormir el sueño de los justos y olvidados antes de que nos hubieran servido el primer plato, una ensalada de lentejas, y yo ya le había contado mi historia con Sébastien. Jorge masticaba, tragaba, daba un sorbo al vino, sin pronunciar palabra, imperturbable, y yo echaba a faltar los oh y ah y ¡qué emocionante! con los que las mujeres solemos recibir este tipo de confidencias. Cuando terminé, me quedé mirándolo. Repetí la última frase:

—Almas gemelas... toda la vida juntos...

Se secó los labios con la servilleta, cloqueó bondadosamente y me cogió las manos:

—Pilar, Pilar... Pero no aprenderás nunca, ¿un día y ya enamorada? ¿Qué sabes tú de ese hombre?

Se veía claro que estaba celoso, envidioso, y encima era un amargado y un aguafiestas, todo en una pieza. Amostazada, retiré mis manos de las suyas:

—¿Cómo? Pues todo prácticamente, ya te he dicho que es corresponsal de guerra...

—Qué bonito, uh, qué peligroso.

Nos trajeron el segundo plato, un rape con cebolla caramelizada, guardábamos silencio.

—¿Está casado?

—Sí, no, ¡no lo sé! Hombre, debe de estar divorciado, si no a su hija no le haría gracia, supongo, que viniera a mi casa todas las noches.

—Todas las noches... Una, ¿no? ¡Tú siempre a lo grande!

¿Desde los veinte años éramos amigos? ¿Cómo había podido aguantarlo?

—¿Lo has mirado en internet?

Pegué un bufido; me hubiera levantado en ese momento y lo hubiera ensartado con el mismo cuchillo de postre con el que quise atentar anoche contra la vida de Camila, ¡dos por el precio de uno!

—No, no tengo por qué dudar de él. ¡Yo no investigo a mis amigos!

Se mofó de mí con indulgencia:

—¿Tú, que eres la puta ama de las búsquedas? —Jorge es así, a veces le gusta emplear el lenguaje de sus hijos; a continuación sacó su iPhone del bolsillo—. Va, tonta, miremos. ¿Cómo se llama dices?

—Sébastien —respondí rauda y veloz.

—Sébastien qué.

Me callé de golpe. No sabía cómo se llamaba de apellido, era verdad. Con tono de queja protesté:

—No sé cómo se llama..., es que lo conocí ayer.

—¡Acabáramos! ¿Lo conociste ayer, no sabes cómo se llama y estás enamorada de él? ¿Con quién te metes en la cama, Pilar? ¿A quién llevas a tu casa?

Estuve a punto de llorar:

—Es de Montpellier, y tiene una hija que se llama Amandine, y..., y...

Jorge se guardó el móvil en el bolsillo moviendo la cabeza y mascullando «qué novelera eres», pero al momento se había olvidado ya de mi casuística, como dice él, que por algo es abogado, ya que una chica joven se acercó y le preguntó:

—¿Sabes quién soy?

Es una pregunta tan peligrosa como ¿cuántos años me echas? Pero Jorge la soslayó con esa gracia encantadora que el Señor derramó sobre su cabeza el día en que nació y que no representa por tanto ningún mérito, y le contestó:

—Eres Minerva, la diosa de las mil obras.

La chica enrojeció y se embrolló en difíciles vericuetos explicando que era la hija de su prima Marinín, y Jorge le hizo una carantoña sin compromiso porque tenía que irse a ese sitio tan pijo donde lo estaba esperando Naomi Campbell. ¡Solo lo sabía yo, pero no podía utilizarlo en plan periodístico porque soy su amiga y además entonces me importaba una mierda hablando en plata! Llamé al camarero para pagar y pensé, sí, hombre, le voy a contar a este ser insensible que hay cosas más allá de los detalles biográficos que no pueden explicarse.

Pero el camino de vuelta fue menos alegre que el de ida. El cielo era de un azul seco, casi pizarroso, del mismo color que la monótona cinta de asfalto bordeada por espesos arbustos de color verde oscuro solo cortados aquí y allí por senderos rojo sangre. En lugar de a Carla Bruni, escuchaba a Zenet:

Déjame esta noche... soñar contigo,
déjame imaginarme en tus labios los míos...
déjame que te espere aunque no vuelvas,
déjame que te deje tenerme pena...

Y mis padres fueron todo el rato sentados en el capó poniendo cara de velocidad. Pero, cuando atravesé Llafranc, vi el mar inocente y libre, y di la vuelta a la última rotonda antes de emprender la subida a mi casa, el día volvía a resplandecer con una luz brillante y límpida, y yo me puse a dar otra vez golpes al volante siguiendo el ritmo de *Formidable,* porque esa noche lo iba a ver y me iba a enterar de todo.

Porque todo era saber si me continuaba amando, si amaba mi cuerpo, si sus manos continuaban siendo grandes y me amaban. Entré a gritos en casa, *Fender* vino a recibirme con grandes movimientos de cola, vi todos los bolsos Vuitton, que Lidia había colocado cuidadosamente en la mesa del comedor como si fuera un escaparate con un cartelito en el que figuraba el precio, y me emocioné tanto que se me humedecieron los ojos, me puse a hacer pucheros, cogí el más grande, el maletín con ruedas, «señor, ¿me permite?», y empecé a bailar con él por la planta baja mojándolo con mis lágrimas, explicándole que:

—Perdone mi congoja, señor duque, pero este vals me recuerda el Imperio austrohúngaro, nanana...

Vueltas y vueltas saliendo al jardín con *Fender* ladrando, quitándome los zapatos de una sacudida y pisando la hierba húmeda y el lodo viscoso:

—Nanananana...

Dejé el bolso junto a sus compañeros con una reverencia, con las lágrimas resbalándome por las mejillas aunque no estaba triste, sino que era muy feliz, y decidí quedármelos todos aunque tuviera que comprar un piso para guardarlos.

—Les voy a poner un piso a los vuittons.

No sé por qué esta estúpida idea me dio risa, y pasé de las lágrimas a las carcajadas, subí arriba cantando y me sorprendió un intenso olor a flores. Llevada de un rapto de ingenio, Lidia había desparramado sobre la cama los pétalos de todas las rosas de mi jardín, y como supongo que le parecería poco, había rociado sábanas y almohada con mi carísimo Acqua di Parma a base de jazmines de Calabria. Otra vez me emocioné, le tiré un beso imaginario con la punta de los dedos y me lancé de cabeza a la ducha, ¡tenía el tiempo justo para arreglarme, solo faltaban cuatro horas para la noche!

Y no, no sospechaba. Nada. Todavía nada. Desde el teléfono de su habitación Sébastien había pedido un número de un país lejano, como todas las tardes a la misma hora, y en recepción le dijeron:

—Un momento, señor Pagès.

Y como cada día, la conversación se prolongó casi una hora. Sí, de todo esto me enteraría más tarde.

Me llamaron mis primas desde Sevilla; aullaban innecesariamente, ya que se oía a la perfección el ruido de palmas y guitarreos:

—¡Estamos en un flamenquito!

Les conté lo de la noche y me dijeron:

—Oh, ah, ¡qué emocionante! No te emperifolles mucho, que se te vea natural.

Yo suspiré a mil kilómetros de distancia:

—¡Os añoro! Es el hombre de mi vida, mi media naranja...

Pero Jorge había plantado una semilla en mi interior, ahora era invisible, pero pronto empezaría a brotar y, en lugar de convertirse en una judía según aquellos experimentos que hacíamos en ciencias naturales en el colegio, se iba a convertir en una sospecha.

¡Ahí empezó todo!

A las doce no había llegado.

Apagué el móvil porque mis primas no dejaban de enviarme mensajes obscenos preguntándome detalles, apagué las velas y el olor a cera me recordó el funeral de Oriol. Una vez más, mis ilusiones también morían, me planteé que las malditas velas me daban mala suerte y que nunca más iba a entrar una en casa, de hecho, las tiré todas al cubo de la basura, subí a mi habitación, arrojé los pétalos de rosa al váter, me desmaquillé furiosamente, me arranqué la ropa y me puse una camiseta vieja y grande, tuve que quitarle a *Fender* una vela de entre las fauces, me metí en la cama, me tomé la pastilla para dormir, me tapé la cabeza con la sábana y oí un ligero repiqueteo, muy ligero, muy lejos..., la campana del jardín... *Fender* dio un ladrido corto, y yo me tapé más... A buenas horas, quién será, tendrá cara... ¡Ya me he tomado la pastilla, estoy fea y hecha una porquería, ya no me hace ilusión! Eso me iba repitiendo por dentro de mi cabeza, pero a la vez y sin que interviniera voluntad ninguna me iba poniendo los shorts, otra camiseta casi tan horrible como la anterior, calzándome las alpargatas, echándome el flequillo sobre la frente, gritando:

—Ya voy, ya voy...

Que no huya, que no crea que estoy dormida. Me di un golpe dolorosísimo en la espinilla con la esquina de la cama, tropecé en los escalones de la entrada y estuve a punto de caer. Ahí estaba él, tan alto que sobresalía medio cuerpo de la puerta, abrí y ahí estaba él, me abrazó y era él. Me pidió perdón, que Amandine no se había querido acostar hasta muy tarde, y yo le pregunté, la boca contra su pecho, sin saber si la voz era mía o era ajena:

—¿Cómo te llamas de apellido?

Si se sorprendió, no lo demostró, me contestó sucintamente:

—Pagès.

Me aparté, le clavé el índice en el esternón y le dije, todavía no sé por qué:

—Mañana te buscaré en internet.

Me miró a los ojos, me cogió el dedo, me volvió a abrazar y me dio una sacudida, como se hace con los niños:

—No te canses... No salimos en internet; hemos borrado todos nuestros rastros porque nuestro trabajo es demasiado arriesgado, trabajamos en zonas de conflicto y no queremos que se sepa.

—Te buscaré en *Le Monde* y en *Le Figaro*...

—Nunca firmo, trabajo para una agencia...

Y después un suspiro hondo:

—Cómo te he echado en falta hoy..., todo el día... No sé qué coño me has hecho...

Le rodeé el cuello con mis brazos, me levantó a pulso, algo que ningún hombre ha hecho conmigo, y así cruzamos la puerta —alcancé a cerrarla con el pie—; me llevó escaleras arriba, me desnudó, y la noche se llenó de nuevo de gemidos, palabras incoherentes, mucho:

—Amor mío, amor mío...

Y:

—Ahora, por favor, ahora...

Y también:

—Cariño, amor, amor mío.

En un momento dado, se inclinó sobre mi oído y musitó:

—Benditos sean los hombres que has tenido, porque te han preparado para esto.

Yo lo miré interrogativamente y me susurró:

—Espira..., expulsa todo el aire. —Me puso una mano sobre la boca para no dejarme respirar—. Así..., la sientes mucho, ¿verdad, Pilar? Así..., así...

Cuando ya no podía más, me volteó:

—Aguanta..., espera, verás cómo te gusta...

Dije sí, sí, pero me revolví a pesar de todo y el dolor se hundió en mí y me arrancó un grito, y aún ahora, solo recordándolo, boqueo como un pez fuera del agua y tengo que dejar de escribir, solo el recuerdo me marea, tengo que apartarme del ordenador y tenderme en el sofá.

Qué mierda, mil veces mierda.

Fuera llueve, porque no solamente es invierno en mi corazón. Tengo frío, cojo una manta para taparme y me doy cuenta de que estoy sangrando por la nariz, con un pañuelo trato de detener la hemorragia y me siento extrañamente vacía e insignificante, ¡he perdido tanto peso! Mi cuerpo apenas abulta, la leve colina del pubis, las rodillas puntiagudas, el dedo gordo del pie, y nada más, porque los pechos, que hace tiempo que dejaron de ser firmes y turgentes, se desparraman hacia los lados como flanes de nata.

Sébastien me los besaba una y otra vez y me decía:

—Mi Pilarita, me gustan tus pechos naturales, blandos, que se puedan morder, que te los puedas meter en la boca...

Fueron horas de ignota y salvaje dulzura que nos dejaron sudorosos, ahítos y devastados como guerreros después de librar una batalla. Nos tumbamos cara al techo, y él encendió un cigarrillo. Me apoyé en el codo y le miré, cuando aspiraba cerraba los ojos y dilataba las aletas de la nariz, tenía los hombros anchos y puntiagudos. Seguí con el dedo la línea de la clavícula y mi índice se hundió en un pequeño agujero, le di un ligero empujón para que se diera la vuelta y se semiincorporó, sobre el omoplato tenía otro agujero, menor, y le dije, no en vano soy una fiel lectora de novelas policiacas:

—Pero, Sébastien, ¡esto es un disparo de bala! ¡Te ha atravesado!

Aspiró el humo profundamente y tardó en contestarme:

—Sí, pero no me dañó ningún órgano, fue en Kosovo.

Mi instinto profesional se puso alerta, y protesté:

—Pero tú eres periodista, no un soldado...

Se puso a reír y me obligó a acostarme sobre su hombro; mi instinto profesional se fue a paseo:

—Hace veinticuatro años que estoy en esto, y algo me ha tocado de refilón... He estado en los peores sitios, empecé en Ruanda. ¡He visto cosas en Ruanda que ningún ser humano puede olvidar!

Se calló, y de pronto volvió a hablar con voz de pozo hondo y oscuro:

—Dos millones de personas murieron en dos meses a machetazos, a un chico le cortaron la cabeza delante de mí y la boca se le abría y se le cerraba, incluso vio su propio cuerpo, que estaba a un par de metros, y luego me miró extrañado, como pidiéndome explicaciones... —Me dio un beso en la frente—. He estado en Rusia, Malí, Chechenia, Afganistán. En Split y en Zagreb había fosos llenos de cadáveres. ¡Lo extraño es que no me hayan pasado más cosas! Como dicen los árabes, tengo baraka...

Murmuré aún:

—Es una forma muy rara de ser periodista...

Me dio un apretón ligero, como riñéndome:

—El mecánico de la París-Dakar no tiene nada que ver con el mecánico de la Mercedes y los dos tienen la misma profesión...

Me quedé pensando un momento si era un piropo que me considerase un mecánico de la Mercedes mientras él proseguía:

—El mecánico de la París-Dakar y el mecánico de la Mercedes son dos barcos que se han cruzado en la mar...

Yo puse los dos índices enfrentados:

—¿Así?

Y él puso sus dos índices también el uno frente al otro apretando con fuerza, ¡parecíamos criaturas!, y dijo:

—Puede ser así —e hizo que resbalara un dedo al lado del otro, y uno se fue hacia arriba y el otro abajo— o así...

Después levantó una sola mano frente a mí, y el índice y el dedo medio se cruzaron el uno sobre el otro:

—O así... para siempre.

Siempre. La palabra sagrada de los enamorados. Fue la primera vez que se dijo.

Yo le cogí los dedos, la mano entera, y se la besé y después me quejé débilmente:

—Mi amor, no sé nada de ti...

Otra vez se puso a reír, y noté que asentía; se sentó con las piernas cruzadas porque se movía desnudo con tanta naturalidad como si viviéramos en una época primigenia donde no se conocía la ropa. Y me lo contó todo. Que se había casado tres veces, que tenía cuatro hijos, dos de ellos gemelos, que Amandine era de su última mujer, una médica de París que no había podido soportar sus viajes y su profesión, y que un día, inesperadamente, le pidió el divorcio:

—Yo acababa de regresar de una misión en Irak y no tuve más remedio que aceptarlo...

Pregunté despreocupadamente:

—¿La querías?

—Sí, mucho, la última mujer con la que me he acostado ha sido ella, en junio, y eso que ya estábamos divorciados. —Fingí reírme sangrando por dentro—. Hasta que te he conocido a ti creía que la seguía amando...

Oh, lo ha dicho al fin. ¿Qué me importaba el mundo entero si él me quería? ¡Chúpate esa, Jorge Puig! ¡Minerva, la de las mil obras! ¡Ni que fuera un albañil la tal Minerva! ¡Antiguo! ¿Quién sabe quién es Minerva?

—Amandine se quiso venir a vivir conmigo...

¿Esa antipática que me miraba con ojos de reproche estaba viviendo con él? Pero, un momento, Pilar. ¿Hasta que su hija lo quiera va a ponerme celosa? ¿Estoy loqueando?

Pensé, si me enseña las fotos de los niños me desenamoro. No lo hizo. Solo me explicó:

—¿Sabes que he venido aquí por casualidad? He estado con los cuatro chicos viajando por toda Cataluña, y al final los tres mayores se cansaron y prefirieron volver con sus madres... Amandine quería ir a Cadaqués, donde tiene amigos, pero no quedaba ni una habitación libre, empezamos a vagar sin rumbo, vinimos a parar aquí, vimos el hotel, detuve el coche, bajé, pregunté y...

Yo concluí:

—¡Estamos predestinados!

Me miró pensativamente:

—He pasado todo el verano muy nervioso, sabía que me iba a ocurrir algo importante...

Mentí sin darme cuenta:

—¡Yo también! —Y como me pareció pobre esta constatación, la adorné—. Solo canto canciones francesas, paso medio verano en la Costa Azul, he llevado a mi hijo al Liceo Francés...

Me miró con interés:

—Ah, pero ¿qué edad tiene tu hijo?

Me hubiera encantado poder decir «cuatro años», pero como era inevitable que lo conociese puesto que iba a ser su nuevo papá, no tuve más remedio que confesarle:

—Veinticinco. —Pero me apresuré a añadir—. Cuando lo matriculé a los tres años ya tenía una premonición...

Me besó la cabeza riéndose y me dijo:

—Mmmh, brujilla, me gusta tu olor... ¿sabes que Amandine me ha preguntado si me iba con mi novia?

Adorable niña.

Lo acompañé a la puerta. Alboreaba y él me besaba una y otra vez, no podíamos dejar de tocarnos. Me cogió la cara entre las manos para conocerla a la pálida luz del amanecer, ¡solo nos habíamos visto de noche! Levanté el rostro sin miedo, retadora, y él me palpó las manchas, las arrugas, me acarició la piel desnuda y áspera, posó sus labios sobre mis párpados marchitos y estuvo así largo rato. De repente se apartó:

—Ayer me olvidé de pedirte tu número de teléfono, me lo había dejado en el hotel, dámelo ahora...

Lo marcó en su móvil.

Con gran esfuerzo salió, cerró la puerta y, apoyándose en ella, me dijo:

—Hasta mañana, amor mío —aunque señaló el cielo gris pálido que iba tiñéndose de rosa y rectificó—, en realidad, hasta dentro de un rato.

—¡Dentro de un rato! —De pronto, me acordé. ¡Hoy era viernes! El día en que... Iba a contárselo, pero al final pensé que se lo diría por teléfono.

Cuando ya estaba en la cama, insomne y locamente enamorada, trazando con los dedos en el aire el número de su móvil una y otra vez, recibí su primer mensaje, a las 7.01 del 30 de agosto:

—Pilarita, *je t'aime.*

Debajo, dos barcos.

Era el kilómetro cero de mi tormento.

4

¡Viernes!

Hoy es viernes.

Mi vecino Rubén López lleva un mes preparando la última cena del verano. Rubén es un pintor de Girona que un día, cuando yo acababa de comprar la casa, vino a presentarse. Tenía el pelo largo y gris recogido en una coleta, jersey rústico, ojos castaños, y me tendió una botella de champagne Pommery de bienvenida. Yo creí que estaba soltero, porque me hablaba en singular, pero después descubrí que cohabitaba con una joven impresionantemente rubia y voluptuosa, extranjera, y mi larga experiencia, intuición y talento natural me advirtieron de que no se trataba de la *au pair* de los niños. Más que nada, porque en esa casa no había niños.

Ya entonces me anunció lo que era un rito en su verano:

—El treinta de agosto doy una cena a base de gambas de Palamós y me gustaría mucho que vinieras... Te sentirás cómoda; todos son amigos míos de la infancia que no tienen nada que ver con esto. —Hizo un gesto de mano que abarcaba su mundo y el mío, como si fuéramos cómplices en alguna profesión frívola y siniestra a la vez—. Son notarios, registradores de la propiedad, ya sabes...

Yo concluí.

—Gente normal, vaya.

Había aceptado con alegría, claro que eso era antes de la aparición de Sébastien, cuando mis días de descanso tenían que llenarse de acontecimientos que me apartaran del balcón demasiado bajo para tirarme y de las hostias con vaselina que me metían mis padres.

Al pensar en ellos se materializaron un instante a los pies de mi cama, me saludaron con la mano moviendo solo la muñeca a la manera de los reyes y mamá me dijo una frase incomprensible:

—Levántate, hoy es viernes, ¡tu último día!

Papá la cogió del codo y después, literalmente, los dos se esfumaron, es decir, se fueron volviendo transparentes hasta que se disolvieron, dejando solo un soplo de aire cálido.

No sé si mamá oyó que yo hice trompetilla con la mano en la boca y le dije:

—*Me la bufa.*

¡Qué cosa tan singular es el tiempo! Si está repleto de sucesos, pasa rápido aunque luego en el recuerdo se nos antoje largo y dilatado, si estamos inmersos en la monótona rutina, el día a día transcurre lentamente, pero en la memoria ocupa un instante tan corto como la vida de una flor. Los dos días con Sébastien, ardorosos y repletos de vértigo, llenaban una vida entera. Me parecía que el funeral de Oriol había tenido lugar años atrás, y tan solo había sido ayer, y de pronto mi corazón se detuvo, ¡no sabía cuándo se iba Sébastien! ¡Nunca se me había ocurrido preguntárselo!

De abajo me llegaba un intenso y tentador aroma a café, oía a Lidia hablándole a *Fender*.

—Tu ama está durmiendo, no armes follón que la despiertas.

Mira que le he suplicado miles de veces que no diga tu ama, que me suena a rollo *dominatrix*, pero Lidia, habitualmente obediente y conciliadora, se encrespa toda:

—¡Por mis narices que yo no le digo tu mamá al perro ni que me quemen los pechos como a santa Águeda!

¿Cuántas horas había dormido estos últimos días? ¿Dos, tres? Pero el milagro del amor me mantenía fresca como una lechuga, tanto que me tumbé sobre la espalda, hice bicicleta con las piernas en alto, después tijereta, me repetí «punta flex, punta flex» cien veces y terminé con veinte abdominales y el pino puente. Sonriendo por tantas cosas buenas como me estaban pasando, cabeza abajo y pies arriba, me contorsioné para coger el móvil de la mesita de noche, lo conecté, pip, un WhatsApp:

«Pilarita, ¿duermes todavía?».

Me caí de golpe, miré la pantalla como si se me hubieran aparecido la Virgen de Lourdes y John Lennon a la vez. ¡Era Sébastien! Salieron los pitidos de varios mensajes. Mientras yo dormía, él escribía con sus dedos largos y veloces palabras de amor para mí. Me revolqué en la cama abrazada al móvil, miré al techo, la terraza, el cuarto de baño abrazada al móvil, muerta de vergüenza, de emoción, de anhelos inconcretos y muy precisos a la vez. Al final me armé de valor y seguí leyendo mensaje tras mensaje con la sonrisa torcida de los retrasaditos:

«Pilarita, te beso la boca», «me gustas cuando caminas porque se te mueven los pechos», «mi Pilarita, no puedo dormir, estoy en la terraza mirando el mar», «te voy a comprar un regalo, amor mío», «estoy lleno de ti, Pilar»...

«Coge el teléfono de una puta vez, so cerda.» Eh, ¿este cómo se ha colado aquí?

Era mi editor, es cierto. Vi que había varias llamadas suyas, al azar escuché sin verdadero interés uno de sus mensajes de voz: «Hoy has salido en la prensa en un funeral, vale, divirtiéndote en vez de escribir... Te recuerdo que se te echa el plazo encima y si no me entregas un manuscrito tienes una penalización de cinco millones de euros según tu contrato...».

Sonreí con suficiencia, era feliz, a otro perro con ese hueso.

Sébastien me amaba.

Mis dedos marcaron raudamente: «Cariño mío..., ¡muero por ti!».

Su respuesta llegó enseguida, casi noté su aliento, «mi vida ya se divide en dos: estar contigo o estar sin ti», yo le contesté, «estoy esperando la noche como cuando era pequeña y tenían que pasar los reyes magos». Su respuesta se demoró, y me pregunté ansiosamente si es que en Francia quizás no había reyes magos, solo Papá Noel, y no tenía ni puta idea de lo que le hablaba, pero mi Sébastien era muy listo y se extasiaba diplomáticamente, «ah, mi Pilarita...». Y luego me preguntaba: «¿Qué palabra es esa que me repites cuando te hago el amor?». Yo le contesté «amor mío», «no, no», «¿cariño, quizás?», «no, tampoco», le sugerí «¡mi vida!», aun sabiendo que era un término que no utilizaba nunca, y él volvió a rechazarlo, «no, no», y ya le indicaba palabras imposibles, «mi sombrero, mi pie, mi bolígrafo, mi guante de crin, mi albornoz, mis cojones», y él a todo contestaba «no, no», aunque fingía dudar, «a ver, ¿mis cojones?», aunque pronto la descartaba, «no, no, tampoco», y sabíamos los dos que nos estábamos riendo y que apenas podíamos apretar las minúsculas teclas aunque no llegábamos a escribir ese jejejeje o jajajaja con que se denotan las carcajadas porque era innecesario. Éramos felices. El corresponsal de guerra curtido en mil batallas y la escritora que más vendía de España (casi) se estaban divirtiendo.

De pronto me puse seria: tengo que comunicarle que esta noche tenemos la cena de Rubén, ¡una cena!, ¡como una pareja normal!, «una noche-gambas». Y él me dijo que no, que solo quería estar conmigo, que no, que no, y yo le dije que sería solo una copa entonces, y él que no, que no, y yo le supliqué que me viniera a buscar a casa de mi vecino y que iríamos enseguida a la cama, y él se dedicó a escribirme largos mensajes llenos de melancolía en los que me decía que no me quería compartir con nadie, que quería que estuviéramos solos los dos juntos. Yo me hice la chula, y dejé el móvil en la mesilla de noche y bajé la escalera cantando:

Formidable.
Tu étais formidable, j'étais fort minable.
Nous étions formidables.

Lidia puso la taza de café con leche, mi bocadillo de jamón y mis múltiples vitaminas y reconstituyentes en la barra de la cocina, al lado vi un ramillete de flores silvestres todavía húmedo. Como siempre se hace en estos casos, me las llevé a la nariz tratando de aspirar un aroma inexistente:

—Gracias, Lidia, qué detalle.

Pero Lidia, trapo en mano, me explicó:

—Sí, claro, me voy a ir yo a los campos a recoger florecillas con la faena que tengo... Se las ha traído esa amiga suya, esa que es como usted. —Puse cara de extrañeza—. Esa que también es... escritora...

Típico de Camila. Cuando sabe que no se ha portado muy bien, tiene un detalle que te desarma y hace que te afloren las lágrimas a los ojos como entonces, era feliz y el mundo era feliz conmigo, Camila incluida. Levanté a *Fender* sobre sus patas traseras y traté de bailar con él, aunque después lo dejé caer de golpe para subir rápidamente a buscar el móvil y leí por encima, «te quiero», «mi Pilarita», «NO A LA GAMBADA». Lo puse al lado del plato para ir leyendo mientras desayunaba, y cuando estaba a punto de hincarle el diente al bocadillo, estalló en el jardín un estruendo de ametralladora terrorista. Sin girarme, levanté la mano y grité:

—Hola, Ahmed.

Ahmed es el novio argelino de Lidia. A ver, no es argelino, en realidad ya ha nacido en Francia, tiene el rostro atravesado por una terrible cicatriz producto de un navajazo, lleva tatuajes y no tiene ni idea de hacer de jardinero. Pero le encanta utilizar la cortadora de césped, y así se gana un dinerillo extra que le viene muy bien. Lidia suele enumerarme sus cualidades:

—No bebe, no come cerdo y puedes entrar tranquilamente con él en una tienda porque nunca roba nada.

Ahmed es el que le proporciona los bolsos para vender, lo que me llevó a recordar mi determinación de la noche anterior:

—Oye, que sepas que te compro yo todos los vuittons —Lidia me miró con suspicacia, porque no le gusta ni la caridad ni la compasión; me aclaré la voz—. Tengo varios cumpleaños y santos y me irán muy bien para regalos... Mira, esta noche me llevaré a una cena que tengo ¡este!

Cogí una pequeña cartera, un regalo apropiado para la voluptuosa novia de mi vecino; claro que debía entregarlo con la advertencia de que es falso, ¡no fuera a ser que acudiera a la tienda auténtica a cambiarlo!

Y aquí viene lo de siempre. ¡Cómo voy a regalar algo advirtiendo que es falso! ¿Y cómo envolverlo? ¿Es mejor tratar de imitar patéticamente el envoltorio de una tienda de lujo o entregarlo simplemente dentro de un cucurucho de papel de periódico como si fueran media docena de castañas?

Llevaré una botella de vino.

Los bolsos se los proporciona a Ahmed «un camarada» de Francia, y aunque se expresa en un español mejor que el mío, yo le hablé en francés, porque la vida era bella y rosa y por lo que todos sabemos.

—Ahmed, ¿conoces Montpellier?

Ahmed se apoyó en la cortadora y me dijo achicando los ojos con recelo:

—Sí, allí tengo un camarada.

¿Se estaría burlando de mí recordando el himno fascista como alusión a mi último libro *Franco Confidencial*? Hice una prueba:

—Yo tenía un camarada / entre todos el mejor / todos juntos caminábamos / alrededor de un tambor.

Me miró sin sorpresa, para él todos los españoles en general, las mujeres en particular, las españolas concretando y yo todavía más, estamos locos. Prosiguió encendiendo cachazudamente un porro:

—Estuvimos juntos en la legión extranjera.

Ahmed tiene camaradas en todos los puntos calientes del globo, sobre todo en Marsella. Lidia dice arrobada:

—Es muy sociable, ¡como usted!

Yo revolví mi café con leche y le dije bajando los ojos:

—Yo también tengo un camarada en Montpellier... se llama Sébastien Pagès.

Ahmed rio dejando ver una no muy cuidada dentadura, aunque muy blanca, eso sí:

—¿El jugador de rugby? —Y levantó el pulgar—. Uuuh, guau, madame conoce a todo el mundo...

—¿Cómo?

Y Ahmed hizo ademán de abrazar una pelota:

—Sí..., rugby, ya sabe... —Dejó de hacerme caso, ¡al fin y al cabo soy simplemente una mujer, un elemento sin importancia! Apagó el porro con el dedo untado de saliva, lo depositó como siempre detrás de unos libros y volvió a poner en marcha el artefacto infernal.

¡Sébastien, jugador de rugby!, ¡ese deporte tan varonil en el que los jugadores llevan unas grandes hombreras! ¿O eso es el béisbol?

Ciega de curiosidad, sin acabarme el desayuno, me lancé sobre mi ordenador y metí en Google las palabras mágicas: «Sébastien Pagès». Por primera vez tecleé en el ordenador estas letras, s-e-b-a-s-t-i-e-n-p-a-g-e-s. ¡Cuántas veces he tenido que escribirlas desde entonces!

Vi cómo parpadeaba el nombre, me imaginé una corriente eléctrica recorriendo Francia a lo largo y a lo ancho, y al final se desplegó una lista de ¡siete Sébastien Pagès! Y, en efecto, el primero era el jugador del Montpellier Rugby Club, esos brazos de Sébastien, esos brazos... Entonces me di cuenta de que eran los de un deportista y no los de un periodista, por muy corresponsal de guerra que fuera.

Ya está, lo asumí, Sébastien era jugador de rugby, pero ¿por qué me había engañado? Claro que podía ser corresponsal de guerra como profesión y jugador de rugby como afición, o al revés. Tecleé enloquecidamente, fui a su entrada en Wikipedia y miré la foto... Un hombre gordo, calvo, de treinta años, con las piernas arqueadas y unas vendas blancas en las rodillas, me miraba desde el centro de un campo de deportes.

Vaya, pues no era mi Sébastien. Perdóname, amor mío, que haya dudado de ti y te haya confundido con este gorila, no volverá a ocurrir, te lo juro, pero ya que estamos... Rápidamente miré los otros seis, todos con foto, y ninguno de ellos era Sébastien, al parecer era un nombre mucho más corriente de lo que esperaba... A ver, a ver, una última búsqueda rápida en *Le Figaro* y *Le Monde*, ninguno de sus colaboradores se llamaba Sébastien Pagès tal como él me advirtió, me volví hacia Ahmed, que estaba entonces destrozando mis geranios haciendo lo que él llamaba «podar».

—No es el jugador de rugby —innecesariamente le aclaré—, es corresponsal de guerra.

Pero ya me estaba entrando otro mensaje de mi Sébastien, que leí sintiéndome tremendamente culpable por mi desconfianza, «amor, no vayamos a la gambada, yo quiero estar a solas contigo... Te quiero besar en la boca».

Me enternecí, pero como Dominguín, que según contaba la leyenda se acostaba con las más guapas para luego correr a contarlo (él siempre me dijo que era mentira), insistí, pero esta vez recurriendo a la alta estrategia aprendida en la escuela para mujeres de las cuevas de Altamira y en mi parvulario: ¡dar celos! «Ah, muy bien, me lanzaré a los brazos de otro hombre», y mi Sébastien cayó en la trampa como un pardillo: «No, me reuniré contigo, mantén el teléfono junto a ti y te llamaré...».

Es una técnica primitiva, pero que nunca falla.

Sumisa, escribí simplemente, «sí», y él, crecido, me preguntó, «¿a quién tendrás esta noche entre tus brazos?», y mi respuesta debió de satisfacerle, porque se tranquilizó y dejó de enviarme mensajes, «a ti, solo a ti».

Ese tercer día post Sébastien trascurrió tan atropellado como los dos anteriores, me llamaron del periódico y dije el lunes, el lunes, me llamó mi hijo y le mentí explicándole que estaba en vena, escribiendo, me llamaron mis hermanas, el administrador, Camila, la biblia en verso, ¡no estaba para nadie! Mis primas dejaron el recado de que regresaban el día siguiente. Que no me distrajeran, por favor, si se caía el mundo que no me avisaran, que tenía que ir a la peluquería para pedirle a Isabel:

—Ponme guapa.

Me peinó, me depiló, me hicieron la manicura; pasaron tantas horas que tuve que salir tres veces a cambiar el papel horario porque la grúa se me llevaba el coche. No recibí nada de Sébastien, y debería haberme preocupado, ¡mi instinto adivinatorio se había ido de vacaciones, porque en esos momentos él estaba con otra mujer! Pero como no lo sabía, yo solo tenía ganas de reír, conducía con una mano y avanzaba a trompicones mientras cantaba sacando la otra por la ventanilla como había visto hacer en los anuncios:

La cucaracha, la cucaracha
ya no puede caminar.

Hasta que me pararon los guardias para hacerme un control de alcoholemia, pero me vieron tan contenta, tan dispuesta, tan servicial que me dejaron marchar dando un paternal golpecito al capó, ¡ellos también sabían!

A la hora de la cena en punto me presenté en casa de

mi vecino. Rubén me recibió poniendo el brazo sobre los hombros de la voluptuosa para que no cupieran dudas y les tendí una botella de vino, tres libros míos que habían salido en edición de bolsillo y una caja de bombones que unos días antes me había llevado no sé quién:

—Después, si no os importa, vendrá un amigo a tomar una copa. —Quería hablar de él y no sabía qué decir, así que fabulé un poco, ¡perdonen!, ¡defecto profesional!—. No habla ni una palabra de español, pero tiene muchas ganas de conocer gente de aquí, aunque deberéis tener paciencia con él, porque es un tanto asocial, ya que vive la mayor parte del año en la selva...

—¿Es masái? —me preguntó la voluptuosa.

Y yo dije sobriamente:

—Es corresponsal de guerra.

Rubén arqueó las cejas, su novia se rio con nerviosismo y el resto de los invitados, un grupo elegante de personas muy serias y formales, se apresuraron a tranquilizarme diciéndome que todos ellos hablaban francés (excepto un inglés que me dijo que él solo hablaba inglés) y me preguntaron si las broncas que se forman en la tele eran de verdad y si la ropa con la que salgo es mía o me la prestan.

De la cocina llegaban decenas y decenas de gambas; teníamos que comerlas sin cubiertos y chuperretear mucho, pero yo me empeñé en usar cuchillo y tenedor porque no quería que las manos y la boca me olieran a..., en fin, no me atreví a decirlo delante de concurrencia tan exquisita.

Con una grosería que traté de excusar con vagas explicaciones que nadie comprendió, mantuve el móvil al lado del plato, y al final vibró, «mi amor, te estoy esperando, ven ya».

Le dije a Rubén:

—Sébastien se ha confundido, está en la puerta de mi casa.

Y él, que es un hombre educado, se levantó:

—No te muevas..., ya voy yo a buscarlo...

Estábamos cenando en una pérgola en el jardín cubierta por leves gasas para combatir el relente de la noche. Cuando Rubén las apartó para que entrara Sébastien, un poco encorvado sobre sí mismo, se hizo un silencio. Ellos se removieron incómodos en sus sillas, ellas se quedaron literalmente con la boca abierta, solo yo bajé modestamente los ojos como diciendo «sí, es todo mío, de esta señora de mediana edad, todo mío, de la cabeza a los pies, todo mío». Rubén lo presentó, y Sébastien saludó uno a uno tendiendo la mano con desenvoltura y después se acercó donde yo estaba y me besó levemente en la cabeza.

El silencio dio paso a un griterío unánime, a un chillido como de cotorras en celo, las mujeres se bajaron un poco más los escotes, una de buen tipo se levantó para que la viéramos, otra se puso a reír a carcajadas, la novia de Rubén se apresuró a plantificarle en la mano una taza de café arrimándole una teta (yo fingí no darme cuenta, pero le aticé con el bolso en la rodilla y cuando se cayó al suelo dije perdón) y los hombres metieron barriga y crecieron un par de centímetros. Todos llevaban camisas de hilo arremangadas, el uniforme que en la Costa Brava se considera de vestir, y Sébastien una camiseta de rayas y un pañuelo alrededor del cuello, ajeno a la expectación que había levantado, fumaba plácidamente, con el codo apoyado en la mano del otro brazo y la cabeza un poco ladeada.

Yo dije sin mirar a nadie en concreto, como si fuera una gracia:

—No habla español.

Todos se apresuraron a aclarar que era igual, que todos hablaban francés, únicamente el inglés comentó con frialdad:

—Dada su profesión, me supongo que hablará inglés.

Lo miré airadamente, me parecía un perfecto imbécil, y le contesté con sequedad:

—Claro que habla inglés, ¿no es verdad, Sébastien?

Todos los rostros estaban pendientes de él, Rubén intentó pasar un platito con bombones pero nadie le hizo caso, se levantó viento y cayó una de las esquinas del velo de gasa, pero nadie se preocupó de volverla a colocar. Sébastien alzó el cigarrillo para que viéramos que se había terminado y la novia de Rubén corrió a ponerle delante un cenicero.

Apagó la colilla parsimoniosamente, después miró al hijo de la Gran Bretaña con una sonrisa y le dijo:

—Sí, hablo inglés, pero creo que es una falta de educación que si todos hablan francés nos expresemos en otra lengua... Estoy seguro de que usted me entenderá si hace un pequeño esfuerzo.

El hombre mascculló algo del estilo de que por qué no hacía él el pequeño esfuerzo de hablar en español, pero tuvo que guardar silencio porque todos lo miraron con un profundo malhumor y censura. Su propia mujer le espetó:

—Cállate, por Dios.

La notaria consorte, una rubia vestida de marcas caras de arriba abajo, le preguntó con audacia:

—¿Y cómo has venido a parar aquí?

Sébastien le contestó que por casualidad, y yo tenía ganas de decir con suficiencia «yo ya lo sabía», y luego explicó que había viajado por toda Cataluña antes de recalar en Llafranc, y yo iba asintiendo a todo como esos perritos que van en el cristal trasero de los coches. La novia del anfitrión, sin atreverse a dirigirse a él directamente y echando miradas de terror a mi bolso, me preguntó que dónde había estado, y yo, para no tener que decir que ni puta idea, le pasé el tema a Sébastien:

—Dice esta que dónde habéis estado.

Y él contestó para mi sorpresa:

—Fuimos a Port Aventura.

Me quedé momentáneamente fuera de combate y la mujer del notario aprovechó para preguntar poniendo un morrito encantador (se le notaba a tope el código de barras, si hubiera tenido confianza con ella le habría pasado el teléfono del médico que me lo arregló a mí):

—¿Y te gustó?

Sébastien soltó una carcajada:

—Mis hijos se lo han pasado bien, pero yo me he sentido como un abuelo. —Pensé que algunas de las invitadas podrían creer que eso era una delicada alusión a mi edad, pero yo pasé de ellas porque sabía que solo les movía la jodida envidia—. No he podido subir a ninguna atracción, ni siquiera a...

Puso la mano en alto y la dejó caer de golpe, y todos gritamos como posesos: «¡El Dragon Khan!».

—Sí, esa... Es que durante una misión hace unos cuantos años tuve que estar sumergido en el río Zaire un día entero... Las aguas estaban infectadas y no puedo soportar las alturas, tengo una lesión irreversible en el tímpano...

Silencio sobrecogido de todas las mujeres, que miraron a sus maridos con todos sus tímpanos asquerosamente intactos porque no habían estado sumergidos en ningún río en África ni cosa parecida.

Rubén, como anfitrión, murmuró con cierta untuosidad sacerdotal:

—Trabajo interesante el tuyo, Sébastien. ¿Cuál ha sido la peor guerra que has visto?

La respuesta llegó rápida:

—Creo que nunca ha habido nada peor que el Holocausto.

Claro, claro, nos apresuramos a contestar todos, ¡el Holocausto! El inglés, que seguía ceñudo y desabrido, se atrevió a comentar venenosamente:

—¿Así que corresponsal de guerra? Qué raro que no estés en Siria, ¿no?

Sébastien me dirigió una mirada rápida y por primera vez me cogió la mano, evidenciando delante de todos que entre nosotros había algo más que amistad y colegueo. Me la apretó fuerte y comentó:

—Precisamente esta tarde me han llamado para decirme que debo partir inmediatamente a Damasco, me voy mañana a primera hora.

Yo enmudecí, y fue la novia del anfitrión la que preguntó con extrañeza:

—Pero ¿hay vuelos de Girona a Siria?

Sébastien tuvo a bien sonreír un poco:

—Me voy a Montpellier, de allí a París y el lunes por la tarde a Siria... —Pero ya se desentendía de los invitados y la cena, se giró hacia mí completamente, me cogió las dos manos y sin importarle que nos estuvieran mirando, se las llevó a la boca—. Te lo quería decir a solas... Lo siento..., querida, mi querida...

Hundí la barbilla en su pecho, él me colocó un mechón de pelo detrás de la oreja, sé que Rubén puso música y alguien empezó a hacer fotos con el móvil. Me levanté, Sébastien me besó la palma de la mano, y sin dejarme ir, se sacó del bolsillo del pantalón una pulsera de esas que se compran en los tenderetes que hay al lado de la playa, una sencilla cadena de cuero trenzado con unas piezas de marfil que me puso alrededor de la muñeca; lo ingenuo del regalo me emocionó y tuve que contenerme para no echarme a llorar, él no quería soltarme, y así, yo de pie detrás de él, agachada, mi cara al lado de la suya, nos hicieron la foto que ahora tengo frente a mí. Él mira a la cámara con ojos muy abiertos, con fijeza animal, a mí el pelo me tapa media cara, y alrededor de su cuello tiene la dulce bufanda de nuestras manos unidas.

Al lado, pegada con celo en el marco de la ventana que hay delante de mi ordenador, tengo otra imagen en la que está solo él con los ojos cerrados, tiene los párpados más oscuros que la piel del rostro, los dos dedos que cogen el cigarrillo son largos, algo curvados, muy blancos en contraste con la piel bronceada, aspira profundamente el humo. Se ven tres rayas azul marino del jersey y luz dorada sobre la piel brillante.

Miro las fotos. ¡No sé si soportaré escribir este libro hasta el final! Revivir todo esto es tener una herida abierta en la que vas echando sal y vinagre cada día. Si no hubiera decidido narrar mi historia, quizás ya estaría curada de esta enfermedad terrible provocada por dos virus aparentemente contradictorios: la nostalgia y el desengaño.

Me fui dentro de la casa, el anfitrión quería enseñarme su última obra, un mural para la catedral de Burgos, lo alabé distraídamente y Rubén me dijo:

—Vaya bombazo de tío. —Aunque se apresuró a aclararme—: Bueno, oye, que yo no soy maricón, te lo digo porque tiene a todas las mujeres entregadas.

Fui al cuarto de baño, desde el jardín me llegaba la voz de Sébastien hablando de la situación en el Tercer Mundo y la guerrilla colombiana, pero cuando volví ya se había levantado, nos despedimos maquinalmente, gracias, gracias, todo ha estado muy bien, las gambas, riquísimas, qué simpáticos tus amigos, qué cuadros tan bonitos.

Yo iba con un peso en el corazón tan grande como la catedral de Burgos con el mural de Rubén incluido, caminamos unos pasos, Sébastien me detuvo y me dijo:

—Pilar, vamos a la playa... Mira, me he puesto el traje de baño debajo del pantalón...

Yo traté de bromear para que no se notara la horrible tristeza que me embargaba:

—No será uno de esos bañadores pequeños tan típicos franceses...

Se puso a reír:

—¿Por quién me tomas, amor mío? —Y con un punto de vanidad infantil que me conmovió, me dijo—: Yo siempre llevo los Vilebrequin, ¿sabes cuáles son?

Yo podría haber contestado como en el chiste, ni lo sé, ni me importa, pero me limité a negar con un gesto mientras él hacía restallar el elástico que le sobresalía por encima del cinturón. Abrí la puerta de mi casa y subí a ponerme el bikini mientras él se quedaba «hablando» con *Fender*, me vestí con tejanos y una camisa que había sido de mi marido y al paso cogí dos mantas ligeras compradas en Ikea que tenía sobre el sofá para arrebujarme y ver la televisión cuando hacía cosas normales, es decir, antes de conocer a Sébastien.

—Dame la mano, Pilar, la quiero mucho a esta mano, sabes.

Salimos a la calle punteada por las farolas amarillas trazando círculos en la claridad espectral de la noche y corrimos cuesta abajo presos de una especie de euforia loca hasta llegar a la playa; la arena era suave como seda, tenía resplandores nacarados y estaba muy fría, nos fuimos desvistiendo y nos metimos en ese pozo sin fondo color tinta china rompiendo en mil pedazos el delicado reflejo de la luna, estaba más caliente que el exterior y Sébastien intentaba agarrarme y yo me escurría, resbalaba, iba a un lado y a otro empujada por fuerzas telúricas que no podía controlar:

—Ven, mi amor, ven.

Al final consiguió atraparme, se puso mis piernas alrededor de la cintura, con el rostro sumido en sombra y las cuencas de los ojos todavía más oscuras, se hincó en mí, jadeando en cada embate, y nos empezamos a mover al unísono como un extraño animal mitológico, un monstruo marino provisto de dos sexos, dos cabezas, unidos como hermanos siameses, y estaba tan llena que me parecía que de repente el líquido me saldría por los oídos, por la boca, por los ojos, por la nariz, por todos los orificios de mi cuerpo convertido en un surtidor volcánico lleno de estrépito, lumbre y piedras.

—Mi amo, mi dios, mi amor.

—Pilar, era esto lo que te preguntaba...

—Mi dios...

—Esto, esto, era esto.

Al final, la superficie del mar se revolvió, y Sébastien dobló su cabeza y la descansó sobre mi hombro largo rato; el agua parecía respirar y luego se aquietó, lisa como un tambor. El mundo nos acunaba y nos envolvía el silencio roto solo por el chapoteo del agua que quedaba entre nuestros cuerpos, yendo y viniendo, yendo y viniendo, con el barrido intermitente y silencioso del faro como un ojo ciego.

Yo le dije:

—Vamos fuera, ven...

Casi lo arrastré; quería darle tanto placer como él me había dado a mí, le puse un dedo en los labios, le pedí que se tendiera sobre una de las mantas... Me arrodillé a un lado, le empecé a bajar el bañador, estaba tan mojado que se pegaba a sus muslos, y él tuvo que ayudarme arqueando los riñones.

Cuando ya viajaba por mi garganta, esófago y estómago, por mi sangre, la linfa, los 650 músculos que conforman mi cuerpo, suspiró:

—Pilar...

Si esto fuera una novela inventada en lugar de un relato real, él me hubiera dicho, «pase lo que pase, recuerda que yo te quiero», o tal vez «no olvides nunca estos actos de amor», pero como estoy narrando lo que aconteció de verdad, ¡a mí, a Pilar Eyre!, como estoy ofreciendo mi vida abierta en canal, tengo que callarme porque no hubo nada de eso. Las reacciones físicas de los hombres no pueden simularse, pero los sentimientos sí, y por tanto no sé si su amor era auténtico o estaba fingiendo.

¡Es triste pero es así!

Empezaron a llegar chicos jóvenes a la playa con botellas en la mano, uno con una guitarra, otro arrastraba lo que parecía una sábana que tendió sobre la arena, dos perros se perseguían mutuamente. Los muchachos se metían desnudos en el mar y nosotros estábamos quietos envueltos en las mantas, yo sobre su pecho mirando las estrellas y discutiendo cuál brillaba más, si Venus o Sirio.

—Sébastien, tú eres Marte, el guerrero, ¿ves? esa estrella un poco rojiza.

Me besaba y me decía:

—Y tú eres la Osa Mayor, la Menor, el Gran Carro, Casiopea y la Vía Láctea...

Yo protestaba:

—¿Y la Luna no?

—La Luna, el Sol, los mares, los bosques... y esa hormiga que te está subiendo por aquí.

Me besaba el cuello, me mordía un poco y las risas derivaban en chillidos que él ahogaba con más besos.

—Hoy te he buscado en internet.

—Y no has encontrado nada..., ya te lo dije...

—Bueno, un jugador de rugby...

—Muy feo, Pilarita...

—En Siria mirarás las estrellas y pensarás en mí.

El cielo iba adquiriendo una luz lechosa, blanquecina. Sébastien de repente se tumbó de espaldas con el dorso de la mano sobre la frente y me dijo:

—¿Sabes? Tengo un mal presentimiento con esta misión... No me ha pasado nunca... Tengo miedo, tú me has hecho vulnerable. —Y enseguida, sin dejarme hablar, me miró con aprensión—: Pilar, te quiero preguntar algo muy importante.

—Dime.

—¿Tú quieres que el nuestro sea un amor de vacaciones únicamente? ¿O algo más?

No reflexioné, el mundo permanecía inmóvil para poder escuchar mi respuesta y yo contesté aún no sé por qué.

—Ha sido todo tan bonito que creo que es mejor dejarlo así...

—¿Nunca más entonces, vida mía?

—Nunca más.

Estaba repitiendo un eslogan político, una frase de alguno de mis libros, ¡pero era mentira! ¡Y no sé por qué lo dije! Ahora, que han pasado meses, que he aprendido tanto sobre él y sobre mí misma, no me lo explico. Quería que me llevara la contraria, quizás me pareció más novelesco, no olvidemos que al fin y al cabo soy escritora. No pude ver su expresión, solo sé que me apretó muy fuerte y que su piel estaba salada. Metí mi lengua en el agujero que le había dejado una bala en aquel pasado en el que yo no existía.

Se puso en tensión y lo miré, tenía los ojos clavados en el último piso del hotel Llevant:

—Qué raro, hay luz en nuestra habitación... Amandine se ha despertado... Se debe de haber asustado al ver que no estoy...

Los chicos habían hecho un pequeño fuego en la arena, una voz desafinada cantaba los primeros versos de una habanera:

Pregúntales a las estrellas
si por las noches me ven llorar,
pregúntales si no busco
para quererte la soledad.

Se empezaron a dibujar los bordes irisados de las nubes, ¡siempre estaba amaneciendo para fastidiarnos la vida! Sébastien se echó a reír con amargura cuando se lo dije y me cogió la cara entre sus enormes manos:

—¿Te acordarás alguna vez de tu amor de vacaciones?

Asentí sin poder articular palabra.

—¿O buscarás un nuevo barco para navegar juntos?

Pusimos los dos los índices enfrentados, pero ahora, en lugar de reír, se me llenaron los ojos de lágrimas. Con el dedo me repasó el arco de las cejas, la línea de los labios, me apartó el pelo apelmazado, creo que sollozábamos o tiritábamos, yo qué sé...

—Pilar, Pilar.

Quise irme, no aguantaba más, el sol surgía del horizonte con toda su indiscreción e impertinencia, la playa se iba llenando de gente, llegaban las barcas de pescadores, oí cómo se levantaba la persiana del Gitano, huir, irme de allí, me envolví en la manta, cogí mi ropa, me puse en pie:

—Me quiero ir sola, Sébastien, vete a ver a Amandine..., estará preocupada, tenéis un viaje largo por delante...

Protestó:

—No, no, te acompaño.

Negué con furia; todo me parecía insoportable, todo, pero sobre este todo, vivir el resto de mi vida sin Sébastien. ¡No habrá habido en mi vida jamás, ni antes ni después, algo tan difícil como eso!

Aun ahora, aun ahora...

Apreté los labios, lo miré, despeinado y fiero como un dios, y como un dios, oscuro y enigmático, me di la vuelta y me puse a correr, él hizo un intento de seguirme, no sé qué pasó después, detrás de mí aullaban las sirenas de los barcos como perros del infierno, corrí ciegamente hasta mi casa, 473 pasos, abrí la puerta, me tiré sobre la cama y me sumergí en un largo sueño sin sueños y esa fue la última vez que lo vi.

No, Pilar, hubo otra. No mientas.

Lo viste una vez más.

5

—Soy una imbécil.

—Eres una imbécil.

—Eres una imbécil.

Mis primas Carla y Leo han apartado con delicadeza y algo de repugnancia los cientos de kleenex llenos de mocos que cubren mi cama para sentarse en el borde. Mueven la nariz como perros perdigueros y miran alrededor:

—Huele raro.

Puede ser, hace veinticuatro horas que estoy aquí encerrada sin querer salir. Hace cuarenta horas que me han amputado.

Leo me ha cogido la mano y, para no ser menos, Carla me agarra un pie. Anochece y yo ya les he contado con todo detalle mis tres días con Sébastien, y esa decisión fatal, esa respuesta estúpida, «¿quieres ser solo un amor de vacaciones?», «sí, quiero».

¿Nunca más? Nunca más.

Soy una enferma.

Me vuelvo a sonar; me gustaría que el tiempo me acompañara y lloviese, hiciera frío y hubiera un estallido de fogonazos y truenos retumbantes en lugar de este agosto riente con el sol reventando las costuras del cielo de tanto brillo.

En fin, eso creo.

Yo no me he enterado, porque no me he levantado de la cama en todo el día y el móvil yace en la mesa de noche, tan mustio como la lechuga mustia que hay en la nevera, y ese es todo el alimento que hay en casa.

Al final una mano sale de entre las sábanas como si fuera una garra, cojo el iPhone y lo pongo debajo de la almohada. Lleva a bordo los mensajes y las fotos que me acaba de enviar mi vecino Rubén, es como un pequeño trozo de Sébastien. Respetando mi dolor, el móvil se mantiene en silencio, si fuera una bandera estaría a media asta.

Ayer, sábado, me porté como un soldadito valiente. Me levanté como una autómata y el mundo me parecía más vacío porque sabía que Sébastien ya estaba lejos. Tenía arena hasta en el último rincón de mi cuerpo, pero no quise ducharme, ¡cada grano de arena era una condecoración! Pasé por delante del hotel Llevant y estuve a punto de entrar y preguntar por él simplemente para poder pronunciar su nombre, pero al final no me atreví. Pero deambulé con lentitud frente a la puerta y el dueño salió a saludarme:

—Mire. —En la mano llevaba el periódico para el que escribo—. Los clientes nos han pedido que tengamos esto... Ya lo compramos todos los días.

Los clientes. Tal vez Sébastien.

Yo también me acerco al kiosco y compro *Le Monde* y *Le Figaro*. De pie repaso las noticias sobre Siria. La crónica de *Le Monde* va firmada por Sabrina Brevin y en *Le Figaro* por George Marais, que explica que el principal problema en Siria son los secuestros, quinientos al mes, unos por dinero, otros por motivos políticos.

Leo la noticia con lentitud, acaricio el papel del periódico, lo estrecho contra mi corazón.

Supongo que estos dos periodistas regresarán cuando

vaya Sébastien. Quizás se ha acostado con la mujer, deben haber coincidido en muchas «misiones», como las llama él, me los imagino siendo colegas y al mismo tiempo compartiendo un sexo amigable y sin romanticismos. A ella no sé por qué la visualizo con los rasgos de Jane Fonda, con pantalones cargo y una camiseta de camuflaje que le marca los pezones.

Cómo me duele el corazón y la parte baja del vientre, lo encojo, mi pecho se ensancha, cierro los ojos, ¡lo echo tanto en falta!

No mengua esta nostalgia, este amor no desgastado por la tediosa rutina. Porque ahora también, en este momento en que escribo golpeando ciegamente las teclas, lo añoro con una ferocidad que me devora el cuerpo, porque me lo ha dejando inservible para todo menos para quererle.

¡Sí, a pesar de lo que me ha hecho, nadie podrá sustituirlo! «Pilar, aguanta la respiración, ahora, ahora.»

Hace apenas una semana me acosté con otro hombre. En un hotel. Cuando lo vi desnudo, estuve a punto de vomitar, fingí un orgasmo, acabé como pude y me metí en un taxi con un asco en la boca que aún no he podido quitarme.

Ese primer día sin Sébastien camino por Llafranc como un perro sin dueño; una madre joven con su hijo en brazos se detiene frente al banco en el que estoy sentada guiñando los ojos porque la luz me molesta, mientras abrazo los periódicos, y me pregunta solícita:

—¿Se encuentra bien?

Me levanto avergonzada y me pongo a caminar; la playa está llena de gente, parasoles de colores, niños que juegan con las olas, unas tumbonas pequeñas cerca de la orilla con matrimonios mayores y gruesos con gorras de visera. Es verano, pero ya no es verano y todo adquiere el aire desvaído del tiempo que se va. Yo soy una convaleciente, la reverberación del sol me hiere la retina. Miro el sitio donde nos abrazamos anoche, ahora hay una familia completa con neveras portátiles de color azul. ¡No se han dado cuenta de que están en un lugar consagrado!

Al pie de mi calle, en la rotonda, hay un banco, y vuelvo a sentarme. Sigo abrazada a los periódicos. George y Sabrina. Saco el iPhone, tecleo sus nombres y los busco, sí, aquí están, en realidad cada periódico identifica a su equipo de corresponsales, de cada periodista sale una foto y una pequeña biografía. La chica no se parece a Jane Fonda, es bastante joven y tiene la nariz respingona como la cerdita Peggy.

¿Por qué ellos sí están identificados y Sébastien trabaja con nombre oculto?

Mi teléfono suena incesantemente, pero no me pongo. Es sábado, fin de semana, aunque para mí nunca ha habido diferencia entre los sábados, los domingos y el resto de la semana, entre los días de fiesta y los días de trabajo, entre las vacaciones y los periodos laborales... Mi hijo el otro día encontró una foto que le hizo mucha gracia: con un traje de boda medio hippy que me había regalado mi hermana, hablo desde una cabina de teléfonos con mi redactor jefe, que me está diciendo ya no recuerdo qué; fuera, mi marido espera con ademán paciente y mi ramo de novia entre las manos.

No tengo ganas de hablar con nadie. Subo a mi casa y me siento delante del ordenador, mis dedos van solos, con fría obcecación entro en las asociaciones de prensa francesas, en todas las redacciones de todos los medios digitales o no, en todos los archivos periodísticos, hemerotecas. ¡Ningún Sébastien Pagès! ¿Se pueden borrar los rastros hasta ese punto?

Amandine Pagès tampoco figura en ningún liceo como alumna, en ningún colegio de Francia hay niños inscritos con el apellido Pagès. ¿Y su mujer? ¡Era médico, en París! Allí las mujeres adoptan el apellido del marido cuando se casan. ¡No hay ninguna doctora Pagès en ningún colegio médico de toda Francia!

Me detengo, es enfermiza esta actitud, tengo un pequeño ataque de asma, respiro hondo, me digo que es un amor de vacaciones, ya está, finito, terminado, no hay que hacer tantos aspavientos.

¡Pero el olvido no es un grifo que se cierra para que dejen de manar los recuerdos! Cae la noche, la oscuridad lo envuelve todo, *Fender* se sube al sofá, cosa totalmente prohibida (pero que hace siempre), y me sigue con sus grandes ojos árabes. ¿Puede expresar compasión la mirada de un perro? De pronto se levanta, viene hacia mí y me lame la mano.

Sébastien llegaba con la oscuridad, se acercaba con sus largos pasos. Subo a mi habitación, no quiero comer, no quiero hablar, no quiero salir al jardín, no quiero mirar la luna. Solo quiero dormir, dormir, caer en un coma profundo, dormir cien años como Blancanieves y despertar habiendo olvidado a Sébastien.

Cojo el blíster con los somníferos. Saco uno. No me hará efecto, dos, tres, sigo apretando y dejo caer las pastillas sobre la cama, cojo un puñado y una mano me agarra la muñeca. Reconozco los dedos de mi padre, la mano de mi padre, tan blanca a pesar de la edad, manos de artista. ¡Entre millones de manos reconocería las suyas! Estas manos frías, que se apoyaban en mi frente para tomarme la temperatura durante tantos años de tuberculosis rebelde:

—Hoy tienes 37,4, hoy 38,1.

Yo, que no quería estar enferma porque las calles y la vida me llamaban, ¡solo tenía veinte años!, acudía a escondidas al termómetro con la esperanza de que se hubiera equivocado, pero siempre acertaba.

Me abre las manos con suavidad, pero con firmeza. Las píldoras caen al suelo, me empuja sobre la almohada, después me acaricia la frente. Yo digo con voz que no reconozco:

—Papá, solo quiero dormir.

—Pues duerme.

—No quiero morirme, solo quiero olvidar.

Mientras pasa sus dedos una y otra vez por las arrugas de mi entrecejo para borrarlas, me va diciendo con voz suave:

—Pilar, acuérdate de que el tiempo es Lete, el olvido, pero la distancia es un bebedizo semejante, de efecto menos radical, pero más rápido... Él se ha ido..., pasará, como todo...

Las palabras de *La montaña mágica*, que los dos leíamos durante mi enfermedad, se cuelan por mis oídos como un bálsamo adormecedor que me impregna toda por dentro.

Mamá, detrás de él, me dice:

—Tardé nueve meses en formarte el corazón, no quiero que nadie te lo rompa en tres días.

Me despierto al cabo de varias horas, pero no me quiero levantar, y miro los rayos de luz que se cuelan por las persianas con las motas de polvo yendo arriba y abajo en una danza monótona y silenciosa. Llaman a la puerta y no me levanto. Toca un claxon en la calle y no me asomo al balcón a ver quién es, no importa, qué más da.

Ni siquiera me he levantado para recibir a mis primas, que han regresado con un ligero acento andaluz, ropa de colores y me han traído una muñeca vestida de gitana para poner encima del televisor. No he tenido fuerzas para recordarles que la pantalla es de plasma y está empotrada en la pared, ¡con la de risas que hubiéramos hecho hace unos días!

Carla ha arreglado la cama, doblado el cubrecama, abierto un poco la ventana.

—Chata, espabila. —Chasquea los dedos—. Venga, venga, hay que venirse arriba.

Sonrío un poco. Solo un poco.

Carla tiene una hija perfecta que es directiva de una entidad financiera y vive en Los Ángeles; nuestro sueño siempre ha sido que se casara con mi hijo, ¡cuántas veces papá me advirtió que las mejores bodas son las que se hacen con un vecino de la escalera o, si es posible, con un primo! Mi hijo es siete años menor, pero este obstáculo, que parecía insalvable cuando eran pequeños, ahora apenas debería de notarse, porque él tiene alguna cana, fruto de su dedicación a su empresa, y Carla me ha contado que su hija frecuenta todos los días el gimnasio, ya que se ha convertido en una fanática del culto al cuerpo y parece una modelo.

Mi prima Carla es el prototipo de la catalana guapa y rotunda, rubia, de piel muy blanca y grandes ojos líquidos, muy femenina. Recuerdo el día en que estábamos tomando el aperitivo en Semon y Macià Alavedra se me acercó y solo me dijo estas palabras llevándose los dedos en racimo a la boca:

—Tu prima, ¡vaya mujerona!

Su marido murió hace veinte años, y desde entonces disfruta de una serie de novios sucesivos, todos muy serios y «para casarse». La familia nos disponemos a vestirnos de tiros largos porque todos sus pretendientes son potentados y aristócratas, preparamos un gran regalo colectivo y cuando ya está a punto de celebrarse la boda, por todo lo alto, claro está, y por la iglesia, se anula nadie sabe muy bien por qué y hasta otra.

Ahora Carla acaba de romper con su último «prometido», un conde alemán, y todos los días nos despierta al grito de *«Hurensohn!»*, que se ve que en alemán quiere decir «hijo de puta», vamos, yo no pondría la mano en el fuego por esta traducción, pero ahora no tengo el cuerpo para levantarme y buscar el diccionario.

Risa triste.

Carla masculla también:

—*Scheiße.*

Que quiere decir «mierda». Pero ídem de ídem lo de antes.

—¿Te preparo un caldito?

Carla es la gran mamá, cálida como una manta zamorana, pero yo niego con la cabeza porque no estoy para calditos, además, ¿cómo va a hacer un caldito tan solo con una lechuga?

Leo apunta:

—Déjate, lo mejor un copazo, ¿o busco un porro de esos de Ahmed?

Vuelvo a negar, me revuelco en mi tristeza, miro mis manos sobre el embozo como una niña enferma, pero la piel ya no es de niña sino de vieja, de color gris como manos de muerta, agito un poco los dedos fingiendo tocar el piano y me acuerdo del gesto de Sébastien sobre el teclado del ordenador, sus manos, ah, sus manos.

Me doy la vuelta y entierro la cabeza en la almohada. Carla le dice a Leo en un susurro indignado:

—¿Estás loca?

Leo contesta susurrando también:

—Cállate, burra.

Porque Leo es todo lo contrario de Carla. Divorciada tres veces, sin hijos, es una pintora de talento cuya única intención en la vida es pasarlo bien. Lleva sombreros, el pelo muy largo y blanco, va con abrigos de hombre y fuma un cigarrillo tras otro. No sé si es guapa o no, sí sé que cuando vamos a un sitio siempre se acercan para preguntarle «tú eres alguien ¿no?», luego se giran hacia mí y me dicen con cierta displicencia, «sí, sí, a ti ya te conozco, tú eres la de la tele».

Las tres primas hemos tenido unas biografías muy distintas, de pequeñas nos mirábamos de lejos y con cierto recelo, pero al final la vida nos ha hecho inseparables, creo que la familia piensa que, como yo empecé a ser mala antes, he sido yo la que las he apartado del camino correcto. No lo descarto.

Leo me dice:

—Llámalo.

Niego con la cabeza mientras me sueno por enésima vez. Mi nariz está tan irritada que Carla me frota pomada Halibut en las fosas nasales, con lo que parece que haya esnifado medio kilo de coca. Me pone un sombrero cordobés que ha comprado en Sevilla y me trae un espejo para que me vea:

—Mira, estás para inaugurar una calle en Medellín...

Leo completa:

—Pilar Eyre cortando la raya con gran elegancia...

Sí, sonrío, solo un poco.

—¿Os he contado cómo nos conocimos?

Mis primas asienten con un murmullo aburrido; se lo he contado ya tres veces y podrían completar las frases que digo a la perfección, pero no lo hacen porque hay un pacto no escrito entre mujeres que consiste en escucharnos hasta la extenuación por los siglos de los siglos.

Saco el móvil de debajo de la almohada:

—¿Os he enseñado las fotos?

Las dos asienten de nuevo; les he enseñado las fotos que Rubén tomó en su cena y que me acaba de enviar, las he obligado a mirarlas no una sino mil veces, las dos se han admirado, me han dicho al fin tienes un tío que vale la pena, lo que me conduce a la paranoia:

—¿Es demasiado para mí?

Las dos se han indignado. «¡Claro que no, es simplemente lo que te mereces!»

—Pero ¿no le encontráis algo extraño?

Al final Leo dice creyendo complacerme «no parece muy sensible», pero se ha de batir en retirada cuando le tiro un cojín y el sombrero cordobés y empiezo a gritarle:

—A mí me gustan así..., no quiero afeminados... Quiero hombres duros. ¡Aún no os habéis enterado! Me gustan los hombres hombres. Envidiosas, malas primas.

Levanto el brazo, tan pálido como el tentáculo de un pulpo:

—¿Os he enseñado la pulsera?

Ambas contestan al unísono:

—Sí, qué mona.

Se miran entre ellas, vuelven a acariciarme la cabeza, el pie, la mano, *Fender* aúlla tristemente desde el piso de abajo y mientras me sueno con la sábana porque ya se han acabado los kleenex, les explico:

—Él también quería mucho a Sébastien.

Sigue aullando.

—Abridle la puerta del jardín, querrá salir a hacer pipí.

Pero mis primas se apresuran a tranquilizarme, porque *Fender* ya ha hecho pipí encima de los bolsos de Vuitton.

Leo repite:

—Llámalo.

¿Llamarlo? ¿A este hombre que ya debe de estar en otra vida, olvidado de su amor de vacaciones? Qué vergüenza.

Niego otra vez.

No me atrevo a decirles que ya lo he llamado, no una sino varias veces. Que he querido gritarle, «no, no, estaba equivocada, quiero seguir contigo, aparearme contigo hasta la muerte como hacen los pingüinos emperador que solo tienen una pareja». Y que la respuesta siempre ha sido la misma, silencio, ni buzón de voz, ni sonido de llamada, el móvil está tan muerto como mi futuro.

Mis primas al final se hartan y me comunican que, mientras ellas deshacen las maletas, yo debo ducharme sin mayor dilación para arreglarme acto seguido porque esta noche vamos a quemar Llafranc, aunque al final son ellas las que me echan la ropa por encima como si fuera un árbol de Navidad, me maquillan y me dejan horrible, pero qué me importa, me gustaría ponerme una toca de monja o mejor un burka, no para que nadie me viera, sino para poder llorar a gusto. Visualizo. Quizás se moverían un poco los hombros, solo eso.

Podría pedirle a Ahmed el burka de una de sus hermanas. ¡No tendría que vestirme, ni ir a la peluquería, ni lavarme siquiera!

Carla me empuja fuera:

—Deja el móvil en casa, si no te atormentarás toda la noche...

Pero le dirijo una mirada tan terrible, una mirada en la que se ve al asesino que todos llevamos dentro, que se pone a tartamudear:

—Vamos, yo lo decía por ti.

En el Gitano están en la mesa de siempre Santi y Martín, hablan con José María, el propietario:

—Sí, chico, ahora la corbata, la americana, se acabó la buena vida...

José María protesta:

—Pero si el mes de septiembre es buenísimo, es cuando mejor se está en la playa.

Martín hace un gesto de suficiencia:

—Sí, ya, pero no es lo mismo.

A Santi se le ilumina la cara cuando ve a Carla, sé que le gusta y sé que se ha enterado de que el conde alemán ha pasado a mejor vida. Da un golpecito en la silla de al lado para que se siente, se pone más derecho, reconozco todos los signos, ¡a mí también Cupido me ha disparado la misma flecha! Sonrío mustiamente.

El Gitano es el lugar donde conocí a Sébastien, es el lugar donde fui feliz con Sébastien..., es el lugar donde ya no está Sébastien...

Santi y Martín me observan con interés, hace tres días que no saben nada de mí, no tienen ni idea de que durante estos tres días mi vida ha cambiado, que soy otra, y bromean porque casi se me ha ido el bronceado, me ven blanca, es decir, fea, aunque no me lo dicen tan crudamente. Pero Santi y Carla pronto se dedican a lo suyo, porque ya se están dirigiendo miradas incendiarias, y ahora vendrá todo el rollo de la boda y las participaciones, y es Martín el que me cuenta mientras pela una gamba (qué de recuerdos):

—Camila tiene un medio rollo con un extranjero, no sé si podrá venir.

¡Extranjeros! Están de moda esta temporada, aventuro yo, y los dos hombres me miran sin comprender mientras mis primas me dan un enorme patadón debajo de la mesa.

La cena se desliza con lentitud de caracol, yo bebo un vaso de vino tras otro, después pido copas.

El camarero va a empezar su retahíla de nombres, pero yo corto por lo sano porque hoy no estoy para cuentos:

—Grey Goose.

Es decir, vodka-tonic, y otro y otro más. Al final Santi propone ir a la Caleta, me levanto trabajosamente, creo que me hubiera caído si mis primas no me llegan a sujetar. En voz baja, Leo me pregunta:

—¿Te acompaño al lavabo?

¡Al lavabo, no! ¡Al lavabo donde bailaba y era feliz, no!

Recorro fatigosamente los apenas cincuenta metros que nos separan de la Caleta, me dejo caer en una silla en la terraza y pido otro vodka-tonic, Leo se sienta a mi lado para evitar que baile, vomite o haga el ridículo y me fotografíen con los móviles y luego lo cuelguen en internet para que todo el mundo se ría de mí, me insulten y me digan aborto del infierno y vieja jubílate.

Me susurra:

—No te preocupes que aquí estoy con el Kaláshnikov.

—Pégame un tiro, anda.

Miro el cielo. Hay estrellas, sí. Marte, Venus y toda la pesca. Mañana Sébastien se irá a Siria y las mirará desde allí. Tengo ganas de llorar. Creo que lloro. Intento sacar el móvil para enseñarle las fotos de Sébastien al camarero. Leo se pone de pie y me dice:

—Vámonos.

Me tambaleo pero recojo el bolso, le doy el último trago a mi copa y a la copa de un señor de la mesa vecina que se ha ido un momento. Alguien se abre paso hasta mí chillando:

—¡No te había visto! ¿Qué haces aquí agazapada? ¿Estás de incógnito?

Es Camila, muy guapa, con un vestido cortísimo y blanco que deja ver unas piernas fuertes, muy morenas, brillantes, su melena castaña le cuelga hasta la cintura, desprende sensualidad y plenitud vital; ella no ha sufrido como yo, no le ha pasado por encima un camión con tráiler, varias autocaravanas y un tren de mercancías. Voy a decirle algo, pero Leo se adelanta porque nota las dificultades que tengo para pronunciar palabra:

—Ya nos vamos.

Camila abre la puerta de su coche, mal aparcado encima de la acera, la música suena muy alta y la calle está llena de gente gritona y exaltada. Es el último estertor del verano, mañana hará el mismo calor, brillará la misma luna sobre el mar, pero ya dará igual, porque este paseo estará vacío, solo frecuentado por algunos ingleses jubilados y los escasos pescadores que quedan en el pueblo.

—¿Os llevo a algún sitio?

—No, no, nos apetece caminar.

Yo trato de pronunciar un «gracias por las flores...», pero me quedo atascada en un ininteligible «gacrias... grrrrra crrrias...». Camila se pone a reír mientras me observa con curiosidad, luego se mete en su coche, un MG antiguo que había sido de su padre, y baja la ventanilla:

—Ya he quedado con Lidia en que me traerás los vuittons, no sé, tres o cuatro. —Camila es rica y generosa, dos características que no suelen ir juntas. Yo no le presto atención porque sigo intentando articular el difícil «grrracraris...», así que no me doy cuenta de que ha cambiado de tono de voz—. Pilar, ¿sabes que he salido con el francés que conocimos en el Gitano?

El aire se detiene, la gente se paraliza, la música calla,

una mano de hielo me coge el corazón, me lo retuerce y lo extrae de mi cuerpo, junto con la sangre y el cerebro:

—¿Cómo?

Camila sonríe satisfecha del efecto causado y ahora finge estar atenta al espejo retrovisor, trata de acelerar sin causar ninguna baja y me contesta como distraídamente:

—Sí, el periodista, no sé si te acuerdas... Sébastien se llamaba... Ya te contaré... Muy interesante, me voy, ¡me esperan en casa! Adiós.

El motor ruge, el coche se encabrita como un corcel de raza y parte al galope desapareciendo tras la nube tóxica que sale del tubo de escape. Un hombre levanta el puño:

—Capitalista.

Me quedo en medio de la calle, de pronto absolutamente lúcida, pero Leo me sostiene, porque si no me caería al suelo. Aparece Carla, que ha dejado a Santi ya casi en pleno proceso de preparativos de boda, e intercambia con Leo una mirada. Esta solo le dice:

—Sébastien y Camila.

Las tres tenemos la misma idea:

—Quizás no se ha ido ¡y es él el que la está esperando en su casa!

A duras penas saco el móvil del bolso:

—Llamad al hotel Llevant, el número está en la agenda.

Yo no puedo, porque me reconocerían la voz.

Me reconocerían la voz y además advertirían que estoy borracha. Carla, la más sensata, protesta y arguye que son las cinco de la mañana, pero Leo se pone a marcar trabajosamente el número del hotel. Espera un rato; estamos las tres inmóviles en medio de la calzada, pasan motos y coches que están a punto de atropellarnos, nos saludan:

—Pasmarotes, Pilar y primas, que os van a laminar ahí en medio.

La voz algo aguardentosa de Leo pregunta:

—¿Me podría poner con el señor Pagès? ¿El señor Sébastien Pagès? Es urgente.

Me pasa por el cerebro un relámpago, «quizás no se llama Pagès», pero ya Leo contesta:

—Ah, vale, el señor Pagès se ha ido esta mañana, gracias, sí, soy una amiga suya.

En casa me pongo otro vodka-tonic, luego se acaban las tónicas y bebo el vodka a morro, y hasta vacío una botella de Benedictine, me tomo los restos del vino de cocinar y duermo como una piedra.

Cuando me despierto, con la punta de un clavo en la sien y la lengua gorda y seca como el felpudo que está ante la puerta, todo me parece mentira, la casa, de cartón, el jardín, de rafia, el pueblo, de pesebre, el verano, invierno, mi trabajo, una broma, mi vida, una mierda.

¡Irme, irme, dejarlo todo! Adiós, Llafranc, lugar donde fui feliz.

Adiós, adiós.

Mis primas están durmiendo, no quiero despertarlas; el jardín verdea bajo una suave llovizna melancólica y se oye el ruido sordo de una gotera cayendo del canalón sobre la terraza. Miro el despertador creyendo que es muy temprano y me doy cuenta con asombro de que ya son las diez. Empiezo a abrir armarios, saco una maleta y la lleno con ropa elegida al azar, cierro el ordenador, cojo los iPads, los cargadores de los móviles, irme, irme, mis cremas más caras, la foto de mi marido. *Fender* me mira con la pata puesta sobre el morro intentando pasar lo más desapercibido posible, a él no le gusta el tráfago de maletas y equipajes porque en los viajes siempre acaba pringando. Nosotros nos marchamos y él se tiene que quedar en una «residencia» con una docena de perros más. Como lo adopté de un refugio de animales abandonados, siempre cree que regresa a su condición de paria y se queda gimoteando y con las orejas tan echadas hacia atrás como si fuera en un bólido a trescientos kilómetros por hora, pero la cuidadora me advierte:

—Es como los niños pequeños cuando se quedan en la guardería, lloran si la madre está delante para hacerla sentir culpable, pero en cuanto se va se ponen a jugar con otros niños.

Qué listo mi perro, él también intentando traumatizarme como alguien que yo me sé.

Su cuidadora, en una ocasión en que estábamos en Nueva York, para tranquilizarme me envió una foto en la que un braco lo mordía en el lomo con el texto «*Fender* jugando con su amigo *Calcetines*».

Lo apaciguo acariciándole la cabeza y él mueve las orejotas:

—No te preocupes, que a *Calcetines* le den por culo, tú te vienes conmigo.

Bosteza fingiendo tedio sin fin. Yo me hago un café. Me tomo dos ibuprofenos y me siento en el taburete de la cocina con la taza entre mis manos temblorosas.

Sébastien y Camila. Un hierro me desgarra las entrañas al imaginármelos juntos. Las piernas de ella, torneadas y musculosas, de deportista, alrededor de la leve cintura de él, esa zorra gimiendo, aullando, ¡él corriéndosele dentro! Levanto la taza y la miro, tiene unas estúpidas florecitas en el borde, claro, cuando no estaba conmigo no se quedaba encerrado en un baúl como los muñecos de José Luis Moreno, yo creía que pasaba el día con Amandine, pero, en realidad, ¿no es muy extraño que estuviera tantas horas con una niña de solo doce años? ¿En un lugar tan pequeño y desprovisto de diversiones como Llafranc?

¡Quizás vino a España para batir una especie de marca! ¡Una mujer para el día y otra para la noche! Por esta razón jamás me contaba lo que hacía cuando no estábamos juntos, nunca me propuso que nos viéramos en otro lugar que no fuera mi casa, y por eso se resistió tanto a ir a la cena de Rubén, ¡temía que alguien lo conociese y lo delatase!

Un hombre de cuarenta y siete años tiene potencia para eso y más. Mentiras, todo eran mentiras... ¿Dos barcos cruzándose en la mar? O veinte o treinta... Se reía de mí, de esta mujer mayor... Claro que Camila también tiene mi edad, ¿pero quizás parece más joven que yo? ¡Tal vez no sale en la Wikipedia con su delatora fecha de nacimiento al lado!

A lo mejor es simplemente un perverso al que le gustan las flacideces y las arrugas. ¿Cómo se llamará esta atracción insana? ¿Gerontofilia? ¿Gilipollez?

Sébastien debía saber que cuando nos reencontrásemos Camila y yo nos enteraríamos de su doble juego, pero él ya estaría en Montpellier. ¡Cómo en Montpellier! ¡En Siria! ¡Gran tema de conversación entre sus compañeros corresponsales, tomándose un whisky en la barra de un hotel cinco estrellas mientras los nativos se despedazan los unos a los otros! Se lo diría a Sabrina y a George:

—Yo tuve una vez dos mujeres en España.

Recojo las pastillas del suelo una a una, empiezo a abrir y cerrar cajones, los sueños hechos trizas suenan como cajones que se cierran, los anillos, el reloj... El reloj, qué raro, estaba aquí... Junto al lubricante, los condones y el Ventolín para mis ataques de asma. Abro un cajón tras otro, vuelvo al primero, voy a la otra mesa de noche, el reloj, el Piaget de brillantes que me ha costado 90.000 euros. ¿Dónde está? Tengo ganas de llamarlo: «Piaget, Piaget», como se hace con las gallinas, «psiiit psiiii, pitas pitas...».

¿Dónde está? Lo dejo siempre en el mismo sitio, recuerdo el gesto al empujarlo hasta el fondo por una precaución estúpida, introduzco la mano una y otra vez, me hiero el dedo con una astilla, repito la misma operación en todos los cajones... Los saco y les doy la vuelta uno a uno. Frenéticamente, empiezo a buscarlo ya por todas partes, en el armario, en la cómoda, pero no, si lo dejo siempre aquí, ayer estaba aquí, anteayer estaba aquí, lo vi cuando vino Sébastien, cuando me acosté con Sébastien en esta cama...

¡Sébastien!

¡Oh, Dios, Sébastien!

Me dejo caer al suelo, desencajada, me llevo las manos al rostro. ¡Solo lo ha podido coger Sébastien! Coger, no, Pilar, robar, robar, ¡robar!

Lidia trabaja conmigo desde hace seis años, Ahmed y ella han venido multitud de veces, en verano y en invierno, cuando yo no estoy, y nunca ha faltado ni un alfiler. Ellos no han sido, ¡por supuesto que no! Únicamente queda Sébastien.

Lo dejé solo varias veces en el cuarto, sí, cuando bajé a buscar velas, cuando fui al lavabo, en realidad ni siquiera tuve que salir de la habitación. Ahora todos aquellos juegos lascivos, aquellas posturas sexuales que me llevaban al cielo una y otra vez cobraban un sentido siniestro, ahora lo entendía, pudo aprovechar un momento de delirio, de éxtasis, cuando permanecía horas con los ojos cerrados y la cabeza ida, coger simplemente el reloj y ponerlo en el bolsillo de su pantalón.

¿Cómo he podido pensar que un tío tan impresionante se iba a fijar en mí? ¡Lo veo todo tan claro ahora! Al final mi abuela tenía razón: «A Pilarita la vuelven loca los hombres».

Miro a mi alrededor con ojos desorbitados, intento levantarme cogiéndome a los barrotes del cabezal para no irme contra las paredes y abrirme la cabeza, veo mis manos con la pulsera de cuero en la muñeca que él me ha regalado. ¡Qué sarcasmo!, ¡cuero contra brillantes!, ¡diez euros contra noventa mil!

—Joder, joder, joder.

Intento quitármela, la muerdo, la desgarro con los dientes, la rompo al final y la arrojo al suelo, la piso una y mil veces como si fuera la cabeza de Sébastien. Respiro hondo.

Asumirlo. Sébastien es un delincuente, un ladrón especializado en mujeres mayores, ¡qué típico todo! Su atractivo físico, sus habilidades sexuales, el hecho de viajar con su hija, que siempre da confianza, y de alojarse en un hotel bueno forma parte del plan. ¡Todo el mundo sabe que en Llafranc hay grandes fortunas! ¡Con gran disgusto de los veraneantes, hay un reportaje clásico que se publica todos los años, «el lujo discreto de los multimillonarios catalanes»!

No sale en internet, no firma en los periódicos. ¡Tal vez no se llame Sébastien Pagès!

Con amargura, recuerdo el consejo de mi amigo Jorge Puig:

—Pilar, ten cuidado, a ver a quién te metes en la cama...

Buen botín en casa de la Eyre, camarada. Supongo que habría recabado informes sobre mí, ¡soy una celebridad! Entró en el Gitano a tiro fijo, qué jodidamente fácil le ha resultado todo. Miro ya resignada el sobre donde guardo el dinero para los gastos de la casa, cuento los billetes. Tarea inútil, nunca sé cuánto tengo, pero me parece que el fajo es más delgado de lo habitual. Claro que le he pagado el mes a Lidia, y los bolsos también. Creo. ¡No me acuerdo!

Despierto a Leo y a Carla. Me ven vestida de arriba abajo y con cara de funeral y se preocupan. Bostezando, Carla me hace sentar y empieza a darme masaje en la espalda, y me suelta sin reflexionar:

—No te preocupes. Camila no ha sido nada para él, seguro que él está enamorado de ti, ya sabemos cómo es ella, ¡se le echaría a los brazos!

No recuerdo ya de qué me habla, niego con la cabeza:

—No, ni ella ni yo, ya no se trata de eso, ¡Sébastien es un ladrón! ¡Me ha robado el reloj!

Las dos se miran entre sí y se llevan las manos a la cara:

—Oh, el Piaget.

Lo fuimos a comprar juntas y le había prometido a Carla que, si su hija se casaba con mi hijo, se lo regalaría. A Leo le tocan los dientes de leche de mi pequeño del alma, que guardo en un joyero debido a su gran valor (sentimental). Estuvimos todo el día riéndonos, compramos naranjas y recortamos la piel en forma de dientes que nos colocamos sobre los nuestros propios y gritábamos:

—¡Dientes, dientes!

Usábamos un ratito el reloj cada una.

—Pero ¿seguro? —Leo se echa hacia la espalda su melena blanca y me apremia cogiéndome el brazo con fuerza—. ¿Estás segura? ¡Esto es muy grave!

Vuelvo a asentir.

—Sí, por desgracia sí, no hay duda... Lo tenía en el cajón al lado de la cama. —Me dirijo a Carla—. ¡Tú me has visto ponerlo allí muchas veces! Acuérdate cuando te lo dejé para salir con tu conde...

—*Sohnenbon.*

Dice maquinalmente, y maquinalmente Leo y yo repetimos:

—*Sohnenbon.*

A ninguna de las dos se le ocurre acusar a Lidia y Ahmed. Leo, con el rostro enrojecido de indignación, propone:

—Denúncialo.

Y Carla, habitualmente tan plácida, se gira hacia ella y le da un empujón que casi la hace caer al suelo:

—¡Tú estás tonta o qué! ¿Cómo va a denunciarlo? ¿Qué va a decir, que se acostaron juntos? ¿Quieres que salga todo esto en la prensa?

Aprieto los puños con tanta rabia que las uñas se me clavan en las palmas de las manos hasta hacerme sangre:

—Además no tengo pruebas. ¡Tendrían que interrogar a Lidia y el pobre Ahmed sería el sospechoso número uno!

Llámenme mala, pero en este momento de cólera mi único consuelo es pensar que a Camila, que es multimillonaria, quizás la haya desvalijado más que a mí. La llamaré para advertirle o... preguntárselo.

Mejor dicho, de camino a Barcelona pasaré a dejarle unos cuantos bolsos y aprovecharé para darle la mala noticia:

—Sí, Camila, Sébastien se ha aprovechado de nosotras dos, porque a mí también me ha enamorado. —¿Queda lo suficientemente folletinesco? Queda—. Mira a ver qué te ha robado a ti.

Porque quizás todavía no se haya dado cuenta, su casa es un impresionante palacio lleno de antigüedades ¿Cuál será la especialidad de Sébastien? ¿Solo joyas o también objetos? Me pierdo en ensoñaciones visualizándolo mientras carga con un gran reloj de pared, reliquia de inmenso valor que Camila ha heredado de sus bisabuelos, o arrastrando calle abajo el piano de cola. Como hablando en trance, les informo a mis primas:

—Voy a ir a ver a Camila de paso para Barcelona... Vosotras quedaos...

Carla baja avergonzada la vista:

—Sí, porque Santi y yo...

Leo se desquita, y es ella ahora la que le da un golpe:

—¡En estos momentos no toca hablar de eso!

Me levanto. Primero debo avisar a mi hijo de que su madre va a invadir el piso que lleva dos meses siendo suyo y solo suyo. Mientras busco el móvil, Leo me pregunta:

—¿Y cuándo crees tú que te lo cogió?

Me quedo pensando:

—El último día, no, porque no llegó a subir a la habitación, y luego nos fuimos a la playa. Debió de ser la segunda noche.

Carla dice:

—Qué raro, no, que continuara viéndote, digo. —Intenta consolarme de alguna manera—. Eso es que le gustabas, porque si no, hubiera sido aquello de coge el reloj y corre.

Si lo ha dicho como un chiste, no tiene éxito. Leo repite como un loro:

—Sí, sí, claro, ¡le gustabas! Primero te vio como ladrón, pero luego como amante. —Y se extasía poniendo los ojos en blanco—. ¡Es como una película!

Marco el número, y mientras me observo en el espejo con frialdad de entomólogo, sobre cada hombro me han caído veinte años, frente a mí tengo una anciana de ojos derrotados con todo el aire de resignación y pesadumbre que trae apareada la senectud.

Quizás haya empezado ya a oler a vieja.

Como he tenido que hacer ya desgraciadamente tantas veces, disfrazo la voz para que mi hijo no note mi estado de ánimo. ¡Como todos los que trabajamos cara al público, soy maestra en eso! Cuando mi madre murió, en plena orgía olímpica del año 92, yo estaba haciendo un programa diario en Televisión Española. Cada noche tenía que ir desde el hospital donde mamá estaba en coma a los estudios de televisión, plantificarme una peluca, porque no tenía tiempo de pasar por peluquería, y contar la vida social de aquellos días tan brillantes para una ciudad, tan tristes para mí y para mi familia.

Creía que lo había hecho tan bien que nadie se había enterado, ni mis propios compañeros. Mi madre murió justo en medio de los Juegos, y el funeral fue a las nueve de la mañana. Mi gran sorpresa fue ver en la última fila al director, la presentadora, los técnicos, las maquilladoras, todos los que tiraban adelante del programa, y eso que trabajaban contra reloj veinticuatro horas diarias.

Es esa gran solidaridad que se da en este oficio tan hijo de puta.

—Hola, cuco.

Adormilado, mi hijo me pregunta:

—Pero qué hora es...

Miento:

—Las doce.

—Mamá, ayer me acosté tarde, ¿qué quieres?

Canastos, si un hombre me habla así, lo estampo contra la pared, pero mi hijo es mi hijo.

—Voy a Barcelona.

—¿Y?

—No, que llegaré en un par de horas.

—¿A tiempo de hacerme la comida?

—Sí, sí, claro...

—Ah...

—Bueno, adiós.

Estoy a punto de apretar la tecla de colgar, pero oigo que mi hijo se espabila:

—Oye, mamá, oye.

Contesto rápidamente, hambrienta de palabras amables:

—¿Sí?

Mi hijo saca su voz de viejo gruñón:

—Que sepas que he estado a punto de tirar el reloj de brillantes; lo has dejado envuelto en una toalla y... —Se asombra de que no diga nada—. Mamá, mamá, ¿se ha cortado?

Me he quedado sin habla. Lo interrumpo, me pongo en pie, pido atención a mis primas y grito:

—¡¡¡El reloj qué!!!

Mi hijo me contesta un poco titubeante ahora:

—El reloj bueno, que he estado a punto de tirarlo porque lo habías dejado...

Mis primas me cogen por los hombros, intento serenar la voz:

—Hijo, hijo, ¿me estás diciendo que el Piaget que me costó casi quince millones de pesetas...?

—Coño, a ver cuándo dejas de contar en pesetas.

—Repito, ¿que el reloj de brillantes estaba en el cuarto de baño?

Mi hijo se apacigua, se da cuenta de que estaba preocupada de verdad:

—Sí, supongo que te lo dejaste cuando viniste al funeral de Oriol.

Sí, me duché, había quedado con Jorge, me duché y antes me quité el reloj, y con tanto Sébastien en mi cabeza me olvidé de volvérmelo a poner.

Sébastien, no un ladrón. Mi amante me quería a mí, no a mi reloj. No se dedicaba a desvalijar ancianitas indefensas, él no. Fue una historia de amor de verdad. Un romance de vacaciones, vale, pero auténtico, terminado, pero auténtico.

¡Todo fue verdad!

Suspiro ruidosamente y le dedico un gracias a mi hijo que lo hace carraspear:

—No ha sido nada. —Y luego un manso—: Adiós, mamá.

Hace tres meses solo de todo esto.

Dejé el móvil sobre la cama. En una comisura de la boca me empieza a aparecer una sonrisa como un equilibrista en precario. En algún sitio, quizás en mi corazón, empieza a cantar un mirlo.

Carla dice:

—Qué bien.

Pero la implacable Leo frunce el ceño:

—Pero... Pilar. ¿Ya no te acuerdas? ¿Y Camila? ¡Te engañó con Camila!

El equilibrista se cayó y se estampó contra el suelo. Los locos y los niños nunca trabajamos con red.

6

La entrada era como un campo de golf, una interminable moqueta verde, hasta los aspersores automáticos giraban con la elegancia de una bailarina del Bolshói. Al fondo, en una suave colina, se vislumbraba la masa oscura del bosque que separaba del mar la inmensa finca de Camila. A la izquierda había unas pistas de tenis algo descuidadas y las caballerizas; se oían ladridos de perros a los lejos.

Notaba una sensación vertiginosa en el estómago.

El portón de entrada se abrió silenciosamente; mi coche, al lado de los de Camila, parecía el pariente pobre, hasta el desvencijado Range Rover respiraba elegancia por los cuatro costados.

Me detuve junto al MG. Llevaba puesta la pulsera de Sébastien que había rescatado del suelo y de mis arrebatos sicopáticos, estaba destrozada, pero mis primas habían conseguido ponérmela rodeando la muñeca con un nudo apretado pero ya sin posibilidad de vuelta atrás, ¡me tendrán que enterrar con ella probablemente! De sus antiguos adornos solo quedaba un trocito de marfil como un diente de alguna pequeña criatura inclasificable. Si me incineraran, no distinguirían mis dientes de verdad de los de la pulsera.

Pilar, acércate, que te quiero decir algo al oído: no es

por fastidiarte, pero te recuerdo que en la boca tienes implantes de material sintético.

Me llevé el brazalete a los labios, cerré los ojos y lo besé:

—Si se ha liado con Camila, pediré unas tijeras y se lo tiraré a los peces. Perdóname, Sébastien, si has permanecido puro y todo es una sospecha injustificada.

Por un momento me pareció sentir la embestida impetuosa de su sexo. Me encogí. Aspiré, espiré, aspiré, espiré.

En el asiento de atrás iban los tres bolsos Vuitton, que olían fuertemente a orina. Me había encontrado a Carla pasándoles una esponja y había tenido que detenerla gritándole:

—¿Qué haces?

Mi prima, desconcertada, me había contestado:

—Son de lona...

—¡Los auténticos!

Ya habían empezado a despintarse y debajo del monograma con las iniciales LV se veía el humilde cartón. Leo, que por algo es artista, había tratado de imitar el dibujo con rotulador y las tres habíamos dicho arrobadas:

—Qué bien quedan. ¡Mucho mejor!

Fender, en el portamaletas, se levantó un momento, miró con alarma a los dos inmensos mastines que se lanzaron contra el coche, y sintiéndose amparado por el cristal soltó un par de valientes ladridos y se volvió a echar disponiéndose para una larga siesta, acomplejado por su condición de mil leches al lado de ejemplares de tan pura raza que competían en concursos internacionales con sendas medallas al cuello.

La casa de Camila, que algunos cursis llamarían palacete, había sido edificada por sus tatarabuelos, enriquecidos en ultramar con el tráfico de esclavos y más tarde con la industria del corcho, y cada generación le había añadido un anexo, hasta el punto de que, más que una finca, ahora parecía un pueblo. Una impresión acrecentada por el hecho de que se la veía muy concurrida, dos jardineros podaban un seto, en la piscina un chico provisto de una red atada a un largo palo retiraba las hojas caídas durante la leve tormenta de la mañana, un operario con mono y alicates reparaba una tubería y dos muchachas uniformadas de azul marino y blanco arrastraban entre risas unas inmensas bolsas de basura por el patio. Para completar este cuadro de finura tan exquisita, un mozo sujetaba el caballo del que en estos momentos estaba desmontando Camila, que, al verme, me saludó con la fusta y me señaló el porche.

—Pilar, ahí.

Se apoyó por un momento en el hombro del joven, que estaba de espaldas, y me pareció que el chico le daba un leve beso en la mano. Camila no hizo caso y llegó desenguantándose para coger el vaso de limonada que un criado, perfectamente vestido con chaquetilla de rayas, le tendía sobre una bandeja:

—Gracias, Andrés Felipe, ponle otro a la señora.

Me dio dos besos. Olía a sudor sano y a pachulí, iba con un traje de montar algo estrafalario, un pantalón viejo y grande cogido por un cinturón y una chaquetilla roja sin nada debajo, y sus botas brillaban como si las hubieran pintado con el mismo producto con el que barnizan los patos laqueados. Se sentó en el sofá y estiró la pierna para que Andrés Felipe la descalzara.

—Menuda curda cogiste ayer... —Encendió un cigarrillo y le tendió el otro pie al criado—. ¿Me has traído los bolsos?

Me daba un poco de vergüenza sacar aquellos adefesios meados en un ambiente tan palaciego, pero le contesté:

—Sí, sí, están en el coche.

Camila me dijo:

—Me los quedaré yo, porque a esas —señaló a las chicas que estaban hablando entre ellas en el jardín con la placidez de unas aristócratas ociosas— solo les gustan los bolsos de Tous, ¡y saben distinguir los verdaderos de los falsos! ¡Si les regalara uno falso, me lo tirarían a la cabeza!

Por un momento me asombré y me olvidé de Sébastien:

—¿Pero los hacen también de imitación?

—Pilarita, yo he visto de todo. —Me miró con curiosidad—. Y qué, cuenta, te veo muy pálida.

Entre mujeres esto equivale a «te veo hecha una mierda, estás de puta pena, mamarracha», y lo cierto es que no me extrañé. El carrusel de emociones en el que estaba envuelta desde que Sébastien había aparecido en mi existencia me mantenía viva, es verdad, pero supongo que mi cutis estaba pagando un precio muy alto por tanta intensidad, noches sin dormir, mucho alcohol y altos niveles de estrés.

Pero era igual, yo solo había querido estar joven y bella para Sébastien. Ahora, qué importaba.

Quería hablar de él, para eso había venido. ¡Ahora ya sabía que no era un ladrón, quedaba por saber si había amado a otra!

La garra de león de los celos me estaba despedazando por dentro.

Claro que Camila no estaba dispuesta a satisfacer mi curiosidad, al menos de momento. Me cogió la cara entre sus manos y me miró penetrantemente, casi temí que me pegara un mordisco, pero me dijo, tan pensativa como si estuviera estudiando el código de Hammurabi:

—Yo de ti me daría un estironcito... —Me hundió el dedo en la mejilla—. ¿Ves?, aquí tienes un poco de flacidez, si te quitaras estos pellejos te sacarías diez años de encima.

Pellejos los tuyos, golfa, pero me sentí subyugada por su personalidad dominante y estuve a punto de caer en su trampa:

—¿Sí, en serio? —Pronto reaccioné—. Pero si ya me lo hice, ¿no te acuerdas? Fuimos juntas, tu...

Me cortó:

—Si tuviera tu cara, me operaría, Pilarita, yo es que por genética no me arrugo.

¡Y una mierda pinchada en un palo! Se operó a la vez que yo, compartimos habitación en la clínica Teknon, estábamos casadas y les contamos a nuestros maridos que nos íbamos a Londres a ver *Mamma mia*. Ninguno de los dos se dio cuenta de que nos habíamos hecho un *lifting*, porque o el resultado fue invisible o éramos nosotras todas enteras las invisibles. Pero me abstuve de recordárselo. ¿Cuándo hablaría de Sébastien?

—En plan mantenimiento se puede recurrir a los pinchazos de vitaminas, pero tú, claro, con tantas manchas en la cara necesitarías una sesión de rayo láser por lo menos.

—¡Cómo una! ¡Sesión doble con nodo y anuncios! —le dije fingiendo alegría y despreocupación—. Oye, y...

Pero no me iba a ser fácil sonsacar a mi amiga. Allí, en su ambiente, se crecía y se convertía en una dictadora que llegaba a dar hasta miedo. Calculé que si la derribaba con una llave aprendida en las artes marciales donde llevaba a mi hijo de pequeño, la mantenía en el suelo con la rodilla, le rodeaba el cuello con mis manos y la amenazaba con arrancarle las extensiones, quizás desembuchara, pero es perro viejo y se escaquea con habilidad de buena fajadora. Me preguntó por Leo:

—¿Va a hacer alguna exposición?

—Sí —le informé—, está preparando una para el mes de octubre en Palafrugell con paisajes de la Costa Brava, por eso se ha quedado en mi casa de Llafranc.

Me preguntó por Carla:

—¿Ha roto con el conde definitivamente?

—Sí, ahora me parece que está empezando con Santi, pero no le digas nada porque es incipiente.

—¡Con Santi!

Me preguntó por *Fender*:

—Está en el coche, no lo bajo porque se pelea con tus perros.

Me preguntó el precio de las judías verdes en el mercado. Lamentablemente no pude ofrecerle tal dato, que por otra parte le importaba menos todavía que el precio de los pimientos, que también me preguntó. Me preguntó por mi hijo (me acababa de avisar de que comía en la oficina), mis hermanas (bien, las dos), mi editor (cabreado como una mona), Jorge Puig (con Naomi Campbell, ay, no, que es secreto), Ahmed, Oriol, el hijo de Oriol, la mujer de Oriol, José María, por gente a la que ni siquiera recordaba o que no había conocido jamás, escritores, políticos, libros que no había leído, películas que no veré nunca, cenas a las que no me habían invitado:

—El sábado que viene los Siruela dan su fiesta de otoño. —Y a continuación el comentario inevitable—: ¡Pero no lo pongas en tu columna!

Es el estúpido final de todas las conversaciones con mis amigos y parientes, hartos de que recurra a sus insignificantes confidencias para rellenar mis artículos.

¿Se molestarán cuando vean que los he sacado en este libro? Es la gran duda de los escritores. ¿Se reconocerán? Y, en el caso de reconocerse, ¿me darán un abrazo o me pegarán una hostia?

De pronto, sin que interviniera mi voluntad, por un simple mecanismo inconsciente, se puso en marcha mi voz y pronuncié la siguiente palabra:

—Sébastien.

Mi amiga se pegó tal susto que el mastín se sentó sobre las patas traseras y me enseñó los dientes:

—Grrrr.

Pero Camila enseguida se rehízo, me había sacado de mis casillas, se apuntó ese tanto y pudo decirme con frialdad:

—Ah, sí, Sébastien... —Pausa, yo no me atreví ni a respirar para no distraerla—. Nos vimos, sí... ¿Por qué tanto interés?

Tartamudeé, no tenía su dominio de la situación, me vencían los nervios, se me secó la boca y además, ¿qué podía contarle?

—Me interesa... —Dudé, sabía que se burlaría, pero aun así proseguí—. Después te lo explico, pero, dime, ¿cuándo os visteis?

—Me lo encontré el viernes por la tarde.

Yo estaba en la peluquería, mi móvil permanecía en silencio, Sébastien estaba con Camila. Después fuimos a la cena de Rubén y más después hicimos el amor en el mar. Y había estado con Camila, que ahora me preguntaba con condescendencia:

—No me dirás que te gusta.

Carraspeé, me aclaré la voz:

—Bueno, nos vimos un par de veces. —Intenté quitarle importancia por si acaso—. Se ha ido ya, ¡rollete de verano!

Camila simuló que nada de eso le interesaba y se puso a gritar con un chillido que recordaba el de una tiza sobre la pizarra:

—¡Andrés Felipe!

¿No habrá piedad para mí, señor Dios? Hoy esta maldita mujer se había levantado con el propósito de joderme la vida. ¡Que hablara de una vez, y si tenía que cederle unas cuantas decenas de miles de libros de mis ventas, se las cedería, pero que hablara!

Bueno, bueno, tampoco exageremos. Mejor hacerle un buen regalo.

Andrés Felipe apareció empujando un carrito con una botella de champagne y dos copas, Camila le hizo un gesto conminatorio para que la abriera y sirviese, y fingió mirarme compasivamente:

—Pilar, Pilar, qué boba eres, o sea que te ha enredado... Por eso me preguntó por ti.

¿Cómo? Yo estaba inmóvil, me dejé caer en el borde de la butaca:

—¿Te preguntó por mí? ¿Qué te dijo?

Se miró una uña:

—Ni me acuerdo. Yo qué sé, ¡chorradas!

Pasé a la acción y le di un pellizco, Camila se apartó como si la hubiera picado una víbora:

—¡Ay, me haces daño!

Repetí con el mismo tono de voz, habría podido matarla:

—¿Qué te dijo? —Y ya lanzada, me acerqué a ella de forma amenazadora—. ¿Qué chorradas? ¿Qué hicisteis?

Se apartó frotándose el brazo y me contestó ceñuda y a la vez complacida:

—¡Pero si estás celosa! —Iba a reírse, pero algo en mi mirada la frenó—. Cálmate, hija, no pasó nada.

Me calmé, intenté sonreír, asentí con gestos equinos, o sea que al final no pasó nada; estaba a punto de relajarme, pero me miró con esos ojos que dicen «espérate ahora te doy la puñalada»:

—Pero tu Sébastien está casado, casadísimo, ¿lo sabes, no?

La miré. ¿Casado?

—¡Pero si me dijo que estaba divorciado!

Camila sonrió con suficiencia:

—¡Todos mienten! Tiene mujer y está superenamorado de ella.

Mi vida era un mar embravecido, un tiovivo de emociones, pasaba de la cumbre al abismo en segundos, del cielo al infierno, del frío al calor, de la vida a la muerte.

—Pero... ¿cómo lo sabes?

—Me lo estuvo contando. —Me tendió una copa de champagne—. Toma, hija, serénate.

Yo protesté débilmente:

—Tengo que conducir.

—Una copa no te hará nada. —Obedecí; la bebida estaba muy fría y me refrescó la garganta. Camila le preguntó al criado—: ¿Ha terminado Kevin?

Bebí más.

Kevin, John Jairo, Mayerli, Luz Dary, Andrés Felipe, todo el personal de servicio de Camila es colombiano, su padre era embajador y ella pasó su infancia en Bogotá y viaja allí a menudo.

Andrés Felipe contestó:

—Está en caballerizas, ¿quiere que vaya a buscarlo?

—Dile que cuando termine venga a rendir cuentas.

Camila se giró hacia mí y me explicó, como si no se hubiera acordado hasta este momento:

—Precisamente cuando me encontré a tu... Sébastien, yo iba con Andrés Felipe, ¿te acuerdas?

El hombre contestó mientras ponía la botella dentro de una cubitera y envolvía el esbelto cuello con una servilleta:

—Sí, señora, era aquel ñerito que hacía tantas preguntas sobre...

Camila atajó:

—Sí, es verdad, le interesaba mucho la situación de la guerrilla colombiana... —Noté cómo Andrés Felipe se estremecía y se ponía pálido. Camila siguió—. Te preguntó si tenías algún miembro de tu familia secuestrado.

De pronto Andrés Felipe dejó de ser un criado educado y se asemejaba a un animalillo sin domesticar que exclamaba con tono rencoroso:

—Sí, señora, preguntaba demasiado ese gonorrea hijueputa.

En lugar de reñirle, Camila se echó a reír, chasqueó los dedos señalando la puerta con desenfado y le dijo con cerrado acento colombiano:

—Anda, hermano, no seas coscorria...

El criado se fue. Camila suspiró:

—¡Andrés Felipe ha sido miembro de las FARC, y el ejército gubernamental mató a toda su familia en una emboscada hace diez años!

Yo no pude dejar de extrañarme:

—¿Ah, sí? ¡Nunca me lo habías contado! Pero ¿está de forma legal aquí?

Camila se rio desdeñosamente:

—Hermana, tú también estás preguntando demasiado. ¿Quieres otra copa?

Le tendí el vaso y lo llenó. Los problemas de Andrés Felipe pasaron a segundo término y me armé de valor para preguntarle:

—¿Estás segura de que Sébastien tiene mujer? ¿Qué te dijo exactamente?

Se regodeó:

—En realidad se acercó a hablar conmigo porque quería pedirme un favor. Los hombres, qué desastre son. —Rio con displicencia—. Quería que le ayudara a...

—A...

En ese momento de tensión insoportable llegó el mozo de cuadras, se estaba secando las manos con un trapo, llevaba una camiseta muy ajustada que le marcaba todos los músculos y su actitud era muy poco sumisa cuando preguntó:

—¿Me llamaba la señora?

Yo le dije mentalmente, «lárgate», pero había perdido facultades, porque se quedó. Camila dejó la copa en la mesa y le indicó con el dedo que se aproximara. El chico, que no debía de tener más de veinte años, se acercó contoneándose. Camila le obligó a agacharse, lo cogió por la nuca y le besó en la boca. Un beso largo. El muchacho se fue inclinando sobre ella, que se echó atrás en el amplio sofá. Camila levantó las piernas y él se le puso encima sin dejar de besarla, los pies desnudos de ella se unieron por detrás de la cintura del chico.

Yo estaba tan asombrada que me quedé con la boca abierta mirándolos, farfullé algo así como «perdón», creo que dije «voy al váter» o quizás incluso precisé «a cagar» porque me había quedado sin raciocinio, de repente todo el servicio había desaparecido, miré a mi alrededor y entré en la casa, di unos pasos.

¡Con decir que hasta me había olvidado de Sébastien!

No sabía qué hacer. El imponente despacho en el que trabaja Camila, presidido por un retrato de su padre en traje de embajador, parecía que estuviera listo para ser fotografiado para la revista *Vogue*: «el sanctasanctórum de una escritora». El ordenador, un icónico Mac, la pluma Montblanc, unas gafas de oro encima de una pila impecable de cuartillas, la majestuosa librería en la que relucen suavemente los lomos de sus propios libros encuadernados en piel de vaca, todo respiraba suntuosidad y sosiego. Qué diferencia con la mesita donde suelo trabajar yo, abarrotada de papeles, la pantalla del ordenador encima del grueso *Crónica del siglo* XX para alzarla hasta mis ojos, el taburete que me sirve de soporte auxiliar, los objetos absurdos que no hacen más que añadir desorden, un zapatito de mi hijo cuando era pequeño, las piedras que recojo de la playa, una vela, la foto de mis padres, y ahora también, en este momento en que escribo, clavada con una chincheta en el marco de la ventana, la factura de Le Royal, 155 euros, una noche. Y una nota con el membrete del hotel, en blanco.

¡Qué noche, Dios, qué noche! La noche definitiva, aun ahora me estremezco al recordarla, será el último capítulo de este libro.

Si es que llego.

Te sigo amando con vehemencia sobrehumana, hombre alto.

Frente al cuadro del embajador me sentí tan pequeña como *Fender* delante de los mastines de concurso, pero pronto me rehíce con un pensamiento no muy bondadoso, pero que tuvo la virtud de remontarme. Sabía que Camila daría toda esta biblioteca y la casa entera por ser superventas. Lo sé, porque las dos somos escritoras y sangramos por la misma herida.

Andrés Felipe cruzó el despacho cargado con un inmenso jarrón con flores, supuse que iba a cambiarles el agua, y me preguntó obsequioso:

—¿Se le ofrece algo, señora?

Como no iba a contestar «mire usted, buen hombre, estoy esperando a que su patrona deje de follar con el mozo de cuadras», le pregunté con una simpleza que me asombró a mí misma:

—¿Qué? ¿Pesan mucho esas flores?

—Un poquito, señora, ¿algo más?

—¿Qué le preguntó exactamente ese hombre..., el francés?

Si lo sorprendí, no lo demostró, su rostro apaisado de indio del altiplano siguió tan impasible como siempre:

—Cosas feas que han pasado en mi país, señora... Cosas que nadie queremos recordar. —Me miró a los ojos—. No me gusta ese gomelo, señora, no se fíe de él, hágame caso...

—¿Pero por qué?

—Señora, no es lo que parece.

Y otra vez saltó su barniz de criado educado para mostrarme un atisbo del guerrillero que fue:

—Es mucho pirobo. —Ante mi gesto de extrañeza, intentó explicarse—. ¡Un huevón de mierda!

Ya lo había entendido. Volví al porche.

Camila había abandonado su papel de lady Chaterley y estaba sola fumando con una sonrisa de gata satisfecha. Yo no sabía cómo comportarme y aventuré un banal:

—Qué simpático ese chico.

¿Se puede ser más imbécil? Sí, se puede.

—Se lo veía muy... —Camila levantó una ceja—. ¡Se nota que los caballos le gustan mucho!

Camila me intimida un poco, porque puede estar horas sin hablar mientras yo siento siempre una necesidad compulsiva de llenar todos los silencios, el resultado es que yo digo muchas imbecilidades y ella administra con cuentagotas sus palabras como si fueran un exquisito licor destilado.

Le pregunté qué quiere decir gomelo:

—Presumido, un tipo que está todo el día mirándose en un espejo.

—¿Y pirobo? Lo ha dicho Andrés Felipe...

—Maricón, pero, Pilarita, no me gusta que me alborotes al servicio.

Me indigné:

—¡Pero Sébastien no es maricón!

—Ay, Pilar, parece mentira que seas escritora: ¡en sentido figurado!

Golpeteó con los dedos en el brazo del sillón, creo que quería que me fuera, pero yo no pensaba hacerlo hasta que no hubiera desembuchado. Si fuera necesario, la cogería del cuello para ponerla boca abajo y la agitaría hasta que lo soltara todo.

—Pero ¿qué te dijo Sébastien de su mujer? No te lo preguntaría si no fuera muy importante para mí.

Con tono aburrido, Camila me contestó:

—¿Aún estás con eso? Bueno, me pidió que lo acompañara a comprar una pulsera.

—¿Cómo?

—Sí, al mercadillo, me preguntó si le gustaría a su mujer. Yo le dije que sí. —Y añadió con crueldad refinada—: Me dijo que con ese regalo quería transmitirle el amor tan grande que sentía por ella, quería que siempre que la llevara se acordara de lo mucho que la amaba... Ya sabes cómo son estos franceses...

Mi corazón se puso a dar saltos, primero tímidamente. Camila prosiguió:

—Quería comprarle una cosa con perlitas muy cursi y yo escogí una con piezas pequeñas de marfil, la estaba haciendo un artesano delante de nosotros, es una pulsera única.

De pronto, como si le asaltara una idea repentina, me miró la muñeca, me cogió la mano con brusquedad y se la acercó a los ojos:

—¡Como esta!

La soltó con asco; si no hubiera estado en el extremo de mi brazo, creo que la mano hubiera ido a parar a Mallorca o más allá, quién sabe. Era la primera vez que veía a Camila desconcertada:

—¡Era para ti! Tú eras esa mujer, Pilar... ¡Estaba enamorado de ti!

Ahora el corazón, además de botes, daba volteretas, hacía el pino, saltaba el plinto y jugaba a baloncesto. No quería oír nada más. Sébastien me amaba. Un emperador construyó el Taj Mahal para demostrarle su amor a su esposa, y Sébastien me había comprado una pulsera. ¡No eran volúmenes equiparables, pero la intención era la misma!

No recuerdo nada más.

Sé que me senté ante el volante, que la carretera estaba vacía, sé que puse la radio y que oyendo una vieja canción se me saltaron las lágrimas:

Qué felices seremos los dos,
y qué dulces los besos serán.
Pasaremos la noche en la luna,
viviendo en mi casita de papel.

Estaba contenta y triste a la vez. Y pienso que quizás no sería todo tan difícil si Sébastien hubiera sido un sinvergüenza, un ladrón, un mujeriego, hubiera estado casado y hubiera hecho el amor también a Camila, ¡porque de todo esto lo había hecho culpable en un solo día! Si mis sospechas se hubieran confirmado, estaría rabiosa, sí, lo odiaría, sí, querría matarlo, sí, pero no me anegaría esta sensación de soledad, no me pesaría tanto su ausencia, no me dañaría tanto su pérdida.

Sébastien, te amo con todas mis flaquezas e imperfecciones, con este corazón azotado por el miedo y la desconfianza.

Me costó encontrar aparcamiento, el mes de septiembre ya estaba aquí, la ciudad tenía su aspecto de siempre. Entré en casa, estaba recalentada, sucia, se habían muerto todas las plantas, *Fender* se subió rápidamente a su sofá preferido, y yo me dediqué a las tareas domésticas, básicamente recoger la ropa de mi hijo tirada en el suelo. En dos horas creo que no recuperé la posición vertical.

Después me senté en la cocina, sin hacer nada, con la cabeza colgando como un caballo extenuado. Por las ventanas abiertas llegaba el ruido de los coches de la Vía Augusta, Barcelona recobraba lo que los periódicos llamaban «el pulso habitual». Una ligera brisa agitó las copas de los árboles y vi caer una hoja ya amarillenta, planeando lentamente hasta llegar al suelo. Papá y mamá revoloteaban por las habitaciones chocando con las lámparas. La voz estridente de mamá me llegó desde el comedor:

—Has cambiado los muebles de sitio.

Simplemente, he suprimido el comedor para poner mi despacho. Cuando la familia quedó reducida a mi hijo y yo, empezamos a comer en la cocina y me pareció un despilfarro tener la mejor habitación de la casa ocupada por una mesa que no íbamos a usar nunca. Había instalado ya los ordenadores y hojeado distraídamente los apuntes que había tomado para mi siguiente libro. *Isabel de Valois.* De pronto, no sé si influida por mi editor o por lo que estaba pasando en mi vida, todo me pareció rancio, antiguo, pobre, atrasado. Cogí los papeles y los tiré a la basura.

Sébastien y Barcelona. ¿Llegaría a olvidarlo? Vendrá el otoño, después el invierno y cada vez hará más tiempo de sus caricias, de sus manos, de su voz... Cuando se me fuera borrando el bronceado, se me irían borrando también las huellas de sus besos...

¡Pilar, deja de hacer literatura, coño! Aunque la escritora que habita en mí me susurra, «anota esa frase, a lo mejor algún día la necesitarás para un libro».

Sí, ahora la he usado para este que estoy escribiendo.

Lo estoy escribiendo solo por ti, amor mío.

La tenía apuntada en un pequeño bloc que guardo en un cajón de la mesa donde trabajo. Están las letras de la casita de papel y de la canción de Carla Bruni, el número de Sébastien por si acaso pierdo el móvil, +33 6 80 48..., un poema que pensé más adelante y que quizás no voy a poner, los mensajes de Aurélie... Pero, un momento, todavía no he hablado de ella.

Quizás no llegaré a hacerlo. Tal vez abandone este libro y no lo termine nunca. Quizás se gire mi suerte y todo esto deje de importarme.

O quizás la ventana, las pastillas, la vida puedan conmigo.

Estaba tan embebida en mis pensamientos que no lo oí. No oí las trompetas de los ángeles y de los arcángeles que me traían la buena nueva. ¡No oí los clarines del futuro! No sentí el nuevo quiebro que iba a dar mi existencia.

Mis padres empezaron a tironearme de la manga. Molesta, los miré, vi que me hacían señas poniéndose el pulgar en la oreja, remedaban torpemente el gesto de llamar porque ellos eran de otra generación y lo que hacían en su época era meter el dedo en un auricular imaginario fingiendo marcar.

Sí, al final me pareció que sonaba el móvil. En algún punto de la casa, ¿en el salón? Miré, no. ¿En el despacho antes comedor? Mis padres, agitados e impacientes, me señalaban mi dormitorio, enfilé el pasillo, si dejaba de sonar, qué importaba, no era como los teléfono fijos, que si no los cogías siempre te podías quedar con la sospecha de que la suerte había pasado por tu lado y tú la habías dejado marchar simplemente porque no habías descolgado y nunca sabrías quién te había llamado ni para qué.

Estaba en la mesa de noche, se encendía rabiosamente, sonaba y vibraba a la vez, miré el nombre y... ¡Sébastien!

No entiendo aún cómo conseguí apretar la tecla correcta, respiré hondo, grité con voz desgarrada:

—¡Sébastien!

Sí, era él, su voz, era él, su voz, algo ronca, su forma de modular las palabras, su voz viril que levantaba un bosque de deseos en mi cuerpo:

—Pilar, mi Pilarita.

El hombre alto que me amaba, el hombre de mi vida, el hombre que sentía lo mismo que yo.

Balbuceando le dije, repitiéndolo como una letanía:

—Amor, mi amor, mi amor...

No sé cuántas veces, entre sollozos, riendo, llorando:

—Mi amor, mi amor...

Me senté en la cama, la ira y la furia y la tristeza y la soledad me abandonaron, desclavaron sus enormes garras de mis hombros y me sentí tan liviana que podía flotar:

—Mi amor, amor mío...

Y él reía:

—Pilar, Pilar, ¿te acuerdas entonces de tu amor de vacaciones?

Debí asentir, pero en lugar de eso negué furiosamente con la cabeza, como si él pudiera verme:

—No, no, no; quiero algo más... —como un río que se desborda—, algo más, tú y yo...

No me salían las palabras, me sentía como un niño que aún no hubiera aprendido a hablar, y él me contestó con voz ahogada:

—Estás demasiado en mi cabeza para que seas algo menos... No puedo dejar de pensar en ti, mi querida...

Yo hablaba sin escucharlo, ya torrente desbordado, casi no podía articular:

—Te quiero, no puedo olvidarte, te quiero, te quiero...

Al final advertí que estaba intentando decirme algo, «escucha, Pilar», al fondo oía ruidos sordos y voces intermitentes, me pareció que alguien hablaba por megafonía, le dije alocadamente:

—Qué, qué, dime, amor...

—¿Me escuchas, Pilar? —«Sí, sí sí», grité—. Escúchame

atentamente... Estoy a punto de embarcar, de coger mi avión para Damasco, pero no podía irme así, no puedo, te quiero, Pilar...

Iba a decir algo, pero él me interrumpió:

—Déjame terminar, mi amor, no tengo mucho tiempo... Te quiero y no puedo olvidarte, me voy con un gran dolor en el corazón, desde que me he separado de ti tengo un mal presentimiento con esta misión porque te quiero y temo que me pase algo...

Pero yo estaba tan feliz que todavía no podía sentirme desgraciada:

—¿Pero qué te va a pasar amor mío? ¿Pero qué dices?

—Quiero volver a tu lado, quiero que me esperes, Pilarita, quiero que estemos juntos...

—Sí, sí, estar a mi lado, juntos...

Qué felices seremos los dos,
y qué dulces los besos serán.

—Escucha atentamente —se interrumpió por un momento, se acalló el ruido de fondo, quizás había tapado el móvil, después su voz regresó, muy cerca del auricular—. Voy a estar una semana, diez días como máximo allí abajo, quiero que me esperes, cuando vuelva hablaremos en serio..., no puedo sacarte de mí, Pilar...

Oh, gracias, Dios, gracias, padres, ¿puede haber felicidad más grande que esta?

—Te esperaré, Sébastien, no haré otra cosa que esperarte...

Alguien, creo que una mujer, le dijo algo que no entendí; él contestó con un seco «sí, sí» y prosiguió:

—Escucha, mi amor, yo allí no puedo llevarme ni el

iPad, ni el ordenador, pesan mucho y solo me permiten cargar con una pequeña mochila, tampoco llevo el móvil para que no localicen mi señal y puedan encontrarme, sabes que Siria se ha convertido en un lugar muy peligroso para los periodistas...

Yo me asombré:

—Pero entonces, ¿cómo enviarás tus crónicas?

Se rio suavemente:

—Tenemos nuestros métodos, hay puntos fijos por todo el país para que los corresponsales podamos transmitir, pero Pilar, tú escríbeme a este número, ponme cosas bonitas... El móvil lo tengo que entregar ahora, se quedará aquí en el despacho, pero cuando regrese me encontraré todos tus mensajes y veré que no me has olvidado.

Yo tartamudeé:

—Pero, Sébastien, ¿olvidarte? No sabes las ideas que me han pasado por la...

Me cortó:

—Mi querida, hazlo, por favor. —Los ruidos de fondo arreciaron y él tuvo que alzar la voz para hacerse entender—. Volveré con la ilusión de encontrarme tus mensajes, ¡háblame cada día, mi amor!

—Sí, sí, todos los días, te enviaré fotos, te contaré todo lo que hago...

—Y yo... —Hizo una pausa efectista y yo supe que sonreía—. Cuando regrese te contestaré en español, mi vida. Ya no tendrás que esforzarte...

—No es esfuerzo, cariño, pero no entiendo lo que me dices... ¿Vas a aprender idiomas en Siria?

Se puso a reír, ah, qué bien reía Sébastien:

—No, mi pequeña tonta, me llevo unos libros muy completos para aprender español... Lo hablaré muy bien... Mira, ya sé decir te quiero...

Me puse a llorar, entonces sí:

—Sébastien, por favor, vete con cuidado, te quiero...

Voces al fondo, gritos, ruedas sobre el suelo, el ruido de un motor:

—Te quiero, Pilarita, tengo que entregar el teléfono, eres la Luna, el Sol, las estrellas...

—Tú eres Marte...

—Y Casiopea y la Osa Mayor... La Estrella Polar...

—Ya no somos dos barcos que se cruzan en la mar...

—¡No! ¡Somos dos barcos que navegan juntos!

El griterío se agudizó, oí una voz más cerca, noté que Sébastien tapaba el teléfono para contestar y luego me decía con un susurro:

—Pilar, tengo que colgar, te quiero, escríbeme por favor, pórtate bien, te quiero.

—Sébastien, amado mío... —De pronto se me ocurrió una tontería—. El día trece es mi cumpleaños, te espero, en Llafranc, estarás conmigo, ¿verdad? El trece ¡acuérdate!

No sé si me oyó, dijo tan solo:

—Sí, sí, muy bien, adiós, mi querida, adiós...

—Llevo tu pulsera...

El clic se superpuso a mis palabras. Colgó.

Colgué. Sentí un gran calor en el cuerpo, un gran bienestar. Respiré hondo, ataque de asma no, por favor, ahora no, Sébastien me amaba, lo iba a esperar, teníamos un futuro juntos, quería que me portara bien para él porque me amaba.

Sonreí, me sentía bella y joven.

¡El placer de vivir!

Algo dentro de mí alzaba la voz para advertirme, por un

momento me pareció que había algo en la conversación que no cuadraba, una incongruencia, pero pronto aparté esa sospecha como se espanta un bicho molesto.

Pasaremos la noche en la luna,
viviendo en mi casita de papel.

Sébastien me quería, ¡era su novia! Tenía hasta el día trece, oh, tenía mucho trabajo hasta el día trece.

Qué felices seremos los dos.

7

«Mi amor, viajas lejos de mí, no me olvides...», «en sueños te beso en la boca», «tus labios aún queman los míos», «llevo tu brazalete, tu prueba de amor», «me porto bien»...

Tecleo mensajes que Sébastien leerá cuando regrese de Siria y camino a la vez por las calles de mi ciudad transida de dicha, llena del amor de mi hombre, de mi hermano del alma, ¡nuestras vidas fundidas! «Amado, tengo ganas de besarte las manos para darte las gracias.» Me gusta doblegarme, una serenidad nueva, un gozo tranquilo me cubre toda entera sin dejar ningún resquicio para la desesperación o el recelo. A veces me tengo que detener porque me pongo a temblar de alegría. Lo amo.

¡Cómo, cómo lo quería!

Sí, Sébastien, me porto bien en esta ciudad entre dos luces que no sabe sacudirse de encima el verano y se resiste a desertar del calor y de la pereza vacacional. Solo el brillo apagado del atardecer nos recuerda que los días serán cada vez más cortos y que de repente tendremos que poner una manta en la cama, cerraremos las ventanas, nos arrebujaremos con una chaqueta y diremos:

—Qué frío.

Entonces estaremos juntos.

¡Pero hay tantas cosas que hacer antes! Lo primero de

todo, el vil alimento, llenar la nevera. Tengo que avituallarme, porque estos días que me faltan para unirme a Sébastien voy a estar muy ocupada afilando mi cuerpo para las noches de amor que me esperan el resto de mi vida, ay, ay, no tengo provisiones, emergencia, luz roja, me lo dice mi hijo:

—Mamá, voy a vender todos los cartones de Telepizza y con lo que saque voy a hacer una ampliación de capital en mi empresa de tres pares de cojones.

Reconozco que las tareas de la casa no son lo mío, para eso tengo a una asistenta en Barcelona llamada Tea, el trasunto de la Lidia de Llafranc. Pero Tea se ha ido de vacaciones a visitar castillos templarios y a la fuerza tengo que espabilarme sola. Voy al misterioso cuarto donde se guardan los utensilios domésticos y cojo el carrito de la compra.

Tea ha sido actriz de teatro e hizo en tiempos algún papelito en televisión, o sea que está puesta en el tema y nunca me deja que lo use:

—No, Pilar, tú no puedes exhibirte con eso porque sigues en el *choubisnes*.

Tampoco debe ser tan difícil de manejar, digo yo, además no es feo, tiene tela escocesa, cuatro ruedas, tracción delantera y una barra doble para sujetarlo. Bajo en el ascensor, una mano en el manillar, la otra sosteniendo la correa de *Fender*, ¡tengo práctica! Cuando mi hijo era pequeño lo llevaba en su cochecito y él cogía la cadena del perro que teníamos entonces, *Bakunin*, que vivió con nosotros catorce años, y paseábamos con cierta solemnidad de desfile conmemorativo. La primera palabra que aprendió a decir mi hijo no fue *papá* o *mamá*, sino *Ba*.

Ya mayor, con por lo menos seis años, volvió un día del colegio gritando emocionado:

—¡Mamá, en memoria de nuestro perro le han puesto Bakunin a una plaza en Barcelona!

Le dijimos que así era. Yo también le había contado cuando era aún analfabeto que en las banderolas que arrastraban las avionetas que sobrevolaban la playa en verano ponía «te queremos, hijo», y que las habíamos contratado nosotros. Y cuando pasaban los aparatos anunciando Coca-Cola, mi hijo bajaba los ojos con modestia y miraba de reojo para ver si las multitudes le aplaudían. Ternura. ¡Otra forma de amor!

¿Que engañar a los hijos no está bien y que seguramente le he causado tantos traumas que en su madurez dará de comer a media docena de psiquiatras? Puede ser, quizás más adelante explicaré lo que me pasó el día en que decidí ir al psicólogo, hace tan solo un par de meses, cuando pensé que lo de Sébastien me estaba volviendo loca.

Creo que sigo loca, si no no hubiera emprendido este proyecto insensato que llevo tan en secreto que nadie sabe sobre qué estoy escribiendo.

El otro día mi hermana de Madrid me preguntó:

—Qué, cómo te va con el libro de autoayuda.

Tardé algunos segundos en recordar que teóricamente estoy escribiendo un libro de consejos a mujeres para que sus maridos no las abandonen. O sea, no en el plan de irse al otro barrio como fue mi caso, sino con la secretaria y todo así. ¡Un intento patético de reflotar mi carrera herida de muerte cuando dejaron de interesar las princesas medievales, los trovadores y la madre que los parió! Escribir, quién se acordaba entonces, en esos días radiantes en los que todo estaba lleno de Sébastien.

Hay un supermercado cerca de mi casa. Con el mismo espíritu con el que los exploradores se internaban en el nuevo mundo, encamino mis pasos hacia el Carrefour, afianzo el manillar entre mis manos, marcho erguida como la Victoria de Samotracia con las puntas de mi rebeca como alas al viento y me miro en el escaparate de una tienda. Aparto la vista, porque es una pena, sí, pero reconozco que no hay nada menos sexy que empujar un carrito de la compra. Te juro Sébastien que cuando estemos juntos nunca me vas a ver de esta guisa. ¡Estar juntos! Mis fantasías todavía son modestas, el techo está muy bajo, solo nos visualizo pasando un fin de semana, el día de mi cumpleaños, en Llafranc..., quizás luego en Barcelona.

No, no, todavía no me atrevo a tanto,

¡Cómo que no! ¿Estamos tontos o qué? Lo primero, hablar con Lorenzo Caprile para el traje de novia, no sé si es mejor hacérmelo sexy o virginal, opto por la primera opción más que nada porque si esta es difícil, la segunda es imposible. Me río sola. No puedo evitar que una carcajada bullente me hormiguee en la garganta todo el día, intento permanecer seria pero los labios se distienden en una sonrisa extraviada, como si llevara unas pinzas puestas bajo las orejas que me estiraran el rostro, qué felices seremos los dos.

Miro los balcones de mi calle, me asombra no ver a la gente asomándose y arrojándome apios y coronas de laurel gritándome:

Gloria de Dios.
Oh, dientes deslumbrantes de tanto amaros.
Oh, dicha de vivir.

Me asombra no ver aviones escribiendo en el cielo: «Sébastien y Pilar», como las banderolas de la infancia mentirosa de mi hijo.

Si empujo un poco el carro, se desliza solo, si le doy con más fuerza se embala cuesta abajo por la calle semivacía; lo llevo con dos ruedas, con cuatro, me subo encima y hago que *Fender* nos arrastre como si yo fuera Lara en *El doctor Zhivago*.

Le grito al mundo:

—¡Sébastien me ama!

Una sintecho habitual de mi barrio que recoge objetos de la basura me mira en silencio, yo me pavoneo delante de ella, eeeeeh, tú, ahora me deslizo Vía Augusta abajo a lomos del carro con una mano en el manillar y la otra saludando, hago eslalon entre las farolas, ¡ahora sin manos! Ahora hago equilibrios levantando una pierna y flexiono la otra ligeramente con los brazos extendidos como un ángel. La vagabunda me mira con suspicacia y me pregunta una de las veces que paso velozmente por delante de ella:

—Ese carro, ¿dónde lo has mangado?

Yo estoy demasiado ocupada haciendo una exhibición de triple vuelta en el aire y no puedo contestarle. A mí es el amor de Sébastien y no el Red Bull el que me da alas.

La mujer me mira con ojitos astutos:

—Te lo cambio por el mío.

El suyo es un cochecito de bebé que ha conocido tiempos mejores, pero el manillar va adornado con graciosas pieles de naranja secas formando serpentinas que se bambolean alegremente, aunque una birria en comparación con mi carro. Paso a gran velocidad tirando besos con la punta de los dedos. Mis padres aplauden, prueba superada. Mi vida con Sébastien.

El Carrefour está cerrado ya.

Esta tarde ha llovido y ha quedado un cielo hermosísimo. La herida deslumbrante del sol crepuscular intenta atravesar nubes oscuras. No puedo dejar de mirarlo embebida en mi tibia felicidad a través de la ventana de la cocina; mi hijo está sentado frente a mí comiéndose unos espárragos que saca directamente de la lata. En la tostadora está descongelándose una rebanada de pan. Le comento fingiendo entusiasmo:

—¡Y para *postrear* un yogur! —*Postrear* es un verbo que inventó cuando era pequeño, y yo lo saco para hacerme la simpática, el amor me hace sentir siempre un poco culpable—. Ya sabes que han descubierto que los yogures no caducan nunca.

Mi hijo me responde nostálgicamente:

—Es igual, tú siempre me los dabas caducados.

—Porque ya lo sabía, tonto.

Después pela una naranja reseca y tan reducida como una cabeza de jíbaro. A él también le alcanza mi alegría y me gustaría estrujarlo entre mis brazos y hablarle de Sébastien. Aunque directamente todavía no me atrevo a mencionarlo, sí intento una vía tangencial:

—En Siria hay quinientos secuestros mensuales, unos por dinero y otros por motivos políticos.

A mi hijo no le hables de otra cosa que no sean negocios, la Bolsa o su empresa de internet, por lo que contesta con un indiferente:

—Hum.

Prosigo inasequible al desaliento:

—Allí abajo los periodistas no pueden llevar móvil para que no les localicen, por las señales, sabes.

Mi hijo, que nació escéptico como el filósofo griego Pirrón de Elis, se encoge de hombros:

—Menuda imbecilidad.

Yo invento:

—Me lo ha dicho Tomás Alcoverro, el corresponsal de *La Vanguardia*.

—No me lo creo.

Me dispongo a hacer una foto de la cocina con la mesa puesta para que vea Sébastien que también puedo ser una mujer de su casa, no solo una diosa del amor. Claro que los alimentos que tenemos hoy son tan pobres que parecen más dignos de Siria que de la próspera España, ¡a ver si va a pensar Sébastien que aquí tenemos carencias nutricionales y se niega a venir por no poder darle a Amandine una vida digna! Coloco el espárrago que ha quedado sobre un plato de la vajilla buena, pero me parece algo pornográfico, como..., ¡oh, no, delante de mi hijo no puedo decirlo! Borro la foto. Ahora tomo una imagen de la botella de agua, no me gusta, del frutero con dos mandarinas y un plátano, pero qué me pasa, ¡me estoy convirtiendo en una salida y en una obsesa! ¿Qué fotos puedo enviarle a este hombre que está en Siria aguantando fuertes bombardeos y trasmitiendo sus crónicas desde pequeños puestos avanzados como si fuera Ernest Hemingway? ¡No voy a fotografiarme a mí misma con este pantalón de pijama viejo, las zapatillas de conejitos y el pelo recogido con una pinza propia de ese barrio marginal que siempre sacan en la tele donde entre todos no hacen una dentadura completa!

Aunque mi hijo está curado de espantos con respecto a mí, no puede dejar de observarme con cierta curiosidad:

—Mamá, ¿qué pretendes?

Le estoy haciendo una foto artística a *Fender*. He conseguido que levante las dos orejas a la vez y casi parece un perro de raza, le doy ánimos para que se quede quieto:

—Muy bien mi *Fenderucho*, así, quieto, esa oreja..., ¡para arriba esa oreja!

Mi hijo menea la cabeza a un lado y a otro y se va resignadamente a su habitación para hacer un pedido gigante al supermercado de El Corte Inglés.

Le doy a la tecla de enviar, «mi amor, hasta *Fender* te añora y espera tu regreso, buenas noches, nos queda muy poco para estar juntos de nuevo».

Qué paz hay en mi vida. Todo está bien. Oigo a mi hijo toser en su habitación; le grito:

—Ahora voy.

Lentos trabajos de amor, me entretengo buscando unas fotografías que me hicieron el año pasado para la solapa de mi libro, pero me parece que se me ve mayor y al final decido aplazar la trascendente decisión de enviarlas hasta mañana. Tampoco quiero apabullarlo con cientos de mensajes y fotos, con las dos o tres que le he mandado hoy ya es bastante. Los cuento. Uno, dos, tres, cuatro..., veinticinco mensajes y nueve fotos, vaya, bueno, ¡me dijo que quería que me acordara de él y que le escribiera! Voy a preguntarle a mi hijo si, una vez enviados, se pueden borrar, pero ya está durmiendo, le susurro:

—¿Estás soñando con los angelitos?

Me contesta con un murmullo casi ininteligible:

—Sí, con los de Victoria's Secret.

Unto su pecho largo, hendido en el esternón y en el que abultan ligeramente las costillas, con Vicks VapoRub, y toda la casa y mis manos huelen a mojito. Después le extraigo el móvil de la mano con el cuidado del espeleólogo marino que rescata una valiosa cerámica de Cleopatra del fondo de la bahía de Alejandría —lo hemos visto en Discovery Channel—, busco en el cubrecama el iPad, el iPod y los auriculares, y él gruñe algo así como:

—Wwwwwwx..., un millón de euros...

Mi hijo de veinticinco años, un empresario exitoso que hasta da charlas en el IESE, duerme en una cama que le queda pequeña, en medio de un empapelado de elefantes Babar y muebles de Ikea. Del techo cuelga un avión de cartón fosforescente que se balancea sobre los estantes destinados a libros que nunca se comprarán porque mi hijo no lee, en soporte papel quiero decir. El último que le regalé, un tratado sobre la vida de los gnomos, ha criado una gruesa capa de polvo y quizás algún champiñón, ¡eh, gnomo, ya tienes casa!

Me pongo a reír porque en mi estado todo me parece divertido, hasta mis propias bromas. *Fender* ha logrado meterse debajo de la cama, que se mueve como un barco en medio de la tormenta con su agitada respiración. Los dos duermen y duermen, comprimidos y protegidos como nueces monstruosamente grandes dentro de su cáscara. Salgo apretándome la nariz para no despertarlos con mis carcajadas locas, me retuerzo de risa, me echo en el sofá y entierro la cabeza en los cojines. Riendo, riendo.

¡Me gustaría parar el mundo y comérmelo a besos!

Me tumbo de espaldas y me miro el cuerpo. Tengo barriga, debería hacer del orden de los mil abdominales diarios hasta que llegara Sébastien, hago cinco, mañana haré los 995 restantes y mil más. Me miro los pies, el conejito de la derecha le dice al de la izquierda:

—Qué felices seremos los dos...

Salgo a la terraza, me asomo a la barandilla, la vagabunda se ha parado a hablar con un rumano que limpia cristales de los coches en la esquina, ¡qué vida social más intensa tiene mi barrio!

En este glorioso delirio en el que estoy viviendo, de pronto tengo ganas de hacer locuras.

Rebusco en los bolsos, los de invierno; a veces la vida te da sorpresas,

Sorpresas te da la vida...

Y sí, lo encuentro, una colilla de porro de alguna fiesta del año pasado, le doy unas caladas y lo apago y luego me fumo un cigarrillo normal, de esos que solo dan cáncer. El aire está tan quieto y limpio que el humo sube delgado y elegante, en una espiral perfecta como un dibujo de Opisso.

Como no suelo fumar, pronto veo algas de colores que se desprenden del cielo, que se ha convertido en mar, y canta la tuna a lo lejos:

La tarde que a media luz
vi tu boquita de guinda,
yo no he visto en Santa Cruz
otra mocita más linda.

En el desportillado macetero de la terraza mi único geranio polvoriento y alicaído después de un verano caluroso es un reproche mudo a mi abandono fatal.

Me acerco y le digo:

—Bunitu bunitu.

No me hace caso. Me denunciará el Frente de Liberación de los Geranios, vendrán una noche a buscarlo y se lo llevarán a un jardín para que tenga amiguitos y juegue con otros geranios y se lo pase genial. Vuelvo a encender el porro y me lo termino. La vecina del piso de arriba, una señora mayor guapa y millonaria que juega al bridge en el Círculo Ecuestre y que muchas veces cena en su terraza, debe de estar colocándose y viendo lucecitas también, mañana se lo contará a sus hijos:

—Sabéis, a veces, por la noche, todo se llena de arcoíris multicolores y de chispas y hablo con las flores.

Los hijos se mirarán entre ellos y empezarán a pedir plaza en un geriátrico.

La calle brilla húmeda y gris como la piel de los delfines, sube un rumor apagado y exquisito del restaurante que hay delante de mi casa, las parejas cenan apaciblemente, y estoy a punto de tirarles las zapatillas de conejitos a la cabeza, y me pregunto por qué no son todos de color azul como los pitufos del único libro de mi hijo, pero parecen tan felices que paso de la risa al llanto en un instante, me abrazo al geranio y le digo que me perdone y que nunca más estará solo.

Tendrá papá, mamá y dos hermanitos, *Fender* y el otro, el del Vicks VapoRub, por un momento he olvidado su nombre... ¡Tres hermanitos si contamos a Amandine! Y los otros tres hijos de Sébastien también vendrán y vivirán con nosotros, quizás podrían dormir en el microondas, ya que mi casa no es el palacio de Versalles que digamos.

Tal vez mañana podría ir a una inmobiliaria para enterarme de qué pisos se venden en Barcelona que tengan 500 metros cuadrados. Trato de poner los índices enfrentados, los dos barcos que se encuentran en el mar, pero es difícil, intento tocar con el pulgar la nariz y con el meñique de la misma mano la rodilla, pero me caigo. Le digo al suelo:

—Malandrín, bodacho, drogata.

Se está tan bien en el suelo; hombre, una ligera arenilla se me clava en el pómulo; mis sueños toman vuelo, viajaremos por todo el mundo gastándonos los dineros que me dejaron mis padres, quizás mis hermanas me cederán los suyos al vernos tan felices... Será una boda muy íntima, iré con mi vestido sexy y escotado, y Sébastien me esperará al pie del altar, grave, alto, silencioso, mirándome con sus ojos depredadores, aunque quizás no me oirá acercarme por culpa de ese tímpano dañado que le ha impedido subir al Dragon Khan...

Un momento, ¿no puede subir en el Dragon Khan y se sube a un avión para ir a Siria?

Tengo una chicharra dentro que... Había otra cosa más... Otra cosa...

Uf, qué colocón. Me arrastro hasta la cama, un último mensaje, «amor mío, hasta el geranio te espera», ¿entenderá esto? Le envío otro clarificando «me refiero a un geranio que tengo en la terraza», miento otra vez «¡es muy bonito!».

Pongo el teléfono en la almohada y me quedo dormida sonriendo. Duermo feliz, sin sueños, y solo al despertarme me doy cuenta de que estos últimos días no he tomado somnífero. Es la primera vez que tal cosa ocurre en veinte años.

En la sala de espera del doctor Vila Rovira me encuentro a Mari Luz Barrantes tratando de pasar desapercibida, con un abrigo de *mouton* con estampado de tigre, un enorme fular que le llega al suelo y le tapa media cara y gafas oscuras de Gucci tipo antifaz. Como hace calor, todo el mundo la mira. La saludo, estudiamos juntas la carrera y ahora ella vive en Madrid y es una estrella de la tele. Se apresura a decirme:

—He venido a sacarme una muela.

Yo no quiero ser menos:

—Ah, pues yo he venido a hacerme una revisión ginecológica porque temo estar embarazada.

Paso la primera. El doctor Vila Rovira me coloca frente a un espejo y me observa atentamente. Yo también me miro: la felicidad me pone ojos mongoles, uno está un poco más abierto que el otro, tengo bolsas moradas debajo, la última vez que me puse colágeno en el surco que va de la nariz a la boca se me enquistó un poco y ahora tengo un bultito que antes no estaba. El doctor me ordena:

—Sonríe.

Sonrío, y me dice:

—Mira, así estás más graciosa.

Me hinco de hinojos y le suplico:

—Ramón, por la gloria de tu madre, no soy Lina Morgan, no quiero ser graciosa, quiero estar sexy, atractiva, seductora y misteriosa, pero sobre todo joven, porque me he enamorado de un hombre que tiene doce años menos que yo. Y todo esto para el día 13.

El médico no se inmuta. Está hecho a todo y me dice con amabilidad:

—Se hará lo que se pueda, *lifting* no, porque no da tiempo y no lo necesitas aún... —Que nadie crea que no lo necesito porque no llego a la edad mínima legal, sino porque como ya he contado me lo hice hace ocho años—. Pasa al quirófano.

Por rutina pregunta, aunque no es necesario:

—¿Fumas, bebes?

—No fumo y soy bebedora social, ya sabes.

Obvio explicarle que fue Joaquín Sabina el que dijo un día que beberse una botella de vodka diaria es ser bebedor social si se hace en compañía. Aunque sea en compañía de uno mismo. Y lo que dice Joaquín va a misa.

El doctor se ríe y me contesta mientras me traza rayas sobre el rostro:

—Mira, en las mejillas te pondremos colágeno para rellenar, en las arrugas profundas hialurónico, Botox aquí en el rictus de la frente y un barrido de láser para las manchas leves.

Me hacen quitar las joyas, me desprendo trabajosamente de la pulsera de Sébastien, le digo a la enfermera:

—Creo que tendrían que custodiarla en el Banco de España, me la ha regalado mi novio.

Ella observa el trozo de cuero roto con una cosa de marfil del tamaño de una lenteja y dice:

—Ah.

El médico, con mascarilla, gafas protectoras y una jeringuilla en la mano, no se da cuenta de que por encima de su hombro mi madre lo observa todo con curiosidad. Papá se ha quedado en la puerta dirigiéndoles miradas fogosas a las enfermeras, cuando se estaba muriendo, noventa y cinco años, aún le preguntaba a la que lo atendía:

—¿De dónde eres, guapa?

—De Lalín.

—Apúntame tu dirección en un papelito y cuando salga de aquí iré a hacerte una visita.

El aire se llena de olor a carne quemada. Cómo duele, demonios, sobre todo en la zona alrededor de los labios, pero quién va a quejarse cuando se hace por estética y además voluntariamente. Visualizo el rostro de Sébastien, él me conoció bronceada y salvaje, a duras penas le pregunto al médico:

—Ramón, ¿puedo tomar el sol?

—Por supuesto, el año que viene.

Sí, hombre, ni de coña el año que viene. Trato de levantarme de la camilla con la bata puesta, tiro jeringuillas, tubos, enfermeras. El médico cree que me ha dado un ataque de locura y sopesa ponerme una camisa de fuerza, si es que existen, aunque quizás mis conocimientos sobre esta prenda indumentaria están tan obsoletos como mis libros sobre reinas y trovadores. Pero parece que no, que damos por terminado el tratamiento y tal vez no ha pasado nada de todo esto y solo es fruto de mi imaginación, porque mientras me aplican una toalla refrescante sobre el rostro, Ramón se quita los guantes de látex, me aprieta el brazo a modo de despedida y me dice:

—Que te vaya bien con tu novio, ya nos lo presentarás.

Asiento emocionada, oh, cenar los cuatro, dos matrimonios, por una vez yo permaneceré en silencio y será mi... marido, sí, ¡marido!, el que lleve la voz cantante, y luego nos iremos a casa cogidos del brazo y nos acostaremos el uno al lado del otro, yo con mi casto camisón de florecitas abrochado hasta el cuello.

¡Qué horror, qué ha pasado aquí, que venga el informático, que se ha colado en el ordenador la Casa de la Pradera!

Salgo y me cruzo con Mari Luz, que me detiene un momento:

—Pilar, si quieres te doy una noticia para tu columna... Voy a hacer un programa buscando desaparecidos del estilo de «Quién sabe dónde»... Pero con más altura, con temas internacionales...

Le digo:

—Mucha mierda —que es como los clásicos deseamos suerte—, cuidado con esa muela, mi revisión ginecológica ha ido muy bien...

Ella me señala la cara algo tumefacta:

—Ya veo dónde tienes el coño, bonita.

Ricardo, mi editor, no hace más que llamarme para amenazarme con multas, destierro e incluso deportación a Siberia.

Yo le digo:

—Ricardo, deberás acostumbrarte a vivir sin mí una temporada... ¡Algunos tenemos eso que se llama vida privada!

Llamo a mi jefe del periódico:

—Quiero unos días de fiesta.

Se asombra. Nunca jamás le he pedido que me sustituyan en mi columna, y cuando mis compañeros se van de vacaciones, yo me ofrezco para suplirlos porque todos saben que apenas tengo vida personal. Creo que va a oponer una férrea resistencia, pero me dice alegremente:

—Ah, muy bien, tu columna la hará Ramona.

En otra ocasión hubiera echado sapos y culebras por la boca, porque Ramona es brillante, joven, lista y ambiciosa, pero en estos momentos en los que todo el mundo es bueno, me muestro satisfecha:

—Sí, lo hará muy bien.

En realidad mis ausencias vacacionales todavía no tienen demasiada importancia, porque el motor laboral que impulsa la economía del país aún está al ralentí, el verano no ha muerto y mi barrio continúa semivacío, lo noto cuando salgo a hacer *footing* por las tardes y corro ciegamente con los cascos puestos hasta que mi perro me pide de rodillas volver a casa. Por la mañana voy al gimnasio y lo practico todo, máquinas, Zumba, jazz, Pilates, pesas, hago cientos de abdominales, flexiones y bicicleta, y el escaso tiempo libre que me queda lo dedico a ponerme cremas en una u otra parte del cuerpo, el pecho, el cuello, la cara interna de los brazos, el contorno de ojos, y mientras, ensayo sonrisas frente al espejo, me miro si tengo mejor el lado izquierdo o el derecho, me pongo bizca y saco la lengua, me coloco de espaldas, meneo el culo, me levanto la camiseta para mirarme los pechos, me estiro voluptuosamente y muevo la lengua con rapidez a un lado y a otro como hacen en las películas porno (una vez vi una). Estoy tanto rato en el cuarto de baño que Tea, que ya ha visitado todos los castillos templarios de Europa, se pone a aporrear la puerta y cuando le abro me riñe:

—Qué susto, temí encontrarte como a Amy Winehouse.

Tea y yo trabajamos un tiempo juntas. Ella hacía de azafata en un programa de testimonios, y a veces incluso de testimonio propiamente dicho cuando fallaba algún invitado, íbamos algo cortos de presupuesto. Yo contaba historias de famosos caídos en desgracia, en la droga, o en los containers, con lo que me convertí en poco tiempo en la mujer más odiada de España.

A Tea le he hablado de Sébastien, pero a ella solo le interesa una cosa:

—¿A la que tienes... allí arriba, también se lo has contado?

La que tengo arriba no es mi madre, como podría creerse, sino Lidia, con la que Tea ha desarrollado una gran rivalidad, porque es lo que ella dice:

—Ella es una sirvienta y nosotras somos amigas.

Le contesto:

—No, claro, a ella no se lo he contado. ¡No es mi amiga!

¡Cuesta tan poco hacer feliz a la gente! El ser bondadoso que ahora mora en mí se alegra cuando ve a Tea sonreír mientras tararea canciones francesas de nuestra época:

Si je chante, c'est pour toi,
c'est pour toi.
Oui pour toi.
Il faut chanter avec moi.
Et oublier tes larmes.

Yo coreo poniéndome el desodorante delante de la boca:

Et oublier tes larmes.

Ella coge al tuntún la escobilla del váter y nos situamos la una frente a la otra con nuestros micros y vamos agachándonos y desde abajo terminamos:

Et oublier tes larmes.

Nos sentamos en el suelo y nos reímos como crías, y cuando Tea se da cuenta de lo que ha cogido, todavía nos reímos más y más, bueno, sobre todo yo, para ser sinceros.

Suenan teléfonos que nadie contesta.

Me pongo a leer cualquier cosa y murmuro sin pensar expresamente en él:

—Sébastien.

¡Vivir era sublime!

Un canto penetrante de nostalgia me llega hasta la médula, me parece imposible existir sin el fuego de sus besos. ¿Has sabido alguna vez, hijo de puta, cuánto te quería?

Mis primas siguen mis órdenes a rajatabla. Les he dicho que la casa tiene que resplandecer como un palacio de las mil y una noches, que Lidia tiene que dar lo mejor de sí misma, que en la nevera tiene que haber vodka ginebra tónicas vino champagne, bolsas enormes con cubitos de hielo, velas aromáticas por toda la casa y que se han de largar con viento fresco el día 12:

—Comprad algo para la ventana de la habitación, una gasa para atenuar la luz, poned una manta en la cama por si acaso, cepillos de dientes, toallas nuevas para el cuarto de baño, nada de pasteles de cumpleaños, porque llevan velas y las velas nos remiten a los años y...

Sí, sí, a todo me dicen que sí, les he contagiado mi emoción y están tan nerviosas que apenas pueden atender a sus asuntos, aunque sé que lo de Santi va bien y que Carla ha olvidado al alemán porque un clavo quita a otro clavo, y Leo ya ha pintado su décima marina. Camila ha intentado hablar conmigo varias veces, creo que se han muerto las madres de varias amigas mías y que a otras las han despedido del trabajo, han roto con los maridos o incluso han fallecido ellas mismas, pero yo sigo revolcándome en mi amor por Sébastien como la cerda ególatra y egoísta en la que me he convertido.

Todos los días me echo a la calle para comprar la prensa francesa, en *Le Figaro* y *Le Monde* siguen George Marais y Sabrina Brevin, impertérritos, escribiendo crónica tras crónica, «el conflicto sirio se convierte en el más peligroso para los periodistas», «en menos de tres años ha habido entre 100.000 y 150.000 muertos y el patrimonio cultural de uno de los países más ricos del mundo ha sido destruido completamente», «250 yihadistas franceses combaten en Siria», «se practica la tortura tanto en los grupúsculos rebeldes dependientes de Al Qaeda como en las tropas gubernamentales al mando del presidente Bachar Al-Assad». Hay alguna noticia firmada simplemente *Le Monde* y pienso que ahí detrás puede esconderse Sébastien.

Una noche, ya mi hijo durmiendo, se me queda la mente en blanco sentada en el sofá. No sé cuánto tiempo estuve así, pero de pronto me levanté, busqué el número de *Le Monde,* 00 33 1 7626, uf, qué largo, 32 89, y llamé por teléfono. Me responde una voz muy despierta, pido que me pasen con Internacional. Tardan mucho en ponerse, ya voy a colgar cuando una chica me contesta:

—¿Sí, dígame?

Me identifico:

—Soy una periodista española, me gustaría ponerme en contacto con uno de vuestros corresponsales en Siria...

Ella me contesta inmediatamente, sin ningún secretismo:

—¿Con Sabrina Brevin? ¿Quieres que te dé su mail? De todas formas, sale en el periódico.

Me asombro:

—Pero ¿puede recibir correos?

Se ríe con cierta suficiencia. ¡Quizás ha sido también amante de Sébastien y me lo está restregando por los morros!

—Claro, si no, ¿cómo podría trasmitirnos sus crónicas?

Titubeo:

—Pero es que yo busco a otro periodista...

—¿Otro? A veces publicamos cosas de France-Presse, tendrías que llamar allí si buscas a uno de los suyos...

Ahora la noto acelerada, debe de estar de guardia y se acerca la hora de cierre. A pesar de la vergüenza que me da decir su nombre en voz alta, es una falta de pudor parecido a desnudarme en público, lo suelto:

—Estoy buscando a Sébastien Pagès.

Largo silencio; su voz ha cambiado y me contesta con frialdad:

—No conozco a nadie con ese nombre. —Me pregunta con suspicacia y me apea el tuteo—: ¿Quién me ha dicho que es usted?

Cuelgo lentamente. Es de noche, muy de noche.

Las dudas, la sospecha, son los verdugos del amor.

Y soy tan imbécil que pienso que Sébastien es «el tapado» del periódico para las misiones más peligrosas y que a esta tal Sabrina la tienen como un apaño de cara a la galería.

Claro, será eso, seguro.

Acabo de escribirle mi último mensaje, «vida mía, aquí te espero, húmeda de amor, los ojos llenos de agua triste», y sigo «qué poco falta, hoy he ido a cenar fuera pero me he portado bien, te quiero, mira, aquí estoy pensando en ti», le he enviado una foto que me ha hecho el camarero sentada en la escalera de Giardinetto, llevo mis tejanos rotos de verano, sandalias, apoyo la barbilla en la mano y me parece que los pinchazos del doctor me han dejado bastante bien. He salido a cenar con mi hermana, que casi se desmaya cuando me ha oído pedir ensalada de primero, ensalada de segundo y ensalada de postre, y he bebido agua. Cuando me ha propuesto ir a tomar una copa y le he contestado, yo, que siempre soy la última en acostarme y generalmente en estado de ebriedad:

—No, me voy a casa que estoy cansada.

Me ha dicho que a partir de ahora creerá en los milagros. Pero es que cualquier noche, cualquier hombre, cualquier vida sin Sébastien no me interesa. Mi vida sin él es una isla desierta.

¡Maldito si lo es!

Sé que mi hermana no va a preguntarme nada, porque teme que le narre mi última historia de amor, pobre, hay que entenderla, lleva escuchándolas desde que aprendí a hablar.

Nuevo mensaje de madrugada, «mi querido, qué estarás haciendo, vete con cuidado, leo con preocupación todo lo de la guerra, ¿piensas en mí?», y luego otro más, «no mires a las sirias, mi amor, te quiero».

Y al cabo de un rato, con ojos insomnes y ardientes, «te siento cerca, mi amor, porque he tendido cuerdas de campanario a campanario, guirnaldas de ventana a ventana, cadenas de oro de estrella a estrella»...

Rimbaud, guerra, sirias, ¿qué debía de pensar él cuando recibía estos mensajes? ¿Sentiría una punzada de lástima, por una centésima de segundo se arrepentiría de todo? ¿Tendría tentaciones de explicarme la verdad?

Preguntas torturantes. No es el desamor lo que te mata, es la incertidumbre. ¡Aparta, mamá, ahora no tengo ganas de hablar contigo!

Después del último mensaje, para rematar con una nota jocosa, le envío el icono de un moro con turbante, me miro en el espejo, me aproximo al cristal y me beso en los labios, ¡me amo porque él me ama! Me digo con circunspección ministerial:

—Te quiero, sí, tía, sí, ¡te quiero!

Sopeso ponerme un whisky, pero al final lo descarto, quiero conservar mi hígado en buenas condiciones para entregárselo a Sébastien, ¡quizás lo necesitará para un trasplante! Esta idea, que hace poco me hubiera hecho reír, ahora me deja fría, con los dientes apretados, rígida, porque a la beatitud seráfica de los primeros días ha sucedido una tensión insoportable. Estoy poseída por la gravedad de este amor absoluto, ¡quizás ya se ha olvidado de mí! ¡Sébastien Pagès! ¿No es absurdo pensar que regresará y se lanzará a mis brazos?

Me levanto como una autómata y me siento frente al ordenador. Pongo de nuevo Sébastien Pagès. Salen siete, los mismos de mi primera búsqueda. Miro las fotos otra vez, quizás alguno de ellos es él, sin barba, no, ninguno, ni el que vive en Nueva Caledonia, ni el de Suiza, ni el de la Martinica, ni el jugador de rugby de Montpellier, ni un niño de Dijon, a ver el sexto... Sí, un empresario, es guapo, con barba también, pero no es Sébastien. Tiene cuarenta y siete años, como Sébastien. Debe de ser una persona importante, porque tiene hasta web propia, Sébastien Pagès, divorciado, con una hija, E-Commerce director de Vilebrequin. ¿Que será esto de E-Commerce? De Vilebrequin... Hostias, ¿de qué me suena? ¡Vilebrequin! ¡La marca de bañadores que llevaba Sébastien! Leo la historia de la empresa, una pequeña firma nacida en Saint-Tropez, de origen artesanal. ¡Qué casualidad, el magnate de los bañadores que lleva Sébastien se llama como él, pero no es él!

¿Será un hermano? ¿Un amigo? ¡No se va a llamar de la misma manera! Me quedo dándole vueltas a todas las hipótesis y, como pasa siempre por la noche, todo se retuerce, se forman culebras monstruosas como tenias gigantes, no me duermo hasta el amanecer, pero cuando me despierto lo tengo muy claro y me repito con la tozudez del rucio:

—Qué tontería, seguro que todo tiene una explicación muy sencilla... Ya me lo contará y nos reiremos...

Será una casualidad, una de esas coincidencias que se dan tantas veces en la vida real y que no nos atrevemos a meter en los libros para que no nos tachen de fantasiosos.

Qué boba era, con lo fácil que resultó todo después.

Llamo a mis primas:

—Muchachas, ¿está todo preparado?

Oigo sus gritos:

—¡Sí, sus órdenes, todo el mundo al suelo!

—Chicas, cuatro, tres, dos, uno...

Le doy un beso apresurado a mi hijo, gruñe porque no le gustan las muestras de cariño cuando está despierto, le digo al oído:

—Cuando vuelva te contaré una cosa.

Está con el ordenador y ni siquiera se molesta en contestarme, cojo el coche, tengo un terrible dolor de cervicales por culpa de todas las flexiones que he tenido que hacer para que mi estómago esté como una tabla, tengo un dolor entre las costillas que se agudiza cuando respiro, sé que son los nervios, tengo la garganta como papel de lija y un tic en el ojo derecho. Mi madre me dice al oído:

—Recuerda que nada será tan bonito como esperarlo y nunca serás tan feliz.

¿Ahora se nos ha vuelto filósofa? Cierro la puerta bruscamente. Cuando llego a Llafranc, me sorprende ver el mar y le digo a mi perro:

—Míralo, coño, no es solo un decorado para veraneantes, ¡sigue aquí!

Me río un poco con esta gilipollez, *Fender* mueve el rabo porque reconoce este lugar donde hemos sido felices. Con una mano voy escribiendo un mensaje: «mi amor, ya estoy aquí dispuesta para recibirte, ¿vendrás directo desde París? ¿O pasarás antes por Montpellier?». Con la otra mano le doy al mando de apertura de puerta y el garaje se abre como las inmensas fauces de un animal mitológico y me devora.

8

—Estás impresionante, fiuu fiuuu.

—Vaya cuerpazo se te ha puesto.

El reloj avanza con lentitud. Faltan apenas horas para verlo; estoy en la playa porque quiero ponerme morena para él.

Camino hacia la orilla tal como me ha aconsejado mi profesor de Pilates, crece, crece, debemos pensar que un hilo pende del cielo y nos tira de la cabeza hacia arriba, cosa que no me cuesta mucho porque me siento parte de algún territorio celestial porque voy hacia mi amado, mi dios, pronto estaré con él. ¡Ojalá tuviera el trino de todos los pájaros, el tañido de todas las campanas de las iglesias, el ulular de las sirenas de los barcos y las palabras del Pentecostés para anunciarle al mundo cuánto lo quiero!

Mis primas me silban y piropean tumbadas en la toalla, me acabo de erguir sobre mis pies provistos de uñas cuidadosamente recortadas y pintadas de color geranio, no tengo ni un solo pelo sobre las piernas, a la depilación a la cera ha seguido un repaso con lupa y pinzas, me he hecho tantos *peelings* sobre la piel, me he frotado tan fuerte con el guante de crin, la he suavizado con tantas cremas y serums carísimos que ahora brilla como una piedra pulida. A mi alrededor, en la arena, tiesas como cadáveres, mujeres horrendas porque Sébastien no las ama.

Ha transcurrido ya medio mes de septiembre, pero la playa vuelve a estar llena porque hay un largo puente, la gente grita, sabe que son sus últimos días de libertad, que el otoño nos volverá a recluir en las casas y que estará mal visto correr, chillar o pasearse semidesnudos como hacemos ahora.

Mis primas me jalean porque adivinan que lo necesito:

—Qué fibrada estás, ni flacideces ni celulitis, tienes el tipo de una chica de cuarenta años.

Qué vieja.

Las dos son más jóvenes y guapas que yo, pero acepto todos los homenajes con ansiedad de enfermo bulímico, con una sonrisa agonizante oteo el cielo, hay una nubecilla en el horizonte, pregunto débilmente:

—No lloverá, ¿no? Si hay humedad ya sabéis cómo se pone mi pelo.

Las dos me contestan al unísono:

—¿Llover? ¡Qué va a llover!

Señalo el iPhone:

—Mirad el tiempo que hará.

—¡Llafranc, mayormente despejado, probabilidad de lluvia 7 por ciento, viento del norte 10 kilómetros hora, 23 grados de temperatura, y mañana lo mismo!

Les ordeno:

—Mirad Damasco.

—Treinta y tres grados, mayormente despejado, viento del este 3 kilómetros hora, humedad del 44 por ciento, probabilidad de lluvia 0 por ciento.

—Montpellier.

—Veintiún grados...

—París...

Carla se levanta y me pone la mano en la boca, sabe lo nerviosa que estoy e intenta tranquilizarme:

—Todo irá bien, Pilar, es la culminación, recuerda, Sébastien es el hombre de tu vida... ¡Mañana es el día de tu cumpleaños, y será el día, no en el que acabe todo, sino el día en el que empiece todo...! ¡Quizás llegue esta noche!

Asiento en silencio; ese extranjero, sí, el juego de nuestras bocas en esas noches de agosto, me dirijo hacia el mar:

Creyente alma mía,
muéstrate ufana y contenta
que ya llega tu Divino rey.

Ahora es Leo la que toma el relevo; se ha levantado y camina a mi lado susurrándome al oído:

—Y ese color de pelo que te han dejado, qué mono, te suaviza los rasgos.

Mis dedos con la laca de uñas indeleble que me ha costado casi como un bolso (auténtico) de Vuitton peinan la melena que Gerard, mi peluquero de Barcelona, ha tratado con una queratina confeccionada con nanopartículas del mar Muerto, un tratamiento que solo está al alcance de la mujer de Abramovich, Madonna y gente así, pero a mí me ha hecho precio porque sabe lo que me estoy jugando. Levanto la barbilla:

—Oh, los pinchazos en la cara te han quedado bestial, ni una arruga ni una mancha.

Soy una princesa del sol en la proa del barco de la vida, mi cuerpo está preparado, listo, ya, por dentro y por fuera, llevo tres días tomando solo zumo de alcachofas para desintoxicarme y creo que en mi interior no albergo nada más que agua de rosas y la exquisita tortura de la espera.

Qué agotador es estar enamorada.

¡Estoy lista para Sébastien! Pero tengo miedo, y además de miedo tengo una aplastante, irrefrenable y espantosa timidez.

Se acerca la hora. Hoy solo le he escrito: «mi amor, estoy en nuestra casa, dispuesta para ti...».

Leo me pregunta:

—¿Controlas el móvil?

Lo levanto para que lo vea, lo llevo constantemente desde hace dos días esperando el mensaje que lo tiene que traer hasta mis brazos, pero ahora me gustaría prolongar esta espera, ¿tendrá razón mi madre? ¡Miedo y más miedo!

El mar, al contrario de lo que suele pasar en septiembre, está picado, hay olas y no me atrevo a meterme, no vaya a ahogarme ahora que he llegado hasta aquí, o, lo que sería peor, no vaya a estropear mi peinado. El sol tiene esa reverberación quemada de las películas antiguas, el griterío es ensordecedor, los niños todavía no han empezado el colegio y están borrachos de holganza y vacaciones, son salvajes descontrolados, gritan, corren, uno me tira una pelota que me da en pleno estómago obligándome a doblarme sobre mí misma, la madre se lo lleva corriendo sin pedirme disculpas, gimo pedazo de bruja, el móvil está a punto de caerse al suelo, hace un tirabuzón en el aire y logro retenerlo en el último momento, y de pronto se pone a latir como un ser vivo. Hay tanto ruido que el sonido no se oye, solo la vibración en mi mano me ha advertido de que me ha entrado un mensaje.

Todo se para, lo miro seria como un obispo, sí, aquí está Sébastien..., se me seca la boca, siento una oleada de sangre en el pecho, calor en la cara, y les digo a mis primas en un susurro fúnebre:

—Es Sébastien, ya ha llegado.

Se ponen junto a mí para leer. También mis padres se aproximan de puntillas, porque la arena está ardiendo, llevan los dos unas gafas Ray-Ban que les traía de Estados Unidos mi hermana, que era azafata, y van vestidos con bañadores antiguos, mamá con faldita y papá un Meyba de aquellos que quedaban obscenamente arremangados en lo alto del muslo. Yo los aparto con el codo, quiero estar sola en este momento trascendental, las voces suben y suben pero ya no las oigo, mis primas, mis padres, como en una escena muda, me observan expectantes. Bajo la mirada y al fin leo. «Señora, estoy siguiendo las instrucciones de mi jefe y le escribo para decirle que hemos tenido conexión telefónica con él, está cerca de la frontera de Siria con Líbano y le envía un abrazo tierno.» Entra otro mensaje: «Se acuerda mucho de usted».

Estupefacción total, miro a mis primas que me interrogan sin palabras, vuelvo a leer el texto, sin pensar escribo, «¿pero usted quién es?», rápidamente me contestan, «me llamo Aurélie, soy la secretaria de Sébastien».

Por extraño que parezca, lo primero que pienso es una frivolidad, vaya estos periodistas franceses, con secretaria. Y lo segundo, ¿es una broma? Me quedo mirando al iPhone como si fuera esa víscera de animal donde las brujas antiguas descifraban el destino de las personas. Mis primas siguen mis reacciones sin saber qué pensar, mis padres hacen aletear los pies trabajosamente para mantenerse en suspenso y no pisar el suelo quemante, el griterío es ahora ensordecedor, alguien ha puesto una radio, el oleaje atruena y los niños dan alaridos mientras se deslizan sobre tablas y patalean para seguir la ola. Con el pulgar marco el número de Sébastien.

Un tono, dos, tres... Al final oigo una voz muy lejana, irreconocible; creo que dice:

—Señora.

O quizás:

—Dígame...

Tengo un golpe de tos nervioso:

—¿Aurélie?

Mis primas abren la boca sin entender nada. Silencio. Repito gritando ahora:

—¡Aurélie!

Oigo un murmullo metálico, no comprendo las palabras, me tapo la otra oreja con la mano y vocalizo cuidadosamente:

—Aurélie... No la oigo..., hay mucho ruido aquí...

Ahora, en estos momentos en que escribo, quiero ser sincera. Es decir, tan sincera como lo he sido hasta esta página. Porque debo confesar que cada vez que he contado esta historia de viva voz he mentido diciendo que me había hablado una mujer porque me avergonzaba reconocer lo estúpido de mi comportamiento y mi ceguera. ¡Pero la realidad es que no oí nada! Alguien descolgó, eso sí, yo percibí quizás un murmullo, un zumbido, ¡no lo sé!

¡No sé si hablaban o me lo inventé queriendo que fuera así! ¡No lo sé! ¡No me lo preguntéis más, este punto de la historia es el más inexplicable para mí, es un agujero negro!

No me hagáis sufrir más.

Ahí Sébastien se arriesgó mucho, ¡jugó una mano muy fuerte!, y yo hubiera podido desenmascararlo. Pero supongo que calibró que ya tenía el anzuelo clavado en las tripas y que solo podía arrancármelo desgarrándome toda entera.

Claro que yo entonces creí que era el ruido ambiental el que me impedía oír, y por eso subí hasta el paseo gritando:

—¡Aurélie, Aurélie, un momento, por favor, no se retire...!

Pero en ese momento estaba circulando el trenecito lleno de turistas que recorre todos los pueblos de la costa, los niños apretando la bocina que emite un ruido agudo de tren antiguo:

—Tuuu tuuuuu...

El jodido tuuuu tuuuu que no me dejaba escuchar nada. Un MG frena en seco, y Camila toca alegremente el claxon, y veo que, sonrientes, con bañador y una toalla al hombro, atravesando la calle por el paso cebra, se dirigen hacia mí Martín y Santi:

—Hombre, Pilar, qué alegría. ¿Dónde están...?

Con la mente les ordeno que ahuequen el ala, driblo para evitarlos, finjo que no veo a nadie y repito:

—Aurélie. —Hablo a ciegas, aun hoy no sé si ya había colgado o la comunicación seguía abierta—. Voy hasta casa, no se retire, por favor, no, mejor es que cuelgue y la vuelvo a llamar en cinco minutos...

Aprieto la tecla de cortar, con bañador, descalza, corro y corro, frente al Gitano un camarero barre una botella que alguien ha estrellado contra el suelo, me doy cuenta cuando ya estoy pisando un cristal que se me va hundiendo en el talón con cada paso, dejo huellas ensangrentadas por todo el camino. ¡Han pasado cuatro meses de esto que cuento y todavía están ahí, tatuadas sobre el empedrado; la lluvia no ha conseguido borrarlas, al menos a mis ojos!

¡Cuatro meses! Más de cien noches en que he revivido ese momento, porque la historia que ahora narro en este libro me la relato todas las noches a mí misma antes de dormirme, ¡si es que duermo! Me meto en la cama y empiezo recordando cómo nos saboreábamos sin fin y él me decía:

—Tu boca, tu boca, dame tu boca.

Cómo le abría mi cuerpo como una flor carnívora, y lo que pasó después. ¡Y fue entonces cuando pude haber abierto los ojos, el día antes de mi cumpleaños!

Para el próximo aún faltan ocho meses, quizás entonces, si encuentro editor, el libro ya esté en la calle. Y lo leerá la gente (de eso se trata) y se darán cuenta de que cuando me llamaban y no me ponía, cuando no quería salir y me creían enferma o de viaje o ya retirada del mundo y esperando la muerte, en realidad estaba amando, primero, y sufriendo, después.

Al fin y al cabo, como siempre.

Y usando como tinta mi sangre (Pilar, aquí te has pasado, cambiar por algo más actual).

No llevaba llaves, *Fender* ladraba desde el interior de la casa, me quedé en la puerta con un agudo ataque de asma, me obligué a mí misma a respirar lentamente antes de volver a llamar. El asma es a veces como si tuvieras una pluma de ave en la garganta que te fuera tocando suavemente la laringe, y otras como si los conductos respiratorios se fueran estrechando y se quedaran del tamaño de una pajita. Papá aun ahora se inclina muchas veces sobre mi pecho y me pregunta:

—¿Tienes pitos?

Y después me riñe, porque el edredón va mal para los bronquios, con el mismo tono con que reñía a mi madre, porque él también era asmático:

—¡Coño, esta manta de borra! ¡La voy a tirar a la basura!

Y se iba pasillo abajo arrastrando la manta y la echaba en uno de aquellos cubos metálicos y malolientes recubiertos de papel de periódico que teníamos entonces y la muchacha la rescataba protestando:

—Ay, ese señorito está tolo, con lo *calentiña que estarei por as noites.*

Porque la criada era de Sobrado del Obispo, provincia de Orense, y estaba enamorada, como es natural, de papá.

—Respira, Pilar, despacio, uno, dos, uuuuno, doooos...

Me lo digo solo en la cabeza, porque cuando estoy así no puedo hablar.

Me siento en el escalón, cierro los ojos.

Tuve una tuberculosis a los veinte años, ¡la mala vida!, me decían mis padres, y estuve un año confinada en cama, sin poder moverme, hasta me tuvieron que comprar un atril para leer, ya que no podía aguantar el peso del libro sobre el pecho, tan frágil. ¡Cuántas veces tuve que desnudarlo delante de extraños para que me auscultasen! En hospitales públicos, en clínicas privadas, en consultas, delante de doctores ancianos, de médicos jóvenes que habían aprendido su especialidad en Estados Unidos, delante de grupos de alumnos ansiosos por ver en vivo y en directo a la enferma de una dolencia ya entonces casi extinguida; me abría la camisa para ofrecer mi pecho a los fonendos, las palmaditas, las orejas puestas sobre mi piel con un pañuelo entremedias, y después de escuchar los ruidos de fuelle podrido que emitían mis pulmones, levantaban las radiografía hasta la luz para ver sombras y ramificaciones de color blanquinoso que yo nunca miraba.

Me preguntaban:

—¿Esputa?

Y me entraba una risa loca con la pregunta, y tenía ganas de contestar, pues la verdad es que sí, un poco, pero me limitaba a asentir mansamente porque no estaba bien visto que los tuberculosos que habíamos cogido la enfermedad por la mala vida anduviéramos de guasa.

Quizás por eso he tenido siempre tanto pudor para enseñar el pecho y nunca he osado desnudarlo ni aun en las playas más recónditas de Menorca, donde iba con mi marido.

Después viví con mi madre dos años en el Valle de Arán, pues se decía que ese clima mataba al bacilo de Koch, tomé un gramo de estreptomicina diario y engordé veinte kilos, pero no sirvió de nada y al final me tuvieron que amputar casi todo el pulmón izquierdo y el derecho me quedó tocado. El doctor Manresa fue taxativo cuando nos recibió en su despacho de la clínica del Remedio después de esa operación que al fin y al cabo me salvó la vida:

—Mantente siempre delgada, porque un motor pequeño no puede arrastrar una carrocería pesada, y no intentes ser la campeona de atletismo de tu calle.

Y después se dirigió a mis padres:

—Los tísicos son más nerviosos, más... intensos..., excitables..., ardientes... —Iba moviendo la mano, pero mi madre no entendía, y el buen médico se veía obligado a ser más expresivo recurriendo a idiomas extranjeros—. *La volupté! Wollust! Bellua insatiabilis!*

Mi madre se asustó del tono, y el sabio se apresuró a calmarla con otros latinajos que tampoco nadie entendió:

—¡No, no! ¡Se trata de la *aegri somnia*! *¡Beati possidentes!*

Al fin, cansado, se quitó las lentes y se frotó los ojos, después depositó su mirada bondadosa en mí, se levantó, dio la vuelta a la mesa, me puso en pie, me cogió las manos y me dijo:

—Pero esa pasión de vivir es la que te impedirá morirte..., no la pierdas nunca, pequeña...

Tengo que detenerme un poco, recuerdo el tono de su voz y su expresión compasiva. No lo he hecho tan mal, ¿no, doctor? Sigo viva. ¿Está usted contento de mí?

Mi cerebro manda sobre mi pulmón superviviente. Coge oxígeno, cabrón, no me vengas con gilipolleces de nenaza. Mis primas suben la cuesta cargadas con nuestras cosas, no entienden nada, pero yo les hago una seña para que no se apresuren y marco el número de Sébastien. Nadie lo coge. Corto, vuelvo a llamar. Nada.

Miro extrañada el móvil, veo que hay un mensaje: «Señora, no estoy autorizada a hablar con usted por teléfono, nuestra comunicación se hará a través de mensajes de texto. Buenas tardes».

¿Buenas tardes? ¡Pero esta tía está loca! ¿Y quedarme así con esta intriga? Tecleo nerviosamente, «pero usted tiene acceso a su móvil, ha entrado en nuestra intimidad, ¿cómo debo tomarme esto?». Su contestación, precisa y repelente, ¡muy francesa!, me llega de inmediato: «Señora, Sébastien lo depositó en el despacho y yo no me permitiría leer jamás sus mensajes personales... Soy su secretaria desde hace veinticinco años y nunca me he inmiscuido en su vida privada».

¿Su despacho? ¿No una amplia y destartalada redacción con decenas de periodistas desgreñadas y ojerosas iluminadas por la luz azul de las pantallas que favorece tan poco? ¿Y una secretaria con falda tubo y camisa desabrochada hasta la cintura que deja ver un sostén negro de encaje tranquilizando a un montón de mujeres histéricas mientras se folla al jefe?

¿Celos? Celos.

—¿O sea que usted, Aurélie, ha hecho esto ya en otras ocasiones?

Carla ha visto mi pie, se pone de rodillas y se horroriza:

—¡Oh, Pilar, si estás sangrando!

Le doy una patada que la mando calle abajo, sé que me perdonará porque es una santa. Leo está buscando las llaves en mi cesta. Les hago a ambas un gesto conminatorio para que no armen jaleo y se quedan más calladas que las gárgolas del Pórtico de la Gloria, y si meto aquí este templo gótico de la patria chica de mi padre es porque no quiero escribir ni un solo capítulo que no contenga una nota culta.

Bajo el nombre de Sébastien, en la pantalla de mi iPhone sale *escribiendo...*, *escribiendo*, me imagino los dedos de Aurélie, enjoyados, pulsando las teclas con habilidad de mecanógrafa, al final aparece el texto, «Sébastien ha tenido tres matrimonios y es la primera vez que me ha pedido que hiciera esto». Breve e intensa felicidad, pero yo quiero más. «¿Por qué?» «Porque usted le importa y porque sabe que esta misión va a durar mucho tiempo.»

Pero, qué manía en llamar misión a nuestro trabajo, ¡ni que fuéramos los tripulantes del *Apollo XIV*! Pero esto es una chorrada, Pilar, ¡céntrate! Ha dicho que Sébastien iba a estar fuera mucho tiempo. «¡Cómo! ¿Pero no regresa mañana?»

Miro el móvil con angustia e impaciencia. Lo sacudo. No responde. Silencio. ¿Qué hago? ¿Llamo? ¿Y si se enfada? Estoy a punto de marcar el número cuando me entra un mensaje: «He terminado mi servicio, buenas tardes, señora». Rápidamente tecleo preguntas que quedan sin respuesta, porque Aurélie ya se ha desconectado.

Carla al fin encuentra la llave de la verja y abre, y después el portón, *Fender* se pone de pie y apoya sus patas en mi pecho dándome lametones y echándome encima su aliento maloliente y veo a Lidia pasando el aspirador con los cascos de música puestos. Cuando Leo le toca el hombro, casi se cae al suelo del susto:

—Pero, Pilar, ¿qué ha pasado? —Voy con el bañador y a la pata coja dejando un reguero de sangre—. ¿Y ese hombre no viene? ¡He dejado todo como los chorros del oro!

Me dejo caer en el sofá con el pie en alto para no manchar los dichosos chorros y Carla procede a sacarme el cristal y luego me venda el pie sin mucha destreza hasta que parece que llevo una bota de esquiar, se me ve la pierna como un palillo como si fuera Olivia, la mujer de Popeye, pero qué importa, Sébastien no va a venir, a quién le importa estar fea.

Me haré fea y vieja en dos días, qué me queda, visitar castillos templarios, hacer macramé y ponerme ropa ancha:

Caminaré por el valle de las sombras.

Mi cabeza es un torbellino vertiginoso, las palabras dan vueltas en una noria sin fin a toda velocidad, misión, secretaria, despacho..., terminar mi servicio... Y, sobre todo eso, «mucho tiempo fuera».

Qué extraño me suena, qué chocante. En voz alta vuelvo a rememorar mi conversación con Aurélie. Mis primas se han quedado desconcertadas, yo también lo estoy. Lidia nos prepara una bandeja con lo que mi padre llamaba «puñetitas», queso, jamón, aceitunas, patatas fritas. Le pido que corte chorizo, fuet, que abra latas de mejillones y navajas chilenas y que descongele empanadillas de atún:

—¡Y vinito!

Carla intenta consolarme:

—Tómatelo por el lado bueno, le ha dicho a Aurélie que tú le importas mucho, que te informe de todo lo suyo.

Aunque Leo contraataca:

—Pero no entiendo por qué te engañó diciéndote que iba a estar solo una semana.

Carla le da un codazo como si yo no estuviera delante:

—Porque no quería que ella lo dejase.

—Entonces, ¿lo de Aurélie estaba preparado desde antes de irse? —Leo me señala con el cigarrillo—. Además, no me cuadra que su secretaria esté con él desde hace veinticinco años. ¿A qué le podía ayudar a los veintitrés?

—¡A masturbarse!

No me río. La cabeza me da vueltas, Sébastien Pagès, Sébastien Pagès. ¿Quién eres?, ¿por qué me estás haciendo esto? Saco el móvil para mirar su foto. Lidia viene a recoger la bandeja y me dice:

—¿Es el señor ese? ¡Déjeme mirarlo!

¡Divina curiosidad del pueblo llano! Le tiendo el iPhone y le enseño la foto en la que estamos los dos. Comenta:

—Es guapo, sí, no tanto como mi Ahmed, que a veces lo confunden con Omar Sharif —lo mira detenidamente—, pero el caso es que me suena, yo he visto a este pájaro en algún sitio...

¿Pájaro? Dios, qué confianzas son esas, diría mi madre, pero es mi sino, que las asistentas no me respeten. Cuando van a las casas de mis amigas todo es señora María Ángeles por aquí, señora Alejandra por allá, archipámpano de las marismas por acullá. ¡Pero yo soy simplemente la Pilar! Lidia deja la bandeja en la cocina y regresa, quiere volver a mirar la foto, le enseño la otra, en la que está solo, los ojos cerrados y los dedos sosteniendo el cigarrillo. ¿Por qué sonrío cada vez que lo miro?

—Pues yo le tengo visto de algo, ¿no será artista de cine?

—Podría serlo, Lidia, porque es guapo como Omar Sharif o quizás incluso más. —Compitiendo con la criada, muy bien, Pilar, a qué estamos llegando—. Pero es periodista.

—Oiga, que a mi Ahmed todas mis amigas me lo envidian —dice algo amoscada, coge un cigarrillo del paquete de Leo y se sienta confianzudamente—. Ahí le he dejado la mochila y la bandolera, por si le interesan. Las maletas de ruedas ya se las puse el otro día en el trastero.

Le doy las gracias, y Lidia prosigue:

—Ah, por cierto, ¡un día tiene que venir a dar una charla al colegio de mis hijos, que la profe dice que si hay algún famoso entre nuestros amigos, que lo invitemos!

—Pues cuando quieras, Lidia, ya lo sabes.

Pero la mujer me contesta con tristeza mientras se termina el vino:

—Mi chico ya lo ha comentado, pero la maestra le ha dicho que no la conocía, que no era lo suficientemente famosa, para entendernos, y que sería mejor ver si puede traer a Jorge Javier Vázquez.

—Tías cerdas, ¿no os ibais a la playa?

Esto va dirigido a mis primas, que intentan aguantarse la risa, y cuando se marchan le digo a Lidia algo fríamente:

—¿Te importa quitar los pétalos de rosa, las velas de gasa y que todo vuelva a su estado natural?

Menos mal que mis primas no oyen su comentario:

—Claro, Pilar, y no se desanime por lo de ese hombre, si quiere le puedo decir a Ahmed que le presente a un amigo suyo... Se juntan en el bar Al-Jalal, ese que la gente llama Al Qaeda...

Finjo no oírla, con cierta altivez, le ordeno:

—Y las maletas de mis primas vuelve a meterlas en las habitaciones, ¡no se van!

En medio de la escalera se detiene para decirme:

—El padre de su camarada Hassan se ha quedado viudo y quiere casarse para tener los papeles... En Marruecos era empresario.

—¿Ah, sí? —Me ha despertado la curiosidad, quién sabe—. ¿De qué?

—Tenía un rebaño de cabras.

—¿Era pastor?

—Algo así.

El pie me duele; me arrastro hasta el cuarto de baño, tomo dos ibuprofenos y empiezo a vestirme, no puedo quedarme quieta, me recorre el cuerpo un hormigueo nervioso, no dejo de darle vueltas a la imagen de Sébastien caminando por la selva, muy cerca de la frontera, paseando alto como un guerrero africano, como Aníbal entre... ¿Cómo será el paisaje de Siria? Busco en el iPad un mapa del país. La frontera con Líbano está en el suroeste. Pongo el dedo encima y digo:

—¡Sébastien!

El texto dice que si bien el desierto cubre el 48 por ciento del territorio, Siria tiene exuberantes oasis, como Palmira y Sakhe, y los paisajes son infinitamente variopintos, la roca basáltica de Haurán y el Djebel Druso, los trigales y cebadales de la media luna fértil, las crestas nevadas del Djebel Andariyé, las verdes orillas del Éufrates sobre un fondo de arena...

Repito los nombres en voz baja, Djebel Druso, Djebel

Andariyé, ¡el Éufrates! En la frontera libanesa está el monte Haurán, el de la roca basáltica, cuyo nombre en sirio es Jabal ash-Shaikh.

¡Jabal ash-Shaikh!

¡Sébastien caminado alto como un guerrero por los trigales y los cebadales de la media luna fértil, ascendiendo a las crestas nevadas del Djebel Andariyé...

¡Un momento! ¿Ahí habrá uno de esos puntos fijos para comunicarse por teléfono? ¿O habrá llamado sencillamente desde una cabina? ¿Habrá cabinas en los caminos de ese país tan pobre, al que me imagino como una España de los años cincuenta? (Conste que yo apenas había nacido.)

Ah, no nos riamos tanto, cuando estuve en Tanzania me llamaron la atención las miserables tiendas de los nativos, ¡sí, todas muy miserables, pero todas con Wi-Fi!

Aunque, ¡hay tantas cosas inexplicables! Pero ¿quizás son imaginaciones mías? ¿Por qué tengo que darle vueltas a todo? Y una vocecita interior me dice, porque eres escritora, eres periodista, eres curiosa, y porque todo es muy raro.

Con una pata en al aire como un avestruz, le grito a Lidia:

—Salgo un momento. Si vienen mis primas diles que me esperen... y que no se les ocurra irse a Barcelona.

Fender se pone a mover la cola, pero le digo:

—No, no, amiguito, ¡estoy tullida!

Cojo un palo con el que hago ejercicios gimnásticos y me voy apoyando en él, mira, como el padre de Hassan en su época de empresario/pastor de cabras. Me resulta difícil bajar la cuesta, tardo más de lo que imaginaba, tengo que detenerme a cada momento. Cuando llego abajo, veo ríos humanos en el paseo, hace fresco y la gente ha rescatado esas prendas de invierno que suelen tenerse en las segundas residencias, suéteres viejos, chaquetas pasadas de moda, todo lo que en nuestra ciudad no nos pondríamos pero que tampoco está tan mal como para tirarlo o regalarlo. Con la larga pértiga ahora debo parecer Jesús entrando en Jerusalén. La gente me mira, me reconoce y se dan con el codo, ¡chúpate esa, Lidia!

Entro en el hotel Llevant.

¡Vayamos al principio, porque aquí empezó todo! Atravieso el vestíbulo, llego a la recepción. Una chica de unos treinta años, embarazada, vestida con una americana azul marino y una pulcra camisa blanca, se ocupa en rellenar unas fichas. Tiene frente a ella un ordenador portátil abierto. Levanta la vista y me mira con curiosidad. Yo carraspeo:

—Hola, buenas tardes.

—Buenas tardes.

Ahora debo soltarle todas las bolas que me he ido inventando por el camino, pongo el pie herido encima del otro para descansar:

—Mira, a finales de agosto se alojó aquí un periodista francés amigo mío y me ha llamado para decirme que se dejó el móvil. Se fue el día 31.

Ella me pregunta:

—¿Un móvil?

—Sí, dice que os ha enviado varios e-mails y que no habéis contestado.

Esto es mentir a lo grande.

La chica se pone delante del ordenador, empieza a teclear y sin apartar la vista de la pantalla me dice:

—No, no tengo ningún correo suyo... De todas formas no hemos encontrado ningún teléfono móvil, no se preocupe, le escribiré y se lo diré.

Yo mentalmente le ordeno «di su nombre». Pero la chica me mira con algo de impaciencia, tiene trabajo y quiere que me vaya, yo sigo, finjo soltura, un intento más:

—Me dijo que estaba muy contento, que le habíais dado la habitación del último piso. —Me mira sonriendo como una esfinge, a la desesperada, continúo—. No sé si te acuerdas de él...

Dejo en suspense la conversación; la recepcionista en estado me dice:

—Por supuesto que me acuerdo del... —lo dirá, no lo dirá, ¡lo dice!, ¡bingo!—... señor Pagès y de su hija, estaban en el último piso...

Descanso, suspiro, todo concuerda, todo es verdad, Sébastien y Amandine. ¿Por qué tengo que desconfiar de todo? ¿Soy una amargada?

Mi guerrero, caminando por los trigales y los cebadales y llamando desde puntos fijos para enviarme besos y decirle a Aurélie que piensa en mí.

Voy a coger el bastón, yo también voy a caminar como una guerrera esperando que vuelva, tardará un poco más, pero qué importa.

La chica prosigue impertérrita:

—Habían reservado esa habitación en concreto, por eso se la guardamos.

¿Cómo? ¿Reservado?

Me cojo al tablero de la recepción con las dos manos, el palo cae al suelo con estrépito, creo que se me salen los ojos de las órbitas:

—¿Reservado? ¿Habían reservado una habitación?

—Sí, cuando la reservaron dijeron que querían esa habitación...

—Pe... pe... —Estaba oyendo su voz diciendo «me detuve por casualidad en la puerta»—. Pero ¿cuándo reservaron la habitación?

La recepcionista me mira ya con un considerable mosqueo y me contesta:

—En invierno —se le ha escapado, se muerde el labio, se arrepiente y rectifica—. Perdone, pero eso no se lo puedo decir.

La cogeré por el cuello, le patearé la barriga y después llamaré a los caballos de la escuela de Viena para que bailen encima de ella. La chica me observa con pánico, pero llega el dueño, advierte la tensión que se ha instalado entre nosotras y me pregunta:

—¿Se le ofrece algo?

La recepcionista, asustada, me señala con la barbilla, y yo contesto sin mirarlo:

—No tiene importancia, que mi amigo el señor Sébastien Pagès se dejó el móvil en Llafranc y creía que quizás estaría aquí. Ya lo llamaré y le diré que no han encontrado nada...

Trato de recuperar la dignidad, me señalo el pie:

—Me he herido con un cristal, me cuesta caminar... Buenas tardes...

Me voy, noto las miradas de los dos clavadas en mi espalda, de pronto oigo la voz del dueño:

—Qué raro..., no tenía ningún móvil..., nos llamó la atención eso, siempre llamaba desde el teléfono de aquí abajo o desde el de su habitación, nos avisaba porque no tenía línea directa y debíamos marcar nosotros...

¡No tenía móvil! Pero ¡yo se lo vi! ¡Me dijo que se lo había dejado en el hotel y que por eso no me lo había dado el primer día!

El tren de los misterios se ha puesto en marcha, el cerebro se me llena de ratones correteando por todas las circunvalaciones sin encontrar la salida, no sé qué pensar... Me duele el pie y la noche gris grafito se cierne sobre mí como mi viejo amigo el pajarraco que hunde sus garras en mis hombros. La soledad siempre vuelve al lugar del crimen.

Estoy cansada.

Mis primas y Lidia me están esperando en la puerta, las tres fumando un cigarrillo. Carla me pregunta enfadada:

—Pero ¿adónde has ido? ¿Por qué no nos has esperado?

Yo mascullo sin ganas de dar explicaciones:

—He ido a buscar el móvil de Sébastien...

Mis primas dicen:

—¿Cómo? ¿El móvil de Sébastien?

Lidia se da una palmada en la frente:

—Pilar, ¡ya sé de qué conozco al hombre ese de la foto! —La miro tan fijamente que podría clavarla en el suelo—. Me preguntó en Palafrugell dónde había una tienda de telefonía móvil; fue el día que usted había ido al funeral...

—¿Cómo?

—Sí. ¡No hablaba ni papa de español! Era guapo, sí, llevaba un cochazo de esos grandes... Le dije, «si quiere lo acompaño», pero no me entendió, y mejor, eh, que mi Ahmed es muy celoso...

9

—Me cago en la leche, Pilar. En qué líos te has metido.

Mi editor no es fino precisamente comiendo, lo cual resalta bastante en el ambiente superpijo del Via Veneto, donde las voces se oyen en sordina ahogadas por la gruesa moqueta, las cortinas de terciopelo y ese estilo Pompadour que algunos encuentran anticuado y cursi, pero que constituye el santo y seña del local.

Claro que todo lo que hace Ricardo es un poco comedia. O sea, come con la boca abierta, coge con los dedos alguna cosa de mi plato que le llama la atención y moja el pan en la salsa, pero nunca se le ocurriría cortar los huevos fritos con cuchillo, para entendernos, ¡es un trasgresor, pero ha ido a buenos colegios!

Los camareros parecen lores ingleses y le llaman mucho «don Ricardo».

Creo que si me ha citado aquí es porque tiene la remota esperanza de que pague la astronómica cuenta, pero yo no tengo ninguna intención por mucho que se haga el pobre y lleve una hora hablándome de lo mal que le va todo y de que le tendrán que embargar el ordenador y los cepillos de dientes. Le digo:

—Si quieres, te regalo el mío, me he comprado uno eléctrico, ¡está despeluchado pero aún sirve!

No esboza ni una sonrisa, pero en realidad me da igual. No lo escucho, me deslizo infatigablemente por el tobogán de mi pasión por Sébastien, su nombre sobre todo me obsesiona:

—Sébastien.

Me obsesionan sus manos sobre todo, sus pestañas estrelladas sobre todo. Moverme en mi ciudad, caminar por los sitios por los que iba cuando no lo conocía me produce un tedio espantoso, ¡me sobra esta vida sin él!

Ah, amor, la eternidad era cada momento contigo.

Me arreglo frente al espejo con desidia, miro mi rostro retocado, toda la ropa nueva que me he comprado para Sébastien, este cuerpo entrenado como el de una atleta olímpica para sus manos y su sexo y me digo qué desperdicio.

¡A veces, sin darme cuenta, pienso en otra cosa! En mi hijo, por ejemplo, y me admiro a mí misma:

—¡Corcho! ¡Llevo un buen rato sin acordarme de él!

Mantengo el móvil al lado del plato y de vez en cuando lo toco, porque quizás he perdido el conocimiento durante algunas centésimas de segundos y no he advertido que Aurélie me ha enviado un mensaje. Tres días sin saber de ella.

En la prensa he leído que han secuestrado a dos periodistas franceses, Nicolas Hénin y Pierre Torres; en realidad el secuestro ocurrió hace dos meses, pero hasta ahora no se ha hecho público. Le he escrito un mensaje a Aurélie: «Temo por Sébastien, deme noticias suyas, por favor». No me ha contestado.

Cómo no, lo primero que le he contado a Ricardo ha sido mi historia de amor. Sé que él quería hablar de temas profesionales, pero yo lo he mantenido sujeto a la silla yendo desde aquel primer «cómo os llamáis» hasta la última confesión de Lidia: «Compró un móvil en Palafrugell». ¡Me mintió diciéndome que lo había olvidado en el hotel!

Ricardo, que no tiene un pelo de tonto aunque a veces lo parezca, me dice:

—No lo veo tan raro, Pilar, debe de estar casado y se ha comprado un teléfono solo para hablar contigo para que su mujer no lo descubra. —De pronto se pone a tartamudear—. Vamos, es lo que me han contando que hacen los tíos infieles. ¡Yo no sé!

No tengo tiempo de atender a sus justificaciones, a mí qué coño me importa que él le haya puesto los cuernos a su mujer, lleva con Pitina desde que tenían quince años. ¡Qué sobrevalorada está la fidelidad!

Ahora, si Sébastien me la pega con otra, lo hago picadillo.

—¿Casado, Sébastien? Si le dijo a Camila que yo..., bueno, que esta pulsera era para la mujer de su vida. ¿Y tú crees que ligaría con otra delante de su hija?

—Tú a su hija no la volviste a ver. Quizás le contaba que por las noches se iba a ver las estrellas. ¡Los casados mienten mucho! ¡Acuérdate de lo que te pasó con...!

Le doy tal golpe que se le cae el tenedor al suelo:

—Ay, calla, no empieces con eso...

A nuestro lado, muy cerca, un matrimonio anciano no pronuncia palabra y lo más probable es que estén escuchando nuestra conversación. ¡No me importa! Sus orejas están enhiestas como las de las liebres, y cuando el camarero les dice algo, ambos lo hacen callar, «shhhist». Estoy acalorada, hablo en voz alta, protesto por la mala fe de mi amigo:

—Olvidas que yo conocí a Amandine, me dijo delante

de ella que la iba a dejar en el hotel y que volvería... ¡No iba quedar conmigo si estaba casado con su madre!

La pareja vecina asiente con la cabeza a mis palabras. Ahora es indudable que están escuchando, no intentan disimular. Los miro de reojo, primero me parecen estrafalarios, pero al fijarme bien todos sus rasgos son de clase alta, nariz afilada, cara larga, sienes pálidas y algo sudorosas, ojos descoloridos, el uno es una fotocopia del otro. Al final la mujer se inclina hacia mí esgrimiendo el tenedor y me dice:

—Perdone que me meta, pero ¿no se le ha ocurrido que quizás Amandine no es hija de su actual mujer sino de un anterior matrimonio y no le importa que su padre alterne con otra?

Ya sé que tendría que haberme asombrado, ofendido incluso esta intromisión, pero debo confesar que la acogí con perfecta naturalidad, ¡era normal que el mundo gravitase alrededor de Sébastien!

¡Estaba dispuesta a organizar un simposio si me lo pedían! ¡Conferencias en Davos y en Bogotá, y que la reina Sofía las presidiese junto a esas nativas gruesas con turbantes llenos de colorido!

Giré mi silla hacia la señora en cuestión, me parecía más aguda que Ricardo, que disimulaba sus bostezos contrayendo la mandíbula de una forma tan brutal que no me hubiera extrañado verla caer en pedazos al suelo. El marido, también interesado, insinuó:

—Quizás ni siquiera se llama Sébastien.

Yo me exalto y lo señalo con el cuchillo:

—Sí, tiene usted razón, yo también lo había pensado, pero después recordé que él me dijo que se llamaba Sébastien delante de su hija.

La mujer añade:

—Y en el hotel también le confirmaron que se llamaba Sébastien Pagès.

El marido se enfrenta con ella:

—Entonces por qué no sale en ningún sitio, en el buscador de Google, en internet, en los periódicos. A ver, ¡lista!

Se lo acababa de contar a mi editor, pero me veo en la obligación de defender a mi amado:

—Él me advirtió que no aparecía en ningún buscador, que trabajaba en zonas de conflicto y habían borrado todos sus rastros.

El hombre se mete trabajosamente las manos en los bolsillos y saca al fin un sofisticado móvil de última generación:

—Espere, que le voy a preguntar a mi nieto que trabaja en Silicon Valley si eso es posible.

Ricardo arquea las cejas, yo pongo la boca en o, nos callamos los cuatro, expectantes. En realidad se calla todo el comedor, porque el hombre arranca a vociferar:

—Lucas, ¿se pueden borrar todos los rastros en internet de una persona de forma voluntaria?

Si el nieto se asombra con la pregunta nunca lo sabremos, lo que sí adivinamos es que suelta una larga parrafada, que el viejo asiente a todo y que después corta cuidadosamente y mete el móvil en un elegante estuche de cuero. La mujer le pregunta impaciente:

—¿Qué te ha dicho?, vamos, ¡no te hagas el interesante!

El hombre se peina los cuatro pelos que ornan su cráneo y contesta entrecerrando los ojos:

—Lucas me ha contado que hay empresas especializadas en borrar rastros, pero que lo que aparece en el *Boletín Oficial del Estado* y lo que ha publicado un medio en su hemeroteca solo se puede eliminar si hay una orden superior de un organismo oficial.

La mujer le pregunta guiñando el ojo:

—¿Podremos borrar entonces de la hemeroteca de *La Vanguardia* esos asuntillos que tuviste tú cuando eras joven con la droga y que tanto miedo nos da que vean nuestros nietos?

El vejete ríe picaronamente:

—No se podrán borrar, pero según me ha contado Lucas, sí se puede conseguir que mi nombre no aparezca en los buscadores, lo que viene a ser lo mismo.

Estoy que no quepo en mí de asombro al ver la habilidad de esta pareja a la que yo creía decrépita, caduca y con un pie ya en el otro barrio. La mujer se da cuenta de mi estupefacción y me dice con coquetería:

—¡La informática nos entretiene mucho!

Viene el camarero a tomar nota de los postres y Ricardo me pega una patada por debajo de la mesa:

—Guapa, te recuerdo que has venido a comer conmigo.

Yo le pregunto esperanzada:

—¿Quieres que te lo vuelva a contar todo?

Pone los ojos en blanco, y el marido cotilla aprovecha para inclinarse hacia mí susurrando:

—Perdone, una última cosa, eso del Dragon Khan es muy raro, pero más raro es lo otro...

Hasta Ricardo lo observa ahora con curiosidad, yo digo pensativamente:

—Sí, se refiere a lo de la reserva en el hotel, ¿no? Ese engaño, que me dijera que habían llegado de forma imprevista y que en realidad hubiera reservado en invierno.

El marido contesta complacido al ver que me va a descubrir algo nuevo:

—Sí, claro, eso habría que analizarlo, porque hay un motivo oculto, pero yo me refiero a lo otro...

Lo otro. Sí, había algo más que no me cuadraba, había algo que me inquietaba, pero que no había logrado recordar qué era, ese moscardón que volaba por mi cerebro dándose golpes contra las paredes. Le pregunto:

—¿A qué se refiere?

Y la mujer le da un codazo a su marido para que la deje hablar:

—Calla, ya lo digo yo. Es eso de que va a aprender español con unos libros que se lleva a Siria. ¿No le había dicho que solo podía trasportar una mochila muy pequeña en la que no cabía ni siquiera el iPad?

Y el marido completa:

—¿Y se va a llevar libros? ¿Varios libros?

Hasta Ricardo mueve la cabeza con admiración, y yo me doy una palmada en la frente:

—¡Sí, claro, era eso lo que me resultaba incongruente!

Contentos del efecto causado, la pareja se pone en pie, el marido le coloca a su mujer sobre los escuálidos hombros una chaqueta, de Chanel, sí, pero del año en que murió Pétain más o menos, ella se gira hacia nosotros, nos hace un gesto para que no nos levantemos, y me dice:

—Yo fui al colegio con tu madre, a las damas negras, por eso me he puesto a hablar contigo.

Se van los dos con pasitos cortos saludando a diestro y a siniestro con la cabeza, aunque quizás no es saludo sino un temblor propio de la edad. En la puerta se reúnen con mis padres, los hombres se atropellan para ver quién pasa el último y salen los cuatro.

Seguramente ni mi madre ni la señora metomentodo han abierto jamás una puerta personalmente.

El camarero viene a limpiar la mesa con una pala de plata y una escobilla y nos susurra:

—Son los marqueses de la Fontanela, vienen todos los días a comer, una pareja muy agradable...

Yo pregunto:

—¿Están muertos?

El camarero me mira horrorizado:

—No, claro que no, viven en el castillo de Pedralbes, pero el de verdad, no el de la infanta Cristina.

Ricardo se queda algo impresionado, como buen hijo de burgueses puros y duros tiene una inmensa admiración por la aristocracia, pero pronto reacciona y le pide al camarero:

—¿Me trae un palillo?

Quiero meterme debajo de la mesa, volatilizarme, desaparecer en suma.

Pero el camarero le dice educadamente que no hay, y para cambiar de conversación, me apresuro a pedir una naranja de postre, porque me hace gracia ver cómo la sujetan con una especie de tenedor gigante y la van mondando hasta que la piel cae al plato en una serpentina íntegra y perfecta.

Sin apartar los ojos del elegante número de prestidigitación que está efectuando el *maître*, pregunto:

—¿Entonces crees que Sébastien me miente?

Ricardo levanta las dos manos:

—No, no, claro que no, al fin y al cabo os vais a ver y todo tendrá una explicación. —Y sin cambiar el tono, prosigue—: ¿Te parece que hablemos ahora de cosas verdaderamente importantes?

Se limpia la boca con la servilleta y aprovecha para sonarse, lo que provoca que el dueño de Gallina Blanca, que está en una mesa cercana, nos mire con cierta alarma. Después Ricardo saca de un horroroso maletín unos papeles que pone delante de mí y me dice escuetamente:

—Tus liquidaciones.

Miro con sobresalto las cifras. Donde antes ponía 250.000 euros y más, ahora sale un signo negativo y una cantidad muy larga. Lo miro con incredulidad:

—Pero, Ricardo, aquí pone que te debo una millonada.

—Sí, rica, recuerda los adelantos que te he ido dando estos años. ¡Tu último libro no ha vendido!

—Pero ¿tú crees que te voy a pagar todo esto?

Ricardo mira al cielo con resignación:

—Qué más quisiera yo que no reclamártelo, pero estoy arruinado y tenemos gastos, Pitina, los niños...

—No me vengas con cuentos, tu suegro es el rey de la chatarra, tu mujer está forrada de pasta y tus hijos ya se afeitan.

Coge los papeles y los vuelve a meter en el maletín:

—Mi banco tomará medidas, no yo, ¡él! Si no tienes liquidez, deberán embargar. Creo que ya están haciendo un inventario de tus propiedades.

No doy crédito, y eso que Ricardo me las ha hecho de todos los colores.

—¿Cómo? ¿Me harías la gran putada de quedarte con La Reina Virgen?

El hombre es experto en dar una de cal y una de arena:

—Yo se lo he prohibido, porque sé lo que significa para ti esa casa. —Mira a su alrededor y baja la voz hasta el mismo tono conspiratorio que poníamos cuando éramos camaradas y combatíamos la dictadura—. Y se me ha ocurrido una idea genial, tú escribes bien...

Ronroneo:

—Hum.

—Eres mi mejor autora.

—Di mejor que soy la única.

Se sulfura:

—Oye, que tengo autores así. —Junta los dedos—. ¡Doy una patada al suelo y me salen quinientos autores que quieren trabajar conmigo! Pero ya sabes que soy un sentimental y que tengo debilidad por ti.

Lloriquea, se suena ruidosamente, esta vez con la punta del mantel. Alguien que no lo conociera creería que está conmovido, pero a mí no me engaña:

—¿Qué pretendes, Ricardo?

Se rehace, vuelve a rebuscar en su portafolio, saca unas cuartillas:

—Se me ha ocurrido una idea genial. ¿Tú sabes lo que es *El secreto*?

—Sí, ese libro que dice que, si quieres una cosa con mucha fuerza, al final la consigues.

—¿Sabes cuánto ha vendido *El secreto*? Veinte millones de ejemplares. ¿Sabes cuánto ha vendido *Los 7 hábitos de la gente altamente efectiva*? ¡Veinticinco millones! ¿Y *Tus zonas erróneas*? ¡Doce millones! ¡Y de *Cómo ganar amigos*, de Dale Carnegie, se han hecho solo en España 62 ediciones!

Pasa el camarero con el carrito de las bebidas; pedimos whiskys mientras asiento distraídamente porque en realidad estoy pensando que podría poner en práctica la técnica de *El secreto* y desear ardientemente que Sébastien vuelva a mi lado. Quizás no lo he hecho con el suficiente ahínco, y musito:

—Eeeh, Sébastien, aquí, aquí. —Golpeo el suelo con el pie como cuando le enseño a *Fender* algún alimento que se ha caído—. ¡Ven!

Ricardo me mira fijamente:

—¿Estás pedo?

Regreso a la realidad:

—Ay, perdona, sigue, sigue.

—Pues se me ha ocurrido que tú también podrías escribir un libro de autoayuda. ¿Qué te parece? ¡Están de moda! Cómo sanar tu mente, cómo recuperar a tu príncipe azul, ¡cómo cuidar al niño que llevamos dentro!

—¿Estás embarazado, vida mía?

Él prosigue, ya en vena:

—Cómo conservar la juventud más allá de los cien años, cómo...

Cómo hacer que tu amor vuelva de Siria y se eche en tus brazos. Me bebo la copa de whisky de golpe para poder articular, previa mirada al silencioso móvil:

—Ah, sí, qué interesante.

Ricardo se crece, se le ponen rojas las mejillas:

—Y he pensado un tema que me parece que funcionaría muy bien; sabes que tengo un gran talento natural para estas cosas y he hecho este pequeño análisis sociológico de la realidad. ¿Quién lee? Las mujeres. ¿Quién puede comprar libros? Las mujeres de la alta burguesía. ¿Quién tiene tiempo para leer? Las mujeres que no trabajan fuera de casa. ¿Correcto?

Asiento con un gesto. Venga, corta el rollo, que tengo prisa, que hay que vigilar el iPhone.

—Estas mujeres tienen unos maridos que son grandes financieros, ¡lo que cuando éramos jóvenes llamábamos cerdos capitalistas! Y están todo el día trabajando, viajando en sus jets privados con secretarias guapísimas, discutiendo con sus colegas jóvenes e inteligentes. ¿Tú no crees que sus esposas viven angustiadas?

—¿Por qué?

—Porque todas las secretarias, empleadas, socias, colegas, etcétera, quieren conseguir el premio gordo, que es pescar a ese mirlo blanco. Y yo creo que tú podrías escribir un libro tipo «cómo evitar que tu marido rico te deje por una dama más joven, sexy e inteligente que tú». ¿Qué te parece?

—¿Te contesto sinceramente?

Si yo fuera un tío viejo y me persiguieran mujeres sexys, inteligentes, elegantes y jóvenes, descartaría de una patada en los dientes a las ancianas arrugadas y depresivas por muy casado que estuviera con ellas, pero enseguida me doy cuenta de que este no es el camino y que *bisnes is bisnes.* Y quizás sí que empiezo a necesitar dinero contante y sonante, las casas de papá dan para mucho, pero no sé si para pasarme el resto de mi vida viviendo a todo plan con Sébastien, sus numerosos hijos y los dos míos si cuento al de cuatro patas.

—A ver ¿cuánto vas a pagar por esta... obra?

Ricardo se pone un punto altanero:

—Bueno, el contador de nuestras cuentas quedaría a cero, que ya es bastante, y algo más para ti.

—No.

—Cien mil euros.

—Doscientos mil.

—Pero, Carlota —era mi nombre de guerra en el partido, y cuando quiere enternecerme, lo utiliza—, ¡si es un libro de cien folios, un manual, una birria, una cagadita de mosca! Tú te lo haces en un pispás. Claro está que no firmarías como Pilar Eyre, porque queremos que la lista de títulos tenga un aire científico, y además estás un poco quemada.

—Gracias, ¿y qué habías pensado?

Me coge las manos; si estuviéramos de pie se pondría a botar como una pelota:

—¡Doctora Compasión! ¡Nadie sabrá que eres tú! Pero si para ti es un regalo esto, es un chupa-chups. —Ahora es el dueño de Chupa Chups, que está comiendo con el de Gallina Blanca, el que nos mira sobresaltado, pero Ricardo ni se entera—. ¡Tendrías el gran honor de empezar una nueva colección de libros de autoayuda! ¿Sabes cómo queremos llamarla? «Ayúdate a ti mismo.»

—¡No! ¿En serio?

—¿Te gusta el nombre? ¿Y te gusta lo de doctora Compasión? ¡Seremos la sensación editorial del momento!

Pienso rápidamente en cómo puedo escribir cien folios sobre este tema de mierda. Pienso en el contador a cero. Pienso en que a lo mejor la flauta vuelve a sonar por casualidad y escribo un nuevo bestseller, o dos, o tres, pienso en el resto de mi vida convertida en la doctora Compasión vestida con bata blanca y zuecos escribiendo en secreto «cómo evitar que tu marido rico te la pegue con la secretaria», «cómo evitar que tu marido rico prefiera a su jet que a ti»...

—Ciento cincuenta mil.

Casi sin darme cuenta accedo:

—Bueno, vamos, pues sí.

—Oh, Pilarita, no sabes lo contento que estoy. ¡Ya verás cómo rabiarán todos los autores que han rechazado el proyecto cuando nuestros libros se vendan como churros!

—No sería mala idea venderlo en las churrerías.

Ricardo está tan contento que me daría el sol, la luna y las estrellas si se los pidiera:

—Sí, sí, lo que quieras.

—¿Se lo has pedido a muchos?

Me da un golpe en el brazo:

—Mema, era broma.

Sé que sigue hablando, pero yo ya no lo escucho, porque me acaba de entrar un mensaje de Sébastien. Cojo el móvil y con la otra mano agarro la chaqueta, el bolso, me la pongo, abro la puerta con el pie, saludo con un gesto al propietario y los camareros que hacen fila para despedirse y me lanzo a la calle leyendo:

«Ayer tuvimos una llamada de Sébastien, ha abandonado la frontera libanesa y se dirige a la de Israel, le faltan solo treinta kilómetros para llegar, nos ha dicho que se acuerda mucho de usted».

Yo tecleo, «entonces, Aurélie, es posible que esté a punto de regresar», «no, está en una zona muy interesante desde el punto de vista informativo, todos los días nos reportará», yo sigo mientras subo a la carrera por Ganduxer, el talón me duele como el demonio, pero no hago caso, «Aurélie, estoy muy angustiada, he leído que han secuestrado a dos periodistas franceses...», «señora, no se preocupe, Sébastien está acostumbrado a situaciones de alto riesgo, le seguiremos informando como él nos ha pedido, está en una zona peligrosa pero con buenas condiciones para comunicar...». Temo que corte y atolondradamente tecleo «no se retire por favor, mi único contacto con él es usted, no me deje así».

No sé cómo lo he hecho, sonaban cláxons, frente a Semon alguien me ha gritado:

—Loca. La de la tele. Loca.

¿Cuánto tiempo tengo que estar sin Sébastien?

Se irá borrando, se irá desintegrando, y yo con él. ¿Cuánto tiempo recordaré el tono de su voz?

Me dan empujones, choco con una farola, cruzo la Vía Augusta en rojo, una moto se cae al suelo por mi culpa, pero continúo escribiendo «Aurélie, me están entrando ganas de ir a verlo, lo tengo muy fácil», la respuesta es rápida, «no, no, señora, solo le faltaría eso, además de los problemas que tiene, preocuparse de usted, nunca me perdonaría que le hubiera permitido ir», oh, dioses del Olimpo, qué escalofrío de gusto me recorre, ¡hasta me parece que me estoy enamorando también de Aurélie! Alargando morros a la francesa, muy femenina, pregunto, «¿por qué me dice eso?», la respuesta me pone la consabida sonrisa de idiota, «fui a cenar con él la noche antes de su partida y me dijo que la amaba». Y añade, sin dejarme contestar, «que lo suyo era una relación excesiva, fusional». «No sé qué quiere decir fusional», «ósmosis, que los dos son uno». Un dedo que se cruzaba encima del otro.

¿Esto es la felicidad, no?

«Pero ¿cómo se lo dijo exactamente?», «me dijo que entre ustedes había una conexión muy especial, que eran como dos barcos a la deriva que habían emprendido al fin la misma ruta».

Aterrada por tanta alegría, descarto el ascensor y dando brincos subo por la escalera, abro la puerta, creo que con la nariz y el dedo meñique, y sin quitarme la chaqueta, con el bolso colgando del hombro, me tiendo en la cama quitándome los zapatos, me arranco el calcetín que se me ha pegado a la herida, ahogo un berrido y pregunto, «pero ¿cómo le dijo eso?», y ella, «tenemos mucha confianza, me dijo que quería ir a vivir en Barcelona», «¿cómo?», me equivoco escribiendo, el corrector automático es español y tengo que reescribir las frases que el diccionario intenta cambiarme, siempre con el temor de que

Aurélie se canse y lo deje, «¿vivir en Barcelona?», «sí, quería alquilar un apartamento con Amandine, se enteró de que hay un liceo francés...», «¡sí! ¡mi hijo ha ido al Liceo Francés! Perdone, siga...», «que no quería dejar escapar esta oportunidad, que usted era lo mejor que le había pasado en la vida».

Me sale un mugido profundo de no sé dónde, tengo ganas de retozar, comerme la hierba a puñados y hacerle a mi dios ofrenda de mi cuerpo, hágase en mí según tu palabra.

Me recuesto en la cama con los párpados muy apretados, podría hacer el amor con el móvil, sudo, me ahogo, transito del dolor a la alegría, «ah, sí, siga Aurélie por favor... Explíqueme cómo es Sébastien, apenas lo conozco». Me doy cuenta de que a ella le gusta hablar de este tema, que está enganchada también a la conversación, «no es fácil vivir con él, pero no porque sea mujeriego, sino porque es un hombre muy entregado a su trabajo, es divertido, muy tranquilo, muy profesional», pero vuelvo a preguntar, «¿está enamorado de mí?», y me contesta simplemente, «sí», y yo repito, soy pesada, lo sé, «pero ¿cómo lo sabe?», y contesta con paciencia, «porque me lo ha dicho y porque me ha pedido que le dé noticias suyas cuando eso está PROHIBIDO». Me relamo, «soy mayor que él», y Aurélie me contesta, «pues no me ha comentado nada, ¿muchos años?», «algunos, sí...», «¿para usted es importante?», «no», «pues para él tampoco».

No me negarán que el francés es el pueblo más civilizado del mundo. Ole sus mujeres.

Me veo obligada a preguntarle atacada de un súbito momento celoso, «¿usted cuántos años tiene?». Y me contesta «47, como Sébastien», «¿es usted guapa?», «no estoy mal», «¿está casada?», «sí, y tengo dos hijos».

Y luego es ella la que me pregunta «¿y usted qué siente por él?», «¡no puedo pronunciar su nombre sin un escalofrío!». Escribo durante dos horas, tengo que cargar el móvil como el enfermo que precisa de una trasfusión, el cable es corto, me tumbo al lado del enchufe y escribo y escribo.

Recuerdo cuando estábamos en la cena de Rubén y nos mirábamos sabiendo que después estaríamos desnudos en brazos el uno del otro. Lo acariciaba y adivinaba al viejo que habría debajo de su rostro y quería estar con él también en ese momento.

Al final soy yo, ya sin un átomo de energía en el cuerpo, la que se despide, quiero colgar porque quiero recordar todo lo que me ha relatado... le digo «Aurélie, hoy ha estado usted muy simpática conmigo», y me contesta, «así tengo que estar, señora, porque es lo que me ha pedido Sébastien».

Soñadora, me quedo mirando el techo, el visillo de la ventana se mueve levemente, lo quiero más ahora que cuando estábamos juntos, porque me siento más libre para amarlo con desenfreno:

Qué felices seremos los dos.

Lo tengo clarísimo, quiero ir a Siria, quiero trabajar con él y que nos abracemos bajo un cielo cuajado de estrellas:

Qué dulces los besos serán.

Miro el tiempo que hace en Damasco, 20 grados, mayormente despejado. Lo buscaré y regresaremos juntos hablando en ese español que él habrá aprendido en esos libros impostores.

Y nos amaremos para siempre.

Me arrodillo en el suelo y rezo con el rostro hundido en la cama, padre nuestro que estás en el cielo, sálvalo, santificado sea tu nombre, para mí, soy feliz Dios mío, pero sálvalo, venga a nosotros tu reino, sálvamelo, tráelo junto a mí, papá, quiero ir a Siria, mamá, quiero ir a Siria a buscar a mi amado, padres, ¿me condenáis a estar sola el resto de mi vida? Quitadme el dolor en el pie, quiero ir a Siria.

Fender viene a husmearme, no entiende que esté a su altura, que me haya vuelto baja como él, y desconfía, yo prosigo:

—Iluminadme, por favor. —Estoy a punto de rezarle también a mi marido, pero... quizás no procede, carraspeo para disimular y vuelvo a mis padres—. Qué debo hacer...

¿Soy gilipollas? ¡Con lo fácil que lo tengo! ¿Por qué no se me ha ocurrido antes? Soy periodista, trabajo en un diario importante, está chupado que me envíen al lugar que centra ahora el interés informativo, sobre todo si digo que corro yo con los gastos.

Llamo. Llamo a mi jefe del diario, que sé que es muy amigo de nuestro corresponsal en Oriente Medio, un periodista de mi edad curtido en mil batallas con el que había trabajado en la revista *Interviú*:

—¿Hay alguna probabilidad de que me mandéis a Siria como enviada especial, pagándolo todo yo? No voy a interferir con nadie, solo necesito vuestra acreditación.

No se molesta en reflexionar:

—Pues no.

Mis aires de seguridad se vienen abajo, menos mal que nadie me ve hacer pucheros, prescindo del tono profesional para suplicar con abyecta bajeza:

—Quiero ir a Siria, por favor, déjame ir.

—¿Estás loca, Pilar? Es un sitio peligrosísimo, y más para una mujer. —Baja la voz—. Mira, esto no tendría que decírtelo porque todavía no vamos a publicar nada, pero a..., mejor no decir nombres, lo han secuestrado también, hace dos semanas que no sabemos nada de él, al parecer está en manos de un grupúsculo dependiente de Al Qaeda cerca de la frontera libanesa. Estamos esperando aún una prueba de vida.

¡En la frontera con Líbano! ¡Donde está Sébastien! La urgencia de mi hombre, pero también de la noticia, me recorre la sangre. Ya no soy una señora medio adormilada y vencida por la hormona del amor, que como todos sabemos te trasmuta en subnormal, mi instinto reporteril se ha puesto en pie y pide guerra, esa adrenalina que no se pierde nunca y si la has perdido es que ya eres fiambre:

—Jefe, vale, acato tus órdenes, ahora, lo que yo haga en mi tiempo libre es asunto mío.

—Estás como una cabra.

—¿Me puedes enviar una lista de periodistas que estén en Siria en estos momentos?

—¿Españoles?

—De todo el mundo.

Masculla:

—Joder, no sé si debo...

Pero yo ya le estoy gritando descontrolada e histérica:

—Sí, puedes y debes, hazme este favor, algún día te contaré por qué.

Ahora ya lo sabes, querido, espero tu llamada.

—¡Lo necesito a vida o muerte! ¿Por qué todo me lo pones tan difícil?

Mi jefe intenta apaciguarme:

—Calma, Pilar. A ver, solo puedo acceder a la lista de los enviados especiales reconocidos por sus periódicos, pero hay mucho *free lance* que va por su cuenta... Son los kamikazes, los que se arriesgan más porque tienen que enviar lo que no consigue nadie. —Le conozco tanto que sé cuándo se pone delante del ordenador y empieza a teclear—. ¡No sé por qué lo hago, joder!

—Quizás porque... ¿me quieres?

Gruñe y cuelga el teléfono sin despedirse, pero vuelve a llamar inmediatamente:

—Tía, por cierto, arréglate como te parezca, pero la semana que viene necesito tu columna.

Siento una punzada de satisfacción, ¡el gusanillo competitivo que todos los periodistas llevamos dentro!

—Ah, ¿y Ramona? ¿No lo hacía tan bien?

Pero mi gozo en un pozo:

—Lo hacía de putísima madre, tanto que la ha fichado la competencia.

Cojones, por qué he preguntado. Mi madre ríe a carcajada echando la cabeza hacia atrás, se le ven las muelas empastadas y hasta un puente de oro que le pusieron cuando era pequeña. ¡Qué feas estamos las mujeres cuando nos reímos! Mi padre ríe con los labios apretados y celebra el chasco dando golpes en su copa de vino con el anillo de sello que lleva en el dedo meñique igual que el rey. Sí, como el rey, ¿pasa algo?

¿Copa de vino? Esto es nuevo.

Me encojo de hombros.

Me instalo delante del ordenador; siempre me siento como si fuera a estar poco rato, en el borde de la silla, sin ningún tipo de cojín, sin nada especial; cruzo las piernas, estoy incómoda porque *Fender* ocupa el exiguo espacio que queda debajo de la mesa.

Y puedo estar así diez o doce horas.

Busco cómo puedo viajar por mi cuenta. En todos los sitios oficiales señalan que «dadas las condiciones de inseguridad del país no se aconseja viajar a Siria». Veo una pequeña web bajo el epígrafe de «viajes de aventura a Siria» entre varios signos de exclamación. ¡Esta es la mía! Primero leo la larga lista de recomendaciones, vacunación contra la fiebre amarilla; no fumar después del anochecer; si eres mujer y cuentas entre catorce y treinta y cinco años (ay, por poco), no puedes entrar en el país si no vas acompañada de tu padre, hermano o marido; no se pueden hacer fotografías en lugares públicos; la libra es la moneda oficial, pero que sepas que no te la van a cambiar en ningún banco del mundo; el código telefónico es el 963, y si no das propina, prepárate, aunque el ciudadano sirio «es amable y muy acogedor». Al final del largo texto, de todas formas, se aconseja no viajar al país por la continua amenaza terrorista. Hostia puta.

Veo un modesto foro de simples turistas. Uno de ellos dice que la mejor forma de viajar a Siria es ir en avión a Líbano y de Beirut a Damasco por carretera. Esta es mi ruta, porque ahí, en medio del camino, está Sébastien.

¡No le diré nada y apareceré con mis tejanos Liu Jo, mis camperas y una de las camisas de mi marido artísticamente desabrochada, y le diré «doctor Livingstone, supongo», pero ¿lo entenderá? Se lo soltaré en inglés, tengo que buscar cómo se traduce.

Aquí está, «doctor Livingston *I presume*». ¿Llevaré sombrero o no? ¿Y bastón?

¡Sí, hombre, ni que fuera Charlot! ¡Charlot en África!

Tiruriruliru. Risas.

Formalidad, Pilar. Sigo leyendo, «en ese trayecto hay una media de cincuenta controles, tanto de fuerzas del Gobierno como de grupos terroristas, y el peligro es extorsión, secuestro o muerte».

Me pregunto en qué orden, porque si el primero es muerte ya los otros dos para qué.

Vaya.

Miro la fecha del último post en esta web de turistas intrépidos y es de hace casi un año. Después ningún viajero ha escrito nada más. Claro, me digo, si han tenido que pasar esos controles no creo que estuvieran de humor... Si es que *estaban*...

Recibo el e-mail de mi jefe con los nombres de todos los corresponsales de prensa destacados en Siria. Es impresionante, porque hay 117 y al lado de 74 de ellos pone desaparecido o muerto.

¡Ningún Sébastien Pagès!

Busco los nombres franceses uno a uno, intento comprobar sus currículos, los sitios donde han trabajado. Sus fotos.

Ninguno es Sébastien.

Tengo que rendirme a la evidencia. ¡No hay ningún periodista en toda Francia que se llame Sébastien Pagès! Así de sencillo. Ninguno.

Estoy en la misma postura desde hace horas. Ha llegado mi hijo; desde la puerta me ha preguntado:

—¿Hay cena?

Y yo, sin girarme, le he gritado:

—¡Pon una pizza en el horno!

Y después:

—¡Saca a *Fender*!

Los ruidos de la casa se han ido extinguiendo, adivino que mi hijo se ha acostado, se apagan las luces del restaurante, dejan de pasar coches.

El camión de la basura atruena, después silencio.

Cuando estudiaba me hacía una mezcla de centraminas y Coca-Cola y estaba toda la noche en vela, la ciudad se iba apagando como ahora, tras las cortinas de algunas ventanas de mi calle se veían siluetas de estudiantes inclinados sobre sus libros. Era junio. Después tuve muchas horas nocturnas de vigilia por otros motivos, pero aquellas noches de mi adolescencia son las más persistentes en mi recuerdo.

Eran. Ahora todo lo han borrado mis amaneceres al lado de Sébastien Pagès.

Y de repente se me ocurre una idea. Yo deduje que el apellido era Pagès, pero tampoco hablo tan bien el francés. Nunca lo he visto escrito. ¿Y si en realidad fuera Pachése, o Pallez o Paixès? ¡Suenan igual! Quizás estoy buscando mal desde el principio. En el hotel me dijeron Pagès, pero se pronuncia como Pachése, o Pallez, o Paixès. ¡Lo repito y suenan lo mismo!

Vuelvo a empezar. Vuelvo a mirar la web de *Le Monde*, de *Le Figaro*, de France-Presse; los colegios de periodistas, de médicos, doctora Pachése, Pallez o Paixès, los liceos, las escuelas, Amandine Pachése, o Amandine Pallez, o Amandine Paixès.

Al final, ya enloquecida, busco simplemente Sébastien, en el Google francés hay 97.470.000 resultados. ¿Cuánto tiempo necesitaré para revisar todos?

Echo una mirada de reojo al reloj, son las cuatro de la madrugada, y al cabo de cinco minutos son las siete, las ocho, mi hijo aparece despeinado, restregándose los ojos, arrastrando las zapatillas:

—¿Todavía estás así?

Ni le contesto.

Se acerca, tapo la pantalla con las dos manos. Protesta:

—Vale, vale.

Se apoya en mi hombro, me lo aprieta y me pregunta con preocupación:

—¿Pasa algo? —Le tiembla la voz, sabe que a esta familia de vez en cuando le atropella un tren—. Dime, mamá, ¿es que ocurre algo?

Estoy a punto de contárselo, pero *Fender* da unos ladridos agudos y cortos sentado al lado de la puerta, y ahora grito ferozmente, me doy miedo:

—¿No puedes sacarlo?

No quiero ver la mirada de reproche de los dos, ¡no me importa!

Tengo acidez estomacal, eso que no como desde ayer al mediodía. Mi hijo se va dando un portazo, me levanto con un gran crujido de huesos, me pongo las manos en los riñones, arqueo la espalda, me miro en el espejo y parezco una bruja, pálida, despeinada, con los ojos rojos, párpados hinchados, bolsas abultadas, el cuerpo vencido bajo el jersey. Casi no me doy cuenta de que el móvil estalla de mensajes, al final lo cojo. ¿Cómo? ¿Sébastien? ¡Es Sébastien!

Abro el WhatsApp, leo: «Señora, Sébastien ha desaparecido, nuestra última conexión fue a treinta kilómetros de la frontera israelí, tenía que haber llamado ayer por la noche, era nuestra cita de seguridad imprescindible diaria, no comprendemos lo que ha ocurrido, estaba con dos hombres más y los tres han desaparecido, siento mucho darle tan malas noticias».

Mientras yo lo buscaba tontamente, él desaparecía. Ahora sé lo que es que se te pare el corazón y la víscera muerta descienda al estómago. Ese día lo experimenté y, como si fuera otra persona, escribo, «Aurélie, deme más detalles».

Siempre ocurre lo que tememos más íntimamente.

Pero mi madre escribe en el aire con la punta de su cigarrillo, lo que más temes es que deje de amarte.

Aurélie me contesta de inmediato, «probablemente lo habrán secuestrado, hay pequeños grupos de yihadistas descontrolados en esa zona, el trabajo de Sébastien es muy complicado, en el Zaire estuvo perdido 153 días». No contesto, mi corazón se ha recuperado y se ha puesto a latir como si fuera el tamtan de la selva. ¿Se oirá en Siria?

Probablemente.

Supongo que Aurélie sabe que estoy pendiente de sus palabras, y prosigue, «esta misión ha sido muy complicada y Sébastien tenía un mal presentimiento, no quería marcharse...».

Escribo escuetamente, «Aurélie, voy a ir a Siria». Rápidamente me llega la respuesta, «no, señora, no debe ir, ya hemos dado parte a las autoridades, que nos han exigido discreción absoluta, tenemos allí un agente que nos informa de todo». Y ya no puedo aguantarme, con los ojos insomnes, la mandíbula apretada, limpiándome los mocos con la manga, escribo de forma tan torrencial que el texto se llena de errores hasta resultar casi incomprensible, «Aurélie, ¿por qué habla siempre usted de la misión? ¡No es el lenguaje de nuestro oficio! ¡Usted utiliza unas palabras muy extrañas! No entiendo que Sébastien tenga secretaria, no entiendo que usted esté de servicio, no entiendo por qué me habla de despacho en lugar de redacción, no entiendo que usted diga agente en lugar de periodista...».

Larga pausa. Si corta, que corte, pero no puedo soportar la desdicha de no saber, esta tortura acabará por matarme, al fin entro sin piedad, a la bayoneta: «he estado investigando y no hay ningún periodista en Francia que se llame Sébastien Pagès».

Ya no puedo rectificar, el texto está enviado.

No soy una imbécil.

Sigue sin contestar.

La tensión insoportable está ahí, es un nervio en carne viva entre las dos manos, la suya y la mía, que agarran el móvil. Es tan fácil darle a la tecla de rechazar, apagar el teléfono para siempre.

Y ahora me doy cuenta de que ese fue otra vez un momento crucial, que ahí se pudo terminar todo, tan solo zanjando la conversación por su parte... Me podría haber dejado, así simplemente, sí, sufriría, pero no tanto como sufrí después. Podría haberse desconectado y no hubiera averiguado nada sobre él. Un hombre alto que se había ido a Siria. Punto.

Pero el mundo es de los audaces; el que no se arriesga, no pasa la mar, ¡cada uno es capitán de su alma!

Me enteré de todo en el hotel Royal. No sé si llegaré a contarlo. No lo sé.

Mi cabeza está ensangrentada desde entonces, pero tranquilos, sigue erguida.

Nadie corta la comunicación. Noto el latido incesante del móvil, lo miro fijamente. Puedo adivinar el cerebro que lo anima como una olla en ebullición, como una dinamo plena de energía, como pólvora a punto de estallar. Sigo golpeando el hierro caliente, contesta, dime, comunícame, explícate. Quién eres. Quiero saber, no me engañes, amor mío.

Invento a ciegas, «Aurélie, me voy a poner en contacto con Reporteros Sin Fronteras, voy a organizar una campaña apoyada por mi periódico para pedir su liberación, voy a convencer al Ministerio de Cultura, al de Información y Turismo (¿existe todavía?) y a las asociaciones de prensa españolas para que cooperen», largo silencio, pero veo que sigue la conexión, al final aparecen las palabras *escribiendo escribiendo*, y salta el texto, «señora, no haga nada, Sébastien no es periodista..., es una tapadera, nunca ha sido periodista, no se lo podía decir, lo tengo prohibido, pero dadas las circunstancias... Pero guárdelo para usted, por favor, el secretismo es esencial en nuestro trabajo».

Me estiro en el puto suelo, estoy agotada como si hubiera corrido un maratón, al fin se lo he sacado. ¡No es periodista!

Hace frío, me duelen los codos, las muñecas, los pulgares, tantas llamadas, tantas búsquedas, tantas incongruencias, tanto trabajo desperdiciado. Sigue un silencio de un minuto. ¡Qué largo es un minuto mirando la pequeña pantalla del iPhone! Bueno, vale, me toca a mí preguntar, no estiremos tanto la cuerda, que podría romperse, «Pero qué es entonces, cuál es su trabajo». El mensaje tarda mucho en formarse, tengo la impresión de que escribe y borra, que rectifica y vuelve a escribir, al fin leo, «somos agentes, trabajamos en zonas de guerra para diferentes gobiernos occidentales», y vuelve a decir obsesivamente «no es periodista, repito, es una tapadera, gracias por no divulgarlo», y después corta abruptamente, «he terminado mi servicio, que tenga usted un buen día, señora».

10

Cuando iba a la universidad y estaba metida en política, a nuestras reuniones solía asistir un chico al que llamábamos «el macarra». Perfectamente vestido con corbata, camisa, traje completo y barato, con el rostro azuleado por una de esas barbas cerradas que exigen dos afeitados diarios, fumaba silencioso y atento a todo lo que se decía, y después desaparecía, y como nunca lo veíamos en clase, creíamos que era el mítico Obrero con el que todas las organizaciones universitarias soñábamos. Pero al fin nos enteramos de que era un agente. Un policía secreta. Uno de nuestros compañeros lo vio familiarmente sentado en una mesa en la comisaría de Vía Layetana mientras era conducido frente al comisario Creix para ser debidamente golpeado e interrogado.

¡Cuando pasó por su lado, «el macarra» le guiñó el ojo!

De un anciano bedel también corrió el rumor de que era un inspector de policía camuflado con su bata de rayadillo y en una ocasión, después de una ruidosa asamblea, un grupo de exaltados pretendió tirarlo a un pequeño lago que había en el centro del patio de la Facultad de Letras al grito de:

—¡Fuera fascistas de la universidad!

Yo lo impedí, y por eso, y porque a veces sacaba dólares del bolsillo con ínfulas de mujer de mundo (me los había regalado mi padrino, que trabajaba en Nueva York) e iba siempre en primera fila en las manifestaciones sin miedo ninguno, empezaron a decir que yo también era agente secreto, pero en mi caso algo más sofisticada, porque aventuraron que era miembro de la CIA y empezaron a rehuirme, aunque yo de esto me enteré más tarde, cuando me lo contó Ricardo, porque en esa época ya me había entregado en cuerpo y alma a la tuberculosis que algunos vieron como una salida fácil para evitar represalias. Una de mis compañeras, algo molesta porque me había acostado con su novio por aquello del amor libre, decretó como lamentable venganza:

—Sí, ya, ¡tuberculosis! ¡Eso se llama mieditis!

De hecho, el día en que abandoné la universidad para meterme en cama, un grupo de imaginativos camaradas de partido había decidido mantearme y con tal fin habían llevado una especie de edredón a la facultad con el que pretendían cubrirme y darme una paliza. ¡El bacilo de Koch en cierta manera me salvó la vida! Es lo que dice mi hijo cuando me ve hecha una mierda, «todo viene por algo, esto de Sébastien también».

Sí, quizás para que escriba este libro.

Para ti. ¿Lo leerás tal vez, acariciarán tus dedos largos algún día estas páginas?

O sea que para mí las palabras *agente secreto*, la verdadera profesión de Sébastien versión Aurélie, evocaban todo ese mundo gris pero que en mis recuerdos tenía a pesar de todo el color encendido de la juventud, y también una película en la que Schwarzenegger y su mujer son espías pero ocultándoselo el uno al otro, y alguna novela de John le Carré o Somerset Maugham. ¡Y no me da la gana de evocar aquí la tira cómica de mi infancia «Anacleto, agente secreto» porque no estamos para risas!

Sébastien. Iba aceptando poco a poco su nuevo oficio, pero una parte de mí seguía desconfiando, aunque eso no mermaba mi amor. Oh, la impaciencia antes de vernos y el gozo inconmensurable al estar juntos.

Ahora, viéndolo en perspectiva, hoy, cuando todo ha concluido, cuando tanto daño se me ha hecho, cuando algunas noches son tan lúgubres que un rostro agostado y desconocido me dirige miradas recelosas desde el espejo al levantarme, me doy cuenta de que siempre he sospechado de él, ¡desde el primer momento! Lo que no me ha impedido desarrollar este amor loco y enfermizo, esta mórbida obsesión por Sébastien. ¡Evocar el deslumbramiento de felicidad que sentí cuando lo conocí me hace aullar como una loba en celo, como hago ahora!

¡Ha pasado de todo y mi patria sigue siendo Sébastien! ¡No este que he terminado por descubrir en Montpellier, sino aquel Sébastien! ¡Y este también, este también!

Un momento, por favor. Pobre cretina, reponte.

Creo que este amor terminará matándome. Se me cae el pelo y las muelas, se me rompen las uñas, he adelgazado tanto que me hago daño a mí misma con mis huesos puntiagudos cuando me acuesto en la cama, miro en el espejo mis ojos mortecinos con los párpados flojos, y en mi última revisión el médico movió la cabeza apesadumbrado:

—Pilar, tu capacidad respiratoria ha bajado al cuarenta por ciento... Si sigues así tendremos que contemplar la posibilidad de un trasplante.

Joder, que me trasplanten el cerebro, que me pongan un cerebro nuevo, sin recuerdos, sin sentimientos viejos, el cerebro de un neonato no tocado ni por la alegría ni por la adversidad, pero quizás será pequeño para mi enorme cráneo y bailará en mi cabeza y sonará al golpearse contra las paredes cada vez que me mueva como las maracas de Machín.

Manisero, manisero se va.

Risa triste.

Súbita cuchillada de dolor. Pero también, no nos engañemos, de loca esperanza.

Pero en aquel momento todavía no había cruzado el umbral, solo acababa de enterarme de que Sébastien no era periodista sino un agente, bien, de una potencia extranjera, bien, pero me seguía amando, ¿no? Al fin y al cabo era de lo que se trataba y las urgencias de la vida cotidiana se abrían paso trabajosamente y me obligaban a rendir cuentas.

Y lo intenté, sí. Volver a mi vida habitual, escribir incluso. La doctora Compasión toma el mando. Me enfundo el uniforme con algo de vergüenza, tímidamente, y me pongo a escribir sobre mujeres muertas de miedo porque sus maridos quieren abandonarlas.

Gran tema.

Me preparo un café, le digo a Tea que no haga ruido, que me voy a encerrar en el excomedor ahora despacho, dejo a *Fender* fuera, le da con la pata a la puerta, se la abro, lo dejo pasar con una palmada en el lomo. Me siento delante del ordenador, miro la foto de Sébastien. La ceja izquierda está partida en dos, el pico de su boca es muy acentuado, en la barba tiene pelos blancos y en el bigote no. La frente es amplia, con ese bronceado enrojecido del sol reciente.

Le doy un beso. Mi agente secreto, no periodista. Mi hombre oscuro, mi misterio, mi incógnita, voy a intentar escribir un libro pero no por eso voy a dejar de amarte.

Cada día que pasa me anudo más a él.

Tiene lo mejor de todos los hombres que he querido. ¡En el futuro nadie va a ser como él! Los embates de la cotidianeidad no lo deterioran, es un espíritu deslumbrante que puede con todos.

Me siento delante del ordenador, estiro los brazos como el director de orquesta antes de empezar la ejecución de una obra, pero, un momento, recuerdo de pronto que tengo que llamar a mis primas por un asunto importante:

—Leoncia, ¿qué hacéis?

Mi prima me contesta escuetamente:

—Estoy en la playa pintando, tengo la exposición dentro de una semana...

Cierto, en una semana todos nos reuniremos otra vez en Llafranc, ah, esos días de agosto.

Leo se impacienta:

—Es que se está yendo la luz... y estoy poniendo perdido el móvil, ¿algo más... —duda—... de Sébastien?

—No, no. —No quiero contárselo ahora—. ¿Y Carla?

—¿No te acuerdas? Hoy baja a Barcelona para escoger marcos y tiene que pasar por tu casa a recoger el ordenador portátil para poder enviar las invitaciones.

—Ah, es verdad. ¿Vendrá con Santi?

—Sí, sí, perdona, pero...

Cuelgo. Me parece que hace poco éramos atolondradas e imprudentes como chiquillas y ahora el otoño languideciente nos acecha y va invadiéndonos. Perdón, perdón, perdón, un inciso, tengo que añadir los bailes country a mi lista de aficiones para la ancianidad.

Yo también tengo que trabajar. Suspiro y me echo al monte: «Cuando Pedro Pino de la Sierra contempló las pantorrillas de su secretaria, se acordó de las varices de su mujer...». ¿Empezar así un libro de autoayuda? ¿Este no iba a ser un libro que tenían que comprar las mujeres? ¿Las mujeres con varices se ofenderán y las que no tienen, no se sentirán identificadas? ¿Hablar de pantorrillas no queda antiguo y casposo?

«Berta no estaba enamorada de su jefe, pero se acostaba con él todas las noches...»

¿Pero quién va a comprar este libro?, ¿las amantes, o las esposas legítimas que temen que su marido las deje por la secretaria o por una colega más joven? Dale a la tecla supr, que el protagonismo del argumento recaiga en las esposas.

«Elena llamó a su marido y se dio cuenta, por el tono de su voz, de que se estaba acostando con su secretaria...»

¿Su secretaria? ¿Aurélie?

¿Cómo voy a hablar de mi vida en un libro?

Sin pudor, como lo estoy haciendo ahora. Tal vez este será un libro póstumo y las presentaciones estarán presididas por una urna con mis cenizas. Enviarán la urna a los programas de televisión. A todos excepto a ese de saltos en una piscina por razones obvias, o sí, quién sabe, sería bonito.

Pero a ver si lo entiendes, doctora Compasión, no estás escribiendo un libro de humor, ni un diario, ni una autobiografía, ni una novela. Ricardo te ha pedido un libro psicológico para ayudar a mujeres maduras y abandonadas que se agarrarán a esta, ¿cosa?, como el náufrago a su tabla de salvación y así conseguiremos vender mucho. Y te recuerdo que por esta cosa te pagan 150.000 euros y puedes conservar La Reina Virgen, que, si no, iría a parar a Ricardo y a su familia de chatarreros enriquecidos.

Miro el móvil, permanece en silencio. Escribo: «Aurélie ¿hay alguna novedad? Estoy muy preocupada». Sus manos grandes, el disparo en su hombro donde metía la punta de la lengua; me acuerdo de la canción del Arrebato:

Aquí me tienes, besando tus heridas,
tan tuyas como mías porque a mí también me duelen.

Tardo un buen rato en traducirla al francés, la envío. Nadie se conecta. Mientras voy canturreando:

...porque a mí también me duelen...

Borro lo poco que he escrito en el ordenador, otra vez la pantalla en blanco parpadea, parece llamarme. Si estiro un poco el cuello, veo a través de la ventana al rumano de la esquina hablando con la sintecho, se han asociado y ahora los dos se reparten el trabajo, y mientras uno «limpia» el cristal con un trapo mugriento, la otra vende pañuelos.

El otro día le di diez euros y cogí el paquete de kleenex, se asombró tanto que no lo soltaba y estuvimos un rato forcejeando.

Yo protesté:

—Eh, que lo he comprado.

Y ella me contestó con sencillez:

—Es que nadie lo quiere porque les da asco.

Me avergüenza darme cuenta de que los dos han advertido el gesto de echar el seguro del coche con el codo como quien no quiere la cosa, no nos vayan a robar esos valiosos cedés de «Qué tiempo tan feliz» y la botella de plástico vacía.

Bueno, a escribir, miro el techo, hace falta una mano de pintura, apuro el café, me rasco la cabeza, los brazos, los tobillos, miro el iPhone, nada, ni un mensaje, veo que Aurélie solo lo conecta para hablar conmigo, me imagino el móvil de Sébastien reposando en un cajón oscuro del despacho de espías del que solo emerge cuando la secretaria bastante mona de cuarenta y siete años lo saca para hablar con la novia de su jefe.

Sonrisa de idiota. La novia de su jefe. Otra vez la foto, tapo los ojos y miro solo la boca, después la frente, oh, cuánto amor.

La dejo con un suspiro y jugueteo con el ratón, la flechita va arriba y abajo. Papá se acerca y se sienta en una butaca con las piernas elegantemente cruzadas.

Muevo la cabeza con desaliento:

—Papá, ya no sé escribir..., se acabó... —Pienso en las decenas de mensajes que pergeño a diario y me corrijo sobre la marcha—: Libros, digo.

No me mira, dirige los ojos detrás de mí, me giro y veo a mamá de puntillas con el índice sobre los labios y un montón de mujercitas siguiéndola. Me miran ansiosamente, se sientan en el suelo alrededor mío extendiendo sus faldas en corola, anhelan seguir consejos de la doctora Compasión. Su aliento es mi mejor guía, ¡no puedo defraudarlas!

Tomo aire y la emprendo a manotazos con el teclado, tengo un ataque de inspiración tan brutal que me veo capaz de escribir diez libros de autoayuda uno después de otro y encima *En busca del tiempo perdido,* «os sentís solas en medio del lujo de vuestras casas vacías y odiáis a ese hombre que os está haciendo sufrir, pero al mismo tiempo no queréis perderlo porque es lo único que tenéis y, no nos engañemos, no vais a encontrar a otro». Las mujeres levantan la naricita, en suspenso, creo que les está gustando. «Vuestro sueño sería que él volviera a enamorarse de vosotras, y entonces, cuando lo tuvierais bien enganchado y besara el suelo que pisáis, le daríais una patada en el culo que lo enviaría a algún planeta lejano, pero no demasiado, porque desde allí os debe seguir enviando vuestra suculenta pensión.» Las mujercitas levantan la ceja y rezongan. Le doy a la tecla supr «... pisáis y viviréis felices para siempre». Y dándole un toque Elena Francis, concluyo, «si leéis este libro (y lo recomendáis a vuestras amigas, no se lo prestéis, que lo compren como habéis hecho vosotras porque de algo tenemos que vivir los escritores) y seguís mis consejos, conseguiréis retenerlo, queridas mías».

Suprimiendo el paréntesis y alguna cosilla más, me siento bastante satisfecha del texto. Las mujercitas me escuchan anhelantes, pálidas de emoción. Mamá se ha puesto al lado de mi padre y los dos me miran con orgullo. «Porque vuestro marido es rico y quizás famoso, todas las mujeres del mundo intentan cogéroslo, pero vosotras también tenéis vuestros recursos.» Asienten con la cabeza, las miro, tan lamentables y tremendas, unas con las huellas de torpes y reiteradas operaciones de estética en el rostro y en el cuerpo, las otras resignadas a su aspecto de abuelas. Fracaso y vejez.

Y doy un bostezo descomunal en plan hipopótamo que intento disimular con un salvaje ataque de tos. Me gustaría contarles mi historia con Sébastien, un hombre doce años menor que yo, para animarlas. Vamos, para ser sinceros, me gustaría contarla porque tengo ganas de hablar de él, un periodista, corresponsal de guerra, agente de alguna potencia occidental, yo qué sé. Sébastien y no este vomitivo tema.

Pongo un punto aquí, unas comillas allí y con la otra mano voy dándole al iPhone, ahora canta Paulina Rubio:

Las calles son más grandes
desde que tú te has ido,
hay que reconocer que nada me hace bien
porque no puedo verte.

La traduzco intentando que en francés también rime, miro el tiempo que hace en Damasco, 18 grados, humedad del 46 por ciento, viento 7 kilómetros hora, busco más mensajes, miro a *Fender*, que se ha acostado en el sofá y se ha puesto las dos patas sobre los ojos como si le molestase la luz, y de pronto, inesperadamente, cierro los puños y me los pongo sobre los ojos también y mascullo:

—Mierda, mierda, mierda.

En vez de lágrimas tengo arena, me duelen los dientes, lloro:

—Sébastien, Sébastien.

Y después:

—¿Qué te han hecho, mi amor? ¿Qué te están haciendo?

Golpeo con el puño la mesa, «no, no, no», oigo a Tea que se despide desde la puerta:

—Hasta mañana.

Oigo a mi hijo que entra, no viene a saludarme, se mete en la cocina, abre y cierra armarios, después silencio.

Me levanto y me decido. Tengo que hablar con él. Me lo encuentro con un bocadillo en una mano y la otra volando sobre el iPad. Cuando tenía seis años lo llevé a un curso de mecanografía clásico, donde enseñaban a escribir a la antigua, con el teclado a ciegas y con todos los dedos, incluidos los meñiques. Ahora es el asombro de todos sus compañeros porque puede hablarte y mirarte e ir escribiendo a una velocidad endemoniada.

Su padre siempre decía:

—Si le falla todo, siempre lo podemos llevar a un circo.

Su padre. Antes se parecía mucho a él, ahora dicen que es mi vivo retrato, claro que antes de que yo modificara un poco mi perfil y me redondeara las mejillas para corregir esa cara alargada que a mi hijo le queda tan bien pero que a mí me asemejaba un poco a una figura de la isla de Pascua.

Tímidamente le digo:

—Hola, cuco.

No levanta la vista para contestarme secamente:

—Hola.

Me sitúo delante de él:

—¿Te puedo contar una cosa?

Sigue sin mirarme y su voz todavía es más fría:

—Ya sé que has firmado un nuevo contrato para un libro, me lo ha contado Ricardito.

El hijo de Ricardo juega a pádel con mi retoño, y me asombra que hablen de sus padres.

—Sí, de autoayuda, sobre —mi voz va perdiendo potencia— mujeres que...

Ahora sí me mira severamente:

—Mamá, ¿y tú crees que tienes categoría para eso? A mí me parece una puta asquerosidad este argumento, pero tú verás.

Sé que está dolido; antes se lo consultaba todo, pero ahora vivo en esta vorágine existencial que me aísla hasta de él, que siempre ha sido el centro de mi vida.

Humildemente, lo acepto:

—Sí, lo firmé porque necesitamos dinero, y además se me han secado las fuentes de la inspiración, no se me ocurre nada más, las princesas y reinas ya no venden...

Se encoge de hombros:

—Haz lo que quieras.

Carraspeo, limpio la mesa de migas (las tiro al suelo con la mano) y le digo:

—Pero no es eso lo que te quiero contar. ¿Puedes atenderme?

—Sí.

—No, lo digo en serio, cierra el iPad..., es un poco largo.

Apaga el iPad, el móvil y el Spotify que está escuchando por los cascos. Y me pregunta, algo alarmado:

—¿Qué pasa?

Pasa que siento por ti una mezcla rara de ternura y compasión, hijo mío, tengo ganas de abrazarte y de decirte que no te preocupes, que nada en el mundo será ya tan horrible como aquel día.

Aquel día.

La semana blanca.

Tuve que contarte que tu padre se iba a morir sin remedio. Tú volvías de esquiar con la marca de las gafas en el rostro oscuro como un minero, con las risas aún de las despedidas, con el olor a aire libre, a ropa sucia y a camaradería entre chicos. Yo te miraba temblando y pensaba, «nunca para él la vida será lo mismo, va a dejar de ser niño».

Hubiera dado años de existencia. ¡No sé qué hubiera podido ofrecer para que no tuvieras que pasar por eso! ¡Si me hubieran pedido la vida, la hubiera entregado con gusto y dando las gracias!

Te ordené, «siéntate», y tú, distraído, dijiste como ahora «qué pasa», y yo te conté, «papá está enfermo», y tú preguntaste todavía sin prestar mucha atención, «ah, cómo ¿enfermo? ¿Pero cuándo se va a curar?», y yo te dije, «no se va a curar».

Tú tenías diecisiete años.

Nunca hablamos de ese día.

No, hijo, nada será peor para ti. El listón de tu sufrimiento está muy alto.

Me levanto. Siempre hablo mucho mejor caminando con las manos en la espalda, un gesto muy poco femenino que he heredado de mi padre. Recorro la pequeña cocina arriba y abajo:

—Verás, ¿te acuerdas de los últimos días de agosto, cuando tú no subías a Llafranc porque estabas ultimando el lanzamiento de tu web?

Se columpia en la silla, impaciente:

—Sí, claro, ¿y?

—Bien. Pues una noche fui a cenar con dos amigos y con Camila al Gitano y entró un... chico, un hombre con su hija, se sentó a una mesa, me miraba y...

Se lo cuento. Todo. En fin, suprimo los detalles escabrosos, «fuimos a casa... a tomar una copa», «venía por las noches... y hablábamos mucho...», «tuvimos una relación muy especial»... Que se imagine lo que quiera, que supongo no debe distar mucho de la realidad, creo que sabe desde hace mucho que su madre no es ningún ángel.

Su expresión es insondable, no pronuncia palabra, aunque al menos me está prestando atención cuando normalmente ante mis disquisiciones sus ojos se vuelven vidriosos y se limita a unos sonidos inarticulados que no lo comprometen nada.

No, hoy está en silencio.

—Y al final Aurélie no tuvo más remedio que decirme que Sébastien no es periodista, que es un agente y que trabaja para una potencia extranjera...

—Pero ¿cómo un agente? ¿Un paramilitar? ¿Un traficante de armas? ¿Un mercenario?

—No sé, no me dio tiempo a preguntárselo.

Mi hijo dice pensativamente:

—Por eso tenía un agujero de bala en el hombro...

—Sí, claro —me asombra su deducción—, y por eso su nombre no sale en ningún lugar. ¡No creo que se anuncien en el apartado «agentes secretos»!

No me atrevo a mirarlo, no sé si se va a reír. Al final nos quedamos en silencio, él en la silla con las manos en los bolsillos y los ojos fijos en el suelo. Comenta pensativamente:

—Me extrañó lo rara que te pusiste con lo del reloj.

Me encojo de hombros, espero, al final se levanta y me pregunta:

—¿Me juras que todo lo que me has contado es verdad?

Me horrorizo, no me esperaba esta reacción:

—¿Cómo? ¿Pero cómo no va a ser verdad? ¿Pero qué sentido tiene inventármelo? Claro que todo ha pasado así, hombre, por favor.

Me coge por los hombros, muy fuerte, y me mira con una sonrisa que lo convierte en un adulto:

—Pero, mamá, ¿no te das cuenta de que todo es como una película? ¡Hasta los nombres suenan a mentira, Sébastien, Amandine, Aurélie! ¡Parece una historia que te hayas inventado!

—¡Te juro que no me he inventado nada! —Busco una prueba—. Mira, aquí tengo sus fotos.

Estoy tan nerviosa que el iPhone se me resbala de las manos, lo atrapo en el último momento, busco y al final se las enseño:

—¿Ves?, aquí estamos los dos, y este es él, y aquí también..., la noche que fuimos a cenar a casa del vecino...

Se las muestro con la sonrisa bobalicona de siempre pintada en el rostro. Mi hijo aparta el móvil, impresionado:

—¡Cómo se parece a papá!

Me había olvidado de decírselo, porque, es curioso, este parecido, que me había sobrecogido tanto la primera vez que lo había visto, se había ido desvaneciendo, como se habían borrado en mi recuerdo los rasgos de mi marido para ser sustituidos por los de Sébastien.

—Sí, se parece mucho.

Mi hijo se emociona. Calla unos segundos y después gira la cabeza a un lado y a otro y levanta las manos al cielo:

—Oh, es que... no tengo palabras... ¡Es una historia cojonuda! ¿Pero cómo te ha podido pasar a ti?

Me río aliviada y orgullosa a la vez:

—Pues mira... —Pero añado algo picada—: ¿Por qué dices que no me tendría que haber pasado a mí?

Ahora es mi hijo el que recorre la cocina con las manos detrás:

—Quiero decir que lo normal es que las aventuras les pasen a la gente joven, que viajan, que conocen personas nuevas, que están abiertos a todo, que no tienen miedo, eso, ¡que se arriesgan!... Pero no a una señora mayor que solo va al gimnasio, que tiene amigos aburridos y que escribe libros que son un rollo.

—Muchas gracias —le contesto con frialdad—. Te recuerdo que gracias a esos libros que son un rollo tú has podido ir a Estados Unidos a hacer el máster más caro del mundo.

Mi hijo se ríe y me abraza:

—Mamá, eso lo pagó el abuelo. —Pero me suelta y vuelve enseguida a El Tema—. Oye, pero tienes que averiguar más, no te puedes quedar así, mira, tendrías que...

Pero en ese momento nos quedamos callados, porque, como si lo hubiéramos conjurado, veo que entra un mensaje de Sébastien, temblando, le tiendo el móvil a mi hijo como si quemara:

—Mira, ahí está, cógelo...

Mi hijo, que es la templanza personificada, se pone tan nervioso que tartamudea:

—No, no, léelo tú, ábrelo.

—¡Ábrelo tú!

Nos lo tiramos el uno al otro como una pelota; al final lo atrapa él, le da a la tecla adecuada y los dos nos inclinamos sobre la pantalla del iPhone: «señora, Sébastien sigue desaparecido». Mi hijo levanta la vista, extasiado:

—Mamá, es como magia, es todo verdad...

—¡Claro que todo es verdad!

Aurélie prosigue, «ahora hemos desencadenado la solución política y hay nueve personas allí abajo que lo están buscando». Mi hijo me señala el móvil con el dedo como si Aurélie pudiera escucharnos y me susurra «contesta». Escribo, «pero, Aurélie, si es por dinero, si hay que pagar un rescate, yo puedo dejárselo, soy muy rica». Antes de enviarlo se lo enseño a mi hijo, que primero frunce el ceño, pero, para que se vea su grado de implicación, al final acepta recibir su herencia con una merma considerable:

—Vamos, sí, mándalo.

Le doy a la tecla de enviar y la respuesta de Aurélie no

se demora, «ojalá fuera cuestión de dinero, señora, nosotros tenemos fondos suficientes para cubrir estas eventualidades... Ojalá fuera cuestión de dinero, pero es que ni siquiera sabemos quién lo ha secuestrado, ni dónde está, ni qué pretenden». Mi hijo señala el móvil para que continúe, yo invento, «soy muy amiga del embajador del Líbano y podría hacer que interviniera», mi hijo lo lee, hace grandes gestos de cabeza y levanta el pulgar, la contestación llega enseguida, «no diga nada, señora, está totalmente prohibido que yo le informe, y si lo hago, jugándome mi carrera, es porque me lo pidió Sébastien».

Mi hijo vocaliza exageradamente sin sonido:

—Pregúntale qué hace exactamente.

«Aurélie, ¿pero qué clase de agente es Sébastien?, usted no me ha contado nada de su trabajo.» Y me contesta, «señora, no le puedo dar información a este respecto, gracias por su comprensión»; mi hijo vocaliza «el nombre», y yo escribo, «quizás no se llama Sébastien», se alarma, «¿por qué dice usted eso?». «Es mi instinto.» «Tampoco le puedo contestar a eso, señora.» Silencio. Presa de una súbita inspiración, le escribo el número de mi DNI, mi dirección postal y mi e-mail, «usted ya lo sabe todo de mí... exijo reciprocidad», pausa, «usted entiende perfectamente que no le puedo decir nada más», y después el fatídico «he terminado mi servicio».

Mi hijo se echa las manos a la cabeza, se tira sobre el sofá:

—Oh, oh, menuda historia. ¿Qué pasará?

Llaman al telefonillo. Pregunto y oigo la voz alegre de Carla:

—Eo, aquí la asesina psicótica que ha venido a realizar su carnicería de los martes.

Mi hijo pone los ojos en blanco y corre a su cuarto para cambiarse. Carla sube, está guapa, todavía morena, arrastra el aire veraniego; lleva el pelo recogido en una coleta descuidada, le caen mechones de un rubio casi blanco a ambos lados del rostro y calza alpargatas con calcetines. Se disculpa:

—¿Qué quieres? Me he convertido en una payesa.

Santi, sin embargo, va impecablemente vestido ya de ciudad, con traje y corbata; sé que esta que lleva, de Hermès, se la regaló el rey. En una audiencia, Santi se la alabó, y el rey se la quitó y se la entregó. Fue un gesto muy comentado en la prensa. Lleva estampado de jirafas amarillas y es demasiado ancha para la moda de ahora, pero, si te la ha regalado el rey, punto en boca a las críticas.

—¿Queréis café?

Se sientan con las rodillas muy juntas y las manos cogidas. Ay, tantas veces he visto a Carla en esta misma postura, solo cambia la figura masculina. Mientras preparo el café y la bandeja con las tazas de Limoges que heredé de mi abuela, fantaseo con la posibilidad de que Carla permanezca por los siglos de los siglos sentada en el sofá, y cada cierto tiempo cambiaríamos el hombre a su lado, sería más cómodo que andarse con todo este trajín del amor y del desamor. Cero sufrimiento.

En fin.

Mi hijo con el casco de la moto parece un inmenso abejorro, le doy un empujón para que salude y le susurro:

—Pregúntale por Carlita.

Carlita es la hija de Carla a la que mi padre designó como su futura esposa:

—Está bien, vendrá a la exposición de Leo, ayer fue su cumpleaños.

Tengo la esperanza de que sea un caso único en el mundo y descumpla años en lugar de cumplirlos, para acercarse a la edad de mi hijo, pero la madre nos comunica inexorablemente que:

—Treinta y dos.

La que va con un hombre doce años más joven se horroriza y se dice sin palabras, ¡cómo va a ir este crío de veinticinco años con una vieja de treinta y dos! Y es que, quién dijo que la coherencia iba a ser uno de mis activos potenciales, quién.

Mi hijo les saluda con la mano y se despide de mí apretándome el hombro con camaradería y cierta admiración que mis artículos de prensa, mis libros y mis colaboraciones en televisión nunca han merecido. Sébastien hace milagros.

Me hablan de la exposición. Leo ha preparado quince marinas «bestiales de buenas», y Santi dice que la inauguración será el último evento importante de este año en la Costa Brava, porque él ya le ha dicho a su secretaria que tire de agenda, y a continuación habla de la cuestión catalana y de la financiación de las cajas rurales. Aunque Carla lo escucha embobada, yo lo interrumpo con grosería:

—Oye, Santi, tú que has sido ministro de Interior, si una persona me ha dicho que es agente secreto —Carla pone los ojos redondos como discos de 33 revoluciones— y que ha sido secuestrado en Siria, ¿qué pensarías?

Me mira, sobresaltado. Se calla unos segundos y después admite:

—Es posible, en las zonas en conflicto se mueven todos los pajarracos de ese submundo, pero yo dudaría de que un agente de los servicios secretos lo admitiera ante extraños, más bien pensaría en un comerciante o un traficante, dale el nombre que te apetezca, que quiere enriquecerse con la guerra. ¡Hay muchos así! Y sí, también los secuestran los yihadistas.

—Pero ¿son ilegales?

—Ilegales, no, pero son peligrosos, y yo que tú no me mezclaría en nada de eso... Pilar, Pilar, ya no eres una niña, ¿qué haces metida en esos negocios tan sucios? ¡Piensa en tu hijo! ¡Y en la reputación de la familia!

Se ha dado cuenta de que mis preguntas son a propósito de Sébastien, supongo que Carla le ha hablado de él, y aunque percibo su hostilidad, prosigo:

—Pero ¿no hay forma de averiguar si lo que me ha contado es verdad? ¿No hay agencias de detectives especializadas en estos temas? ¿En buscar personas?

Hace un gesto desdeñoso:

—¡Qué coño un detective, cuánto daño ha hecho el cine! Pasa del tema, mujer, te vas a meter en un buen lío, y a mí no me hables de eso porque me comprometes.

No me había dado cuenta de la imbecilidad de este hombre. Me callo, solo me alegro porque sé que mi prima en cuatro días estará cansada de él y no llegará a pasar la Navidad en Sant Just porque aún faltan tres meses. Sin darse cuenta de que le odio, se levanta y coge a Carla con ademán de propietario, les entrego el ordenador portátil con el que enviarán invitaciones a todo el orbe y mantengo la puerta abierta y la sonrisa congelada hasta que se meten en el ascensor. Al minuto oigo el telefonillo:

—Soy yo. ¿Me abres? Me he dejado el encendedor.

Sube mi prima y me dice con premura:

—Mira, apúntate este número de teléfono, es un detective muy bueno, descubrió a aquellos cerdos que acosaban a Carlita por internet y pudieron detenerlos.

—Ah, sí, ya me acuerdo de esos hijos de puta.

—Es muy discreto y eficaz, el mejor de Barcelona, dile que vas de mi parte.

Me emociono, me da un abrazo y se marcha.

Voy mirando cuidadosamente los números de la Diagonal. No sabía qué ponerme para ir a ver un detective, y al final he optado por el *look* periodista, gabardina ligera, tejanos y botines. De pronto alguien me coge por el brazo, creo que es un fan y estoy a punto de desasirme bruscamente cuando una voz conocida me espeta:

—Pilar, ¿qué pasa? ¿Adónde vas con estas prisas?

Es Jorge Puig y su encanto fácil de hombre mimado por la fortuna, guapo, rico y feliz. No lo veía desde el día del funeral de Oriol Maspons, cuando nos fuimos a comer juntos y le hablé de Sébastien. Bien, es un iniciado entonces.

Me empuja a un bar, «venga, tonta, vamos a tomarnos un café», me abraza, me estruja, sonríe, me cuenta que ha venido a ver a su madre y a hacer unas gestiones y que Naomi Campbell es guapa pero un poco rara de carácter y que lleva peluca, y yo digo sí sí sí, y se extraña de que no me lance con avidez de animal de presa sobre la noticia para exprimirla y luego sacarla en mi columna:

—Pero ¿qué te pasa? —y añade—. ¡Joder, tía, te he llamado un montón de veces y nunca coges el teléfono!

Debajo del brazo lleva un diario enrollado, lo saca y lo despliega:

—Es increíble, porque precisamente iba acordándome de ti, porque mira lo que sale hoy en el periódico.

Lo extiende sobre la barra y leo: «Multado un policía

que se hizo pasar por espía para obtener favores sexuales».

—Me he puesto a pensar en aquel elemento que te dijo que era corresponsal de guerra para obtener tus excelsos favores sexuales, que, te recuerdo, yo también conozco... —En medio de una borrachera nos acostamos juntos allá en la noche de los tiempos—. Tampoco eran tan excelsos...

No puedo pronunciar palabra, sigo leyendo «el hombre, un simple policía municipal, se hacía pasar por agente del CNI para deslumbrar a mujeres de pocas luces, a las que después pedía cantidades de dinero que oscilaban entre los 25 y los 800 euros. Con otras simplemente mantenía relaciones sexuales, aunque nunca completas». ¡Un chorizo de poca monta y encima impotente! ¡Mujeres de pocas luces deslumbradas por sus mentiras, como yo, la gran escritora!

Sé que Jorge habla porque abre y cierra la boca, y escucho su última frase:

—¡Ni te debes acordar de aquel tío pirado! ¡Eres tan promiscua!

Voy a decirle algo, pero al fin le tiro el periódico al pecho y salgo corriendo del bar sin despedirme, solo oigo su:

—Pero, Pilar, ¿qué mosca te ha picado?

Corro hasta que doblo la esquina. Ataque de asma. Miro el reloj, ya estoy llegando tarde a mi cita con el detective. Pero me apoyo en la pared, saco el móvil y escribo, «Aurélie, estoy muy desanimada, estoy sufriendo demasiado, temo caer enferma», y añado «no me creo nada», pero lo borro y lo sustituyo «es tan difícil de creer lo que usted me explica, ¿me jura por su honor que todo lo que me ha contado acerca de Sébastien es verdad?».

Lo de jurar por mi honor es un toque muy español que evoca duelos y a la *Carmen* de Mérimée, se sentirá impresionada.

Después apago el móvil, lo vuelvo a encender, «¿es posible que Sébastien se acuerde de mí todavía?». Apago, hago una inhalación con el Ventolín, aspiro fuerte y entro en un edificio que no tiene pinta de albergar algo tan misterioso como una agencia de detectives. Es una casa elegante, con portero de bata azul y plantas en el vestíbulo. El ascensor, antiguo y con los cromados muy brillantes, se mueve mucho, y yo estoy tan nerviosa que tengo un nudo en el estómago.

Quizás todo se aclare en unos momentos, me imagino al detective como un hada con una varita mágica y con poderes omniscientes. Me abre la puerta una chica joven vestida de negro con gafas y flequillo. Me hace esperar en una salita donde afortunadamente estoy sola. Oigo voces en el vestíbulo y me viene a buscar. Entro en un despacho clásico, con una mesa imperio de madera pulida, unos viejos archivadores y cuadros de caza en las paredes, conejos ensangrentados, un ciervo con una flecha clavada en el cuello y unas perdices destripadas sobre una mesa. El detective se levanta para recibirme y me adivina el pensamiento:

—Sí, son horribles, ¿verdad? Era el despacho de abogado de mi padre y no he querido cambiar nada, yo ni los veo, pero cuando vienen mis hijos, se ponen a llorar.

Se vuelve a sentar. Es más joven de lo que me imaginaba y tiene un aspecto despierto y simpático, sobre la mesa hay un pequeño crucifijo de esmalte. No ha querido que le contara nada por teléfono, y ahora tengo que desgranar de nuevo frente a él toda la historia:

—Y ya no sé ni quién es, ni cómo se llama, ni a qué se dedica, si me ha tomado el pelo con algún fin... —Lo miro tímidamente—. Si es verdad que... siente algo por mí.

El hombre se recuesta en el asiento con la mirada en el infinito y las manos juntas frente a él haciendo girar un pulgar sobre otro. Después se acoda con vigor sobre la mesa y me mira:

—Mire, aquí hay varios temas distintos. La cuestión del nombre es importante, al parecer podría ser falso...

—Sí. Lo he buscado en todas partes y no figura en ningún sitio. Aurélie no me negó que fuera falso...

—Pero él se inscribió en el hotel con ese nombre, y además había hecho la reserva desde hacia tiempo.

—Sí.

—Si ha utilizado un nombre falso para inscribirse en un hotel, eso implica que ha falsificado papeles, documentos, una identidad, es una operación de largo alcance realizada por personal especializado que mi agencia no está en condiciones de desenmascarar.

—¿Pero por qué? —pregunto con desaliento—. ¿Quién puede ser?

Se encoge de hombros:

—Solo hay dos posibilidades, que esté en el lado legal, y que forme parte de una unidad especial de las fuerzas armadas francesas, con lo que su identidad estaría protegida y sería un delito investigarle, o que esté en el otro lado...

—Que sea de los malos.

—Eso mismo, y tampoco estamos en condiciones de arriesgarnos. Tiene que ser una organización importante para montar este operativo.

No me atrevo a decírselo, pero él me ve dudosa, me anima a hablar y al final se lo cuento:

—El dueño de la marca de bañadores que lleva se llama Sébastien Pagès.

Levanta una ceja y se ríe:

—Tendré que reclutarla. ¡Menuda búsqueda más minuciosa! No sé qué decirle, es difícil que haya cogido el nombre de una persona conocida como tapadera, creo que es una coincidencia.

—¿Pero a qué fue a Llafranc?

Abre las manos enseñándome las palmas y suspira:

—Estamos en el terreno de las hipótesis. Como tenía la reserva desde hacía meses, creo que fue a Llafranc con algún cometido concreto. —Me pide silencio alzando la mano—. Sí, con su hija, es una buena forma de disimular y no tenemos por qué pensar que era una misión que entrañaba peligro.

—Pero ¿yo qué pinto en todo eso?

—Quizás se sintió atraído por usted, ¡al fin y al cabo estas personas son humanas! —Me mira de arriba abajo halagadoramente—. Esa vida irregular conlleva mucha soledad, y al conocerla tuvo que improvisar una personalidad falsa, no le costó quizás creyendo que la cosa no pasaría de una noche, pero...

Estoy cogida al borde de la mesa y más que escuchar me estoy bebiendo sus palabras:

—Pero....

—Al... —no se atreve a utilizar la palabra enamorarse— complicarse la cosa, tuvo que seguir adelante con la simulación y fue cuando se compró el teléfono en Palafrugell...

—¿El teléfono solo lo tiene para hablar conmigo?

—Sí. Debe de ser un móvil de tarjeta prepago imposible de rastrear, para todo lo demás quizás tenga otros teléfonos.

—En el hotel me dijeron que no llevaba ninguno y se comunicaba por el fijo.

Sonríe:

—Eso es difícil de creer.

—Pero Aurélie...

—Supongamos que Sébastien hubiera tenido de verdad que irse a Siria, aquello es el centro neurálgico para todo tipo de trapicheos, ¡con las guerras se hace mucho dinero! Aurélie puede ser una cómplice, una amiga, su secretaria... No lo sabemos.

Me desinflo, veo que no he sacado nada en limpio. Insisto aún:

—Pero tengo fotos de él, sé que vive en Montpellier...

—¿Está usted segura?

—Lo dijo delante de su hija, dijo eso y que se llamaba Sébastien...

—Si lo dijo delante de la hija, debemos suponer que ambas cosas son ciertas, quizás es el apellido el que es falso, Pagès.

Me levanto. El hombre me ve tan hundida que al final me propone:

—Mire, yo no tengo potestad para intervenir en asuntos en el extranjero, me quitarían la licencia, sería para mí muy peligroso, lo que sí puedo hacer es intentar pasarle el caso a algún colega mío francés, de confianza, a poder ser del mismo Montpellier. Incluso podríamos hablar con él en videoconferencia. Déjeme disponerlo y ya le diré algo.

Asiento y cojo el billetero para pagar, pero él me retiene y me dice:

—Ya lo arreglaremos el próximo día. Traiga las fotos y todo lo que tenga sobre él. ¿Lo vio pagar alguna vez? ¿Sabe si utilizó tarjeta de crédito o dinero en efectivo?

Intento recordar, la primera noche, en el Gitano, ¡no me fijé! Niego con la cabeza y me dice:

—Bien, es igual, lo lógico sería que si está usando una identidad falsa utilizara euros y no tarjeta.

Me acompaña a la puerta, que abre él mismo, se da cuenta de lo desmoralizada que estoy y me estrecha la mano con calidez:

—No quiero desanimarla, no sé si su... amigo es agente, traficante, militar o delincuente, podría estar en Siria o en Montpellier, lo único que sé es que le ha mentido y por mi larga experiencia le diré que detrás de todo esto suele haber un hombre casado con ganas de vivir una aventura... No se lo tome demasiado en serio.

La voz me sale cavernosa cuando le pregunto:

—Pero ¿por qué? Es un hombre muy atractivo, ¡no necesita montarse toda esta película para ligar!

Vuelve a cerrar la puerta y se acerca:

—Mire, no tiene más remedio que mentir sobre sí mismo, y además, ¿sabe usted cuál es el órgano sexual más grande que tenemos? ¡La imaginación! Su trabajo le obliga a llevar una doble vida, le resulta difícil mantener una relación y en usted ha encontrado la horma de su zapato, una mujer imaginativa, escritora... —Me asombra que hasta este momento no haya aludido a mi condición de famosa, yo creía que no me había reconocido—. Si hubieran continuado juntos, quizás ya habrían roto, pero así han conseguido mantener la..., el interés...

¡Pero qué basura de plan es ese! ¡No quiero eso! ¡No quiero que todo sea una farsa como la de esas pobres infelices de internet embaucadas por hombres sin escrúpulos! ¡O esas mujeres de pocas luces que entregan cincuenta euros a un policía municipal que ni siquiera se las tira! Estoy a punto de llorar. El detective abre la puerta y me empuja cariñosamente:

—No me haga caso, ¡me he vuelto muy cínico! Espere usted a que hablemos con este compañero, creo que él podrá aclararle muchas incógnitas.

Un hombre casado, un juego, una historia vulgar para contar a los amigotes espías, agentes, traficantes o músicos hawaianos. Soy la gran estafada. Hundo los hombros, miro al suelo porque quiero pasar desapercibida como una mendiga, como un perro sarnoso, la gente me señala por la calle, ahí va esa desdichada, la timada, miradla, podéis pisarla si queréis, o escupirle. Aborto del infierno, vieja, jubílate. Fea.

Enciendo el móvil y veo que Aurélie me acaba de enviar un mensaje. Me paro para leerlo con cansado escepticismo y la gente me empuja, un chico me da tal golpe con la mochila que casi me tira al suelo, ¡no me doy cuenta! «Señora, usted me pregunta si todo es verdad y yo le juro por mi honor que sí, ¡qué más quisiéramos que fuera mentira!», yo pienso qué decir y al fin tecleo tercamente, pero sin esperanzas: «Pero ¿me ama?». La respuesta se demora, aunque veo que está conectada, al final puedo leer, «mire, me había jurado a mí misma no decírselo, pero piense que Sébastien y yo tenemos mucha confianza, somos muy amigos», estoy expectante, no escribo nada, y Aurélie me pregunta «¿fueron a la playa, verdad? ¿De noche?». «Sí.» Otra pausa, *escribiendo escribiendo,* «no sé qué pasó, pero me dijo que lo que le había hecho sentir usted no lo había experimentado nunca, ni con sus tres mujeres, ni con nadie, ¡le cambió hasta la voz cuando me lo contaba!». Me sube una risa trémula por la garganta, Aurélie sigue escribiendo, «yo lo acompañé al aeropuerto cuando se fue a Damasco [sí, sí, oí su voz, Aurélie ¡creo que la oí!], se puso a hablar por el móvil y cuando colgó vi que lloraba, ¡es la primera vez que lo he visto llorar!, ¡en veinticinco años! Le pregunté qué le pasaba y me dijo que tenía miedo porque ahora que la había conocido no quería morirse, ¡quería vivir por usted!, ¡tiró el paquete de tabaco al suelo de rabia y la emprendió a puñetazos con los carros de equipaje!». Yo sigo leyendo con los ojos abrasados, Aurélie persiste, «me reconforta pensar que lo que siente por usted lo obligará a luchar. ¡Sébastien, por encima de todo, quiere volver a su lado! ¡Estuvo con un colega cuatro días antes de desaparecer y no dejó de hablar de usted! ¡No hacía más que decirle, es el amor más grande!». «¿Cómo?» «Y, mire, me hizo un encargo, no se lo iba a decir para no molestarla porque sé que está muy ocupada, me pidió que solicitara plaza para Amandine en el Liceo Francés de Barcelona.» Yo contesto «¡¿qué?!» en voz tan alta que todo el mundo me mira. «Sí, ayer llamé, hablé con la responsable, madame Bernat...», ¡sí, madame Bernat, esa antipática, la conozco!, «y ya la he apuntado en *sixième*, empezará después de Navidades». No me salen las palabras de los dedos, los tengo tan rígidos como si llevara guantes de boxear; al final pongo un estúpido, «sí, sí», pero ella no lo lee y termina, «yo le mantendré informada de todo, señora, no lo abandone, la necesita a usted para sobrevivir». Y después, «por favor, no lo abandone, que tenga usted una buena tarde».

La alegría de vivir me inunda toda, aunque estoy llorando, yo también estoy llorando. No lo voy a abandonar, no voy a dudar más de él, qué cobarde soy, qué bruja amargada soy, callad todos, solo te dejo hablar a ti, muchacho de color, Stromae, solo tú me entiendes:

Formidable.
Tu étais formidable, j'étais fort minable.
Nous étions formidables.

Soy yo toda entera el pueblo elegido, me miro la mano y me la beso por él, me subo la manga y me beso el brazo, mi rostro resplandece, las personas con las que me cruzo sonríen también, un hombre me silba, unas mujeres se quedan embelesadas mirándome:

—Es usted mucho más guapa en persona que en la tele, ¡y qué joven!

Un halo impalpable me protege, solo me toca esperar su regreso.

Tendré que recuperar todas las canciones francesas que le cantaba a mi hijo cuando era pequeño. Amandine, princesa de Montpellier y Barcelona, llámame mamá.

Formidable.

Pero de repente empiezan a pasar cosas. Todo a la vez.

Rompe a llover, y me llama Santi y me pide disculpas por su actitud de antes:

—No sabía que era tan importante para ti. Carla me ha contado todo, no te preocupes, voy a ayudarte.

Cuelga antes de que pueda decirle:

—No, no, me da igual todo, ya está, me ama, no lo voy a abandonar.

Me llama el detective. Que ya ha contactado con un colega de Montpellier y el martes por la mañana tenemos una videoconferencia con él desde su despacho. Estoy a punto de anularla, pero como no sé qué disculpa dar, acepto, claro que es un hombre acostumbrado a detectar los estados de ánimo de sus clientes, y me debe de sentir la voz distinta, porque me pregunta:

—¿Ha tenido usted alguna novedad? ¿Ha pasado algo?

Estoy empapada, no me atrevo a decirle que no me importa lo que me diga su amigo o el lucero del alba, que no lo voy a abandonar y que en la playa le hice sentir lo que no había experimentado en la vida, y contesto con un sobrio:

—No, no, el martes estaré ahí, muchas gracias.

El mundo conspira para que yo no lo ame, pero no me voy a dejar.

¡Estoy acostumbrada a convivir con las dificultades!

Aunque hay una cuerda dentro de mí que suena distorsionada y me avisa, cuidado, Pilar, pero finjo no advertirla, ¡es mi turno de ser feliz! Subo en el ascensor dejando un charco de agua en el suelo, me bajo el jersey y me beso en el hombro y en el hueco del codo y después beso la pulsera, y mi hijo viene a la puerta a recibirme sin aliento y me dice:

—Se me ha ocurrido llamar a tu amiga Mari Luz Barrantes porque he leído que está preparando un programa sobre desaparecidos. —Interpreta mal mi mirada de asombro—. He buscado el número de la productora en internet. Dice que le interesa mucho el tema de Sébastien para el primer programa, que la llames, que la vais a armar gorda.

11

Lleva días lloviendo de forma imperceptible, como si el otoño todavía no se quisiera tomar en serio a sí mismo, las calles amanecen mojadas bajo un cielo ligeramente encapotado, y de pronto aparece un sol ingenuo y limpio que saca aristas de brillos al suelo pero que ya no se toma la molestia de calentar.

La exposición de Leo se celebra en una antigua fábrica de corcho de Palafrugell, situada en una plaza de piedra, que había pertenecido a los abuelos de Camila y que hace poco compró el ayuntamiento por una cantidad secreta. Es el último festejo de la temporada. Nos separaremos sin despedirnos, como ladrones, como si nos fuéramos a ver al día siguiente:

—Adiós, adiós.

Pero todos sabemos que echaremos el cierre de nuestras casas y que por muchas promesas que hagamos de venir en invierno, este año sí, seguro, no regresaremos hasta que vuelva el buen tiempo.

Leo recibe en la entrada junto a Camila, que se considera un poco concernida por el evento y enseña con un ademán elegante de sus dedos que sostienen un purito colombiano, «ahí dormían mis padres», «aquí solía merendar Alfonso XIII cuando venía de visita», y te señala las alturas:

—¡Ahí anidaban las cigüeñas!

Yo creo que todo esto son recuerdos inventados, pero, como visten mucho, los aceptamos con agradecimiento y cierto respeto. Leo lleva las manos manchadas de pintura, la trenza descuidada, y se ha echado encima una especie de bata monacal, pero yo sé que todo le queda de puta madre porque ha estado largas horas escogiendo cuidadosamente su atuendo. Se lo probaba en casa y Carla y yo le decíamos con aire aburrido:

—Sí, sí, te queda muy bien.

No les he querido contar nada a mis primas, pero yo hoy me he levantado con una horrible premonición de desastre, con todos los miembros cubiertos de sudor frío y la faringe convertida en una barra al rojo vivo. Sébastien sigue sin aparecer, pero hay algo más que me asusta y que aún no sé qué es, adivino que se me echan encima tiempos duros, ¡descifro el futuro en el aire! He tomado sal de frutas, Red Bull, Almax, omeprazol y después un ibuprofeno. ¡Todo lo que me pasa desde que conozco a Sébastien, el gozo, las decepciones, la euforia, el abatimiento, el amor y la pasión, se resume en una frase: sufrir como una bestia!

Pero tengo que reconocer que al menos cuando sufres no crecen las anémicas florecillas del hastío, y la vida duele, pero es interesante.

Hay prensa local, e incluso mi periódico ha enviado a un fotógrafo que no hace más que decir:

—¡Qué *glamour*!

También:

—Las copas ¿cuándo se sirven?

Y luego me pregunta en plan cómplice, ya que los dos al fin y al cabo somos periodistas:

—¿Y qué pijada es esta?

Yo le contesto con frialdad:

—Es mi prima.

Se atraganta con una aceituna y me dice:

—No te creas, los cuadros me han parecido muy buenos.

En la plaza no se puede aparcar, y las mujeres llegan tambaleándose sobre los vertiginosos tacones que este año vuelven a estar de moda y que tan incompatibles son con el maldito empedrado. ¡Y con la maldita vida humana en general, pero eso a los malditos diseñadores les importa una mierda! Las mujeres llegan con hombres, claro está, pero los hombres dan un poco igual en este acto, porque se nota que han venido por obligación conyugal, y se ponen a beber vino y a hablar de fútbol, alguno incluso quizás mirará los cuadros.

No, no, eso es pedir demasiado, tampoco nos pasemos.

Yo me siento sobre el muro bajo que rodea la plazoleta. Un poco más allá, comiéndose las uñas, está un muchacho en el que reconozco a Kevin, el criado/amante de Camila. No me presta atención, y después, cuando termina con las uñas, parsimoniosamente se pone a liarse un porro.

Bebo una copa de vino, estoy en mi nube particular en la que solo hay sitio para mí y para Sébastien. ¡Qué profundo aburrimiento me causa todo lo que no sea él! Llevo el móvil en el bolsillo y lo repaso con el dedo como si fuera ciega y estuvieran grabados en braille los últimos mensajes: «lamentablemente no sabemos nada de Sébastien... No hay noticias, no lo hemos encontrado, nadie lo ha reivindicado, lo siento, señora, mucha fuerza». Yo le he contestado con un poema de Vicente Aleixandre para que lo lea cuando regrese:

Te amo sueño del viento
confluyes con mis dedos olvidado del norte
en las dulces mañanas del mundo cabeza abajo
cuando es fácil sonreír porque la lluvia es blanda.
En el seno de un río viajar es delicia
oh peces amigos decidme el secreto de los ojos abiertos.

Me he hecho una foto vestida de calle, con mi pantalón tejano, mi jersey de cachemir, mi rostro de invierno, y le he dicho, perdón, Sébastien, por abandonar el verano, por volverme blanca, por alejarme del mes de agosto y de nuestros besos... perdóname hombre alto del norte por doblar meses, por no saber el secreto de los peces, por vivir días en los que tú no estás... Hablo sola:

—Perdóname.

Alguien me saluda desde la entrada, me sorprende ver que es el detective, supongo que Carla lo ha invitado. Va con su mujer, me doy cuenta de que es la morena del flequillo que me abrió la puerta el primer día. Me avergüenza verlos.

La verdad es que la última vez que estuve en su despacho no hice un gran papel. Lloré, pataleé, insulté, maldije, le manché el cuello de la camisa.

Fue el martes de la semana pasada, hace ya diez días. Por la mañana. Teníamos una videoconferencia con el colega de Montpellier:

—Es el mejor, ha sido policía durante muchos años y conoce toda la zona al dedillo. Es de confianza, muy legal. Ya le he puesto en antecedentes.

Yo pregunté con miedo:

—Pero ¿le ha dicho algo? ¿Ha averiguado alguna cosa?

Rehuyó mi mirada y me hizo pasar a una sala donde

había instalada una gran pantalla de ordenador, y se puso a manipular el teclado. Me senté y saqué del bolso los escasos datos sobre Sébastien que poseía, el número de teléfono y sus fotos. Había hecho unas copias sobre papel de gran tamaño. Sí, las mismas que tengo ahora frente a mí.

No, no las he destruido. Todavía sigo amando a Sébastien, el de entonces, el que habitaba dentro de mí, ahí sigue, te amo, sueño del viento. Y al de ahora, confluyes en mis dedos en las dulces mañanas cabeza abajo.

El aparato emitió unos sonidos y de pronto apareció en la pantalla un hombre con el pelo cortado a cepillo, nariz aplastada, aspecto de boxeador y expresión muy seria, casi severa. Iba vestido con una camiseta bajo una chaqueta negra que parecía irle pequeña y mantenía los puños apretados sobre la mesa. Empezó a hablar sin presentaciones:

—Buenos días, señora. Mi colega ya me ha explicado el asunto, y en resumen lo que usted quiere es que localice a una persona.

Me aclaré la voz:

—Sí, a Sébastien Pagès.

Una leve sonrisa pasó por su rostro impasible:

—Supongo que no se referirá a nuestra gloria local, el jugador de rugby Sébastien Pagès.

Solté una risa seca como un ladrido:

—No, no, claro, lo he rastreado de todas las formas posibles, incluso he llegado a pensar que quizás no sabía deletrear el nombre, pero la conclusión a la que he llegado es que el apellido es falso...

El francés, mientras yo hablaba, mantenía la mano levantada como los niños en el colegio, parecía no prestarme mucha atención, en un momento dado incluso dijo una palabra a alguien fuera del encuadre. Al final tuve que callarme y preguntar:

—¿Sí?

—Señora, antes de iniciar cualquier búsqueda, tengo la obligación, según nuestro código legal, de hacerle una advertencia.

Me giré con extrañeza hacia el detective español, que mantenía la mirada fija de una forma algo forzada. El francés prosiguió, impertérrito:

—La ley nos obliga a prevenir al sujeto investigado, a preguntarle si desea que sus datos le sean trasmitidos a nuestro cliente.

Me quedé pasmada, y pregunté:

—¿Y si se niega?

—Si se negara, yo no podría revelarle a usted ni siquiera que lo he encontrado. La única respuesta que usted obtendría sería, «el trabajo ha finalizado». Y está claro que, sea cual sea el dictamen, la minuta me será abonada, la mitad por adelantado, y el resto al final.

Yo fui a protestar, pero él prosiguió:

—Yo no sé con qué fines busca usted a esta persona, podría querer causarle algún mal.

Me asombró tanto que no me dio vergüenza proclamar a voz en grito:

—¿Algún mal, yo? ¡Si lo amo!

—Vale, correcto, usted no quiere dañarlo, pero él no quiere que usted lo encuentre, ¡y está en su derecho! ¡Tiene derecho a mentir si le da la gana! ¡Nuestra Constitución garantiza la privacidad de las personas!

—Pe...

Me cortó en seco:

—Es que aunque usted fuera su madre o su esposa, nosotros deberíamos avisarle, la ley protege a los mayores de edad que eligen desaparecer.

Vio mi expresión de desconsuelo y me dijo:

—Otra cosa sería si él le hubiera estafado, si le hubiera engañado para robarle, claro que entonces debería usted denunciarlo a la policía en lugar de acudir a un detective.

Yo negué con la cabeza, no podía hablar.

Me ha robado el corazón, pero eso no computa.

Él se encogió de hombros en un gesto muy francés que me recordó a Sébastien. Me hizo daño.

—Lo que usted diga, señora. ¿Quiere que inicie esta búsqueda, que no se qué resultado puede dar, y que si lo encuentro le pida autorización para comunicárselo a usted?

Miré al detective español, que parecía nervioso, fuera de lugar, me fijé en mis manos, la mesa... Si me había mentido, no querría que lo supiera, si no me había mentido se indignaría al ver que había desconfiado; por otra parte, dado el carácter de su trabajo, me podía acusar incluso de ponerlo en peligro. Tenía hijos pequeños, ¡quise ser pequeña también para no tener que tomar decisiones! De repente me dio vergüenza estar allí, airear nuestra historia, haber llegado tan lejos. Que unos extraños estuvieran debatiendo momentos tan íntimos de nuestra vida. Pilarita, date la vuelta, querida, querida, benditos sean los hombres que... ¡Eres bella!

Pilar, crece, hostias.

Bajé la cabeza, las lágrimas me resbalaban por las mejillas, sollozaba sin poder contenerme, y negué:

—No, no, no haga nada. No voy a contratarlo.

El hombre asintió sin expresar ninguna emoción, pero a pesar de eso añadió:

—Señora, lo que sí puedo decirle es que en todo Montpellier no hay ni una sola persona, además del que ya sabemos, que se llame Sébastien Pagès, ¡lo siento! Es la única información que puedo ofrecerle. Gratis.

Empezó a recoger unos papeles que tenía delante y se puso el bolígrafo en un bolsillo interior de la chaqueta. Yo bajé los ojos, vi las fotos de Sébastien desparramadas sobre la mesa, y presa de un ataque súbito, levanté una y la enseñé a la cámara, mirando al hombre fijamente. Era la foto en la que estábamos los dos. El francés levantó la vista, miró la imagen y noté que se sobresaltaba. De forma casi imperceptible. ¡Pero estuve segura de que lo había reconocido! Sin pronunciar palabra, levanté la otra, en la que Sébastien estaba fumando con los ojos cerrados. Y entonces sí que negó furiosamente con la cabeza:

—Señora, no me haga esto. ¡No puedo decirle nada!

Lo acusé:

—Lo ha reconocido.

Con brusquedad, se puso en pie, hizo gestos cruzando las manos por delante de su rostro y se cortó la comunicación. Le dije al detective:

—Estoy segura de que lo ha reconocido.

Tímidamente, él me rebatió:

—Yo no he notado nada..., creo que se lo ha figurado.

Me puse a llorar, una catarata incesante de tristeza, gemí:

—Es todo tan difícil. ¿Por qué todo, a mí, me cuesta tanto?

Di una patada a la mesa, a la silla, al suelo, el detective me abrazó torpemente, me golpeó suavemente en la espalda, yo lloré contra su camisa impoluta, me sequé los mocos con la solapa de su chaqueta, él solo decía:

—Calma, calma. —Al final se separó, me miró a los ojos y me consoló compasivamente—. No sabemos con certeza lo que ha pasado, ¡pudiera ser que todo fuera verdad!

La esperanza asomó su cabecita sonrosada por el horizonte, sorbí mocos:

—¿Pudiera ser que fuera verdad que está secuestrado, que quizás está siendo sometido a torturas y que quizás muera?

Él no pudo evitar reírse. Yo lo miré desconcertada, pero al fin me puse a reír también y los dos nos quitamos la palabra de la boca, infantilizados por la tensión que acabábamos de pasar:

—Sí, sí, no se preocupe. ¡Quizás estén torturándolo en estos momentos!

—Yo creo que le deben quedar tres horas de vida. Soy feliz, no me ha engañado, ¡va a morir!

Nos reímos y nos reímos locamente, y después él se puso serio y me dijo:

—Mire, fuera bromas, puede ser verdad. —Y a continuación, muy suave—: Y por la experiencia que tengo en secuestros, le puedo decir que en esas circunstancias las víctimas no hacen más que pensar en su último... afecto. Si él había empezado a quererla cuando se fue, ahora, cuando regrese, su amor habrá crecido hasta límites que usted ni se imagina.

Cuando salí a la calle el viento en el rostro era exaltante, pero yo ya apenas miraba nunca a mi alrededor porque siempre mantenía los ojos clavados en el móvil, único cordón umbilical que me unía a Sébastien. Aunque los mensajes de Aurélie eran monótonos, no aportaban nada nuevo, «no sabemos nada, no tenemos noticias, lo siento, señora...». Por las noches me quedaba despierta hasta el amanecer escribiendo frases de añoranza, de tristeza, recordando minuto a minuto las tres noches que estuvimos juntos. Me decía, querida, querida al oído. Tenía las yemas de los dedos endurecidas y a veces me chupaba el pulgar sin darme cuenta de lo que me dolía.

Fueron tres noches. «Date la vuelta», «no respires», «Casiopea», los dos barcos, sus manos, oh, sus manos. Me estremezco, mi cuerpo pide a gritos sus manos, se acerca mi hermana, lleva un sari indio de color turquesa y se mueve con la elegancia de una begum. Me mira escrutadoramente:

—¿Estás bien? ¿Qué haces aquí? —Señala la sala—. Todo el mundo está dentro.

Me encojo de hombros, asiento en silencio. No sé qué decir, entremos. Los cuadros de Leo están iluminados por reflectores blancos que salen del techo, y son violentas manchas casi obscenas, estallidos de colores que no existen en la naturaleza, y aun así, consiguen reflejar la fuerza misteriosa de los mares.

Hay mucha gente. Se forman grupos dando la espalda a los cuadros, que parecen llamarnos:

—Eh, eh, estamos aquí, exponiéndonos.

Pero deben llamar muy bajito, porque nadie les hace caso, aunque algunos llevan el círculo rojo que demuestra que ya se han vendido.

Estamos en una época de transición y un ligero bronceado queda todavía sobre las mejillas ajadas por tanto sol, pero hay que esperar un poco para someterse a los cuidados de los médicos de estética, se combinan sandalias con botas sin términos medios, y la actriz Teresa Gimpera es la única que va impecablemente peinada. Kim, el dibujante de *El Jueves*, me da dos besos y me presenta a su última novia, que debe de tener la edad de mi hijo. Tengo ganas de presumir:

—Mi novio también es más joven que yo.

Kim mira a nuestro alrededor con cierta sorna:

—¿Tu novio viene a ser como... el amigo invisible?

—Capullo..., está... —¡Cómo voy a decir secuestrado en Siria!—. Fuera, es extranjero.

Me mira con escepticismo.

Me encuentro a una amiga del colegio que se empeña en averiguar la edad que tengo, «tú ibas a la clase de mi hermana mayor, a ver, ella tiene tres años más que yo...», y solo se calla cuando le tiro una copa de vino (tinto) por encima:

—Oh, perdón, no lo he hecho a propósito.

Con los dientes apretados y mirada de odio, masculla:

—Ya me figuro, no te preocupes.

Intenta limpiarse con un pañuelito diminuto su carísimo vestido Etro. ¡Zorra, haberte callado a tiempo! Levanto la copa y la observo a través del cristal, su cabeza se alarga en plan Marichalar, extiendo la mano para tocarle algo que le brilla en el cuello. Se aparta bruscamente y me pregunta con voz siniestra:

—¿Qué pasa ahora?

A duras penas contesto:

—Qué fular más bonito.

No sé por qué lo digo, lo encuentro espantoso y deprimente. Ella, momentáneamente aplacada, se lo desanuda para enseñármelo:

—¿Te gusta? Es de la última colección, ¿ves? Los toros de Altamira. En la tienda te dan un libro de instrucciones para atártelo con gracia.

Despliega el pañuelo, en tonos lilas y amarillos, y lo tiende sobre su pecho:

—Me lo ha regalado...

—¡Tu marido!

Me mira creyendo que me burlo y se va a secretearle a mi hermana, que luego me lo cuenta riéndose:

—Qué rarita está Pilar, ¿no? El éxito se le ha subido a la cabeza.

Éxito, qué barato te vendes este año.

La pequeña sala está tan llena que tienen que abrir puertas y ventanas, el ruido es ensordecedor y las voces graves de los hombres se mezclan con las risas de las mujeres y el chillido de esos niños que siempre aparecen en este tipo de actos para adultos acompañados por unos avergonzados padres que te advierten retadores:

—Es que no teníamos con quién dejarlos.

Yo tengo ganas de gritarles:

—Muy fácil, ¡pues no haber venido! ¡Vuestra presencia tampoco es tan imprescindible!

Pero sonrío y me muestro extasiada:

—Qué bien, son lo mejor de la vida, qué importa.

Y lo curioso es que esta cínica lo dice de verdad, porque los niños me gustan mucho.

No, perros no ha traído nadie. *Fender* se ha quedado en casa y ni siquiera ha bajado del sofá, porque sabe que cuando hay ruido de tacones y olor a perfume no le toca salir, para él están las zapatillas cómodas y el estilo contenedor.

Martín, el textilero, va precisamente con su nieta, que se coge de sus piernas con el pulgar metido en la boca mientras observa ese raro mundo de gigantes. Está hablando con alguien que me suena mucho. Cuando nota que los observo, se acerca:

—Hola, Pilar.

Es el hombre casado que me hacía sufrir antes de conocer a Sébastien:

—Hola, Paco.

Me mira como me hubiera gustado que me mirase en aquellos meses en los que él era el objeto de deseo y yo la pobre estúpida que esperaba todo el día su llamada, ¡sí, aunque parezca imposible, hubo un tiempo en el que creí que estaba enamorada de él!

Sonrío con suficiencia ante aquella Pilar que pensaba que eso era amor. ¡Pobre infeliz, con su pobre enamoramiento de tres al cuarto! ¡Pasión de chichinabo! ¡Menos que una piedra de mechero!

—Te he echado mucho de menos.

¿Mande? Sí, ahora me mira como me hubiera gustado entonces, ¡pero qué poco me importa! Me aburre, que te quiera aquel a quien no quieres es el asunto más tedioso del mundo.

Sin apartar los ojos, me susurra:

—He venido con Merche, pero si te apetece le digo que se vaya y me quedo contigo.

¡Cuánto hubiera dado por oír esta frase hace tan solo tres meses! Sonrío tristemente. La victoria no me sabe a nada, al contrario, me avergüenza, porque degrada mi amor por Sébastien. Con la piel enrojecida, los capilares de la nariz a punto de estallar y la respiración jadeante, se acerca más, me arrincona, me coge la mano y se la lleva a la entrepierna:

—Te deseo, ¡mira cómo estoy!

Me aparto con repulsión como si hubiera tocado un bicho viscoso e inmundo, me llevo el dorso de la mano a la boca y retrocedo:

—Ah, qué asco, qué asco, aléjate, ¡qué asco!

Restriego la mano en el vestido, en la pared, en el mantel, Paco mira a un lado y a otro para ver si alguien se ha dado cuenta, yo le grito:

—¡Qué asco! —me arrancaría la mano que ha notado ese bulto blando y repugnante—, vete de aquí, lárgate, qué asco.

—¡Qué loca estás!

Su voz tiene ribetes de rencor asesino, sé que no me va a perdonar nunca, se siente humillado, la gente le mira con extrañeza, si fuera perro huiría con el rabo entre las piernas, coge a su mujer y sale corriendo.

Sébastien me ha dejado inservible para todo menos para quererle.

Tengo el corazón petrificado. ¡No puedo escribir, no puedo amar a otro! Han dejado de gustarme los hombres, solo quiero ser tuya, Sébastien, qué gran putada me has hecho en el fondo.

Apuro una copa después de otra, mi estómago se convierte en un ring de lucha libre, por un lado el alcohol, por el otro las pastillas y el Red Bull, me apoyo en la pared para no caerme, me palpitan los pulsos, frases sueltas van subiendo hasta el techo como las volutas del humo de los cigarrillos que, a pesar de estar prohibidos, algunos fuman, «la barca la sacamos del agua y la dejamos en un depósito en Palamós», «abrimos la casa de la Cerdaña el mes que viene», «aun no me he comprado ropa..., espero adelgazar un poco», «me he apuntado a Pilates», «me he apuntado a Zumba», «me he apuntado a dominó», «estudio historia del arte por la universidad abierta, sí, esa de internet», «voy a un taller de escritura. ¿Dónde te crees que han aprendido a escribir todos los que ganan premios?», «la infanta es clienta suya». Dejando un rastro de bandejas derribadas, Ricardo se echa encima de mí con un gran abrazo de oso y me musita al oído:

—¿Cómo va nuestro libro?

Finjo optimismo:

—*Bodito*... —me rehago—. Muy bien, ya llevo 20.000 palabras...

No he pasado de las dos frases del primer día. Me coge en brazos y me hace brincar con él, qué manía tiene este tío con saltar, me mareo y estoy a punto de soltarlo todo por la boca:

—¡Lo sabía, lo sabía! —Y baja la voz—. ¿Qué? No has escrito nada, ¿verdad?

—No.

Se encoge de hombros:

—La verdad es que me importa una mierda, lo voy a enviar todo a tomar por culo. —Cambia de tema bruscamente—. Mira a Pitina ligando con los camareros.

Miro a su mujer que está hablando con un muchacho con aspecto árabe; bajo la voz hasta un susurro confidencial:

—Ricardo, en realidad no es camarero, son amigos míos, en la vida normal son jeques árabes.

Ahmed y sus camaradas se están ganando una paga extra sirviendo en el vernissage. No son muy diestros, ya se han roto muchas copas y los he pillado varias veces bebiendo a morro de las botellas, pero le ponen buena voluntad y todo son sonrisas blancas. Lidia ha elaborado el pica pica en su pequeña cocina, ha trabajado toda la noche.

Mi hijo se coloca a mi lado y, como es tan alto, debe inclinar la cerviz para preguntarme:

—¿Qué? ¿Alguna novedad?

Sin pronunciar palabra, para que no note que se me traba la lengua, abro el bolso (Vuitton, por supuesto) y le enseño a escondidas el último mensaje de Aurélie, «tenemos que estar preparados para lo peor». Medio se enfada:

—Mamá, he vuelto a hablar con Mari Luz Barrantes, te espera para montar el primer programa, llámala esta noche sin falta, a qué esperas, joder. —De pronto se le ilumina la cara—. ¿Sabes quién es ese pibón?

Una chica muy alta, atlética, con mechas californianas y que desprende luz a su paso, se acerca, se inclina sobre mi hijo y le da un casto beso en la mejilla:

—Hola, primito.

Saludo a la anciana de treinta y dos años pronunciando cuidadosamente:

—Hola, Carlita, creo que por aquí no se te ha reconocido.

Papá se ríe apaciblemente del embobamiento de su nieto, que pierde por unos momentos esa seguridad en sí mismo tan apabullante y tartamudea como un adolescente cualquiera:

—Ostras, qué cambiada estás.

La hija de Carla se ríe rebosando juventud y le dice entornando los ojos con malicia:

—Pues tú no has cambiado nada desde que hiciste la primera comunión... la misma cara de alelado.

La escucho asustada. ¡Le ha llamado alelado a mi hijo! ¡Cómo se ha atrevido! ¡Él, que si oso pedirle que recoja su habitación me dirige unas miradas tan aterradoras que preferiría tirarme en parapente o ir en coche con Ortega Cano antes que volver a soportarlas!

Pero mi hijo se pone a reír a carcajadas como si lo que hubiera dicho Carlita fuera lo más gracioso del mundo, yo aprovecho para reírme un poco de él también, ¡soy humana! Y así, riéndonos los tres como tres estúpidos, nos encuentran Carla y Santi. Nos besamos en el aire; tanto beso, tanto beso, al final nos vamos a contagiar alguna enfermedad. Mi hijo le dice a su prima:

—¿Pillamos unas birras?

Yo, todavía riendo, le digo:

—Va, vete, sí, sí, ¡alelado!

Pero se gira furiosamente hacia mí y en voz tan baja que solo lo oigo yo, me dice con una ira en la voz que me deja temblando:

—¡Tú! ¡No te pases!

Y se van los dos rumbo a un futuro en el que yo ya no estoy.

Tantos años salvaguardando la pequeña isla de felicidad que formábamos mi hijo y yo, una isla pequeña y solitaria en medio del océano, a quién le importábamos, pero qué importantes éramos el uno para el otro. Pero bueno, ya está, eso se ha acabado. A la isla ha llegado una nueva ocupante y lo próximo será que de un puntapié los dos me echen a los tiburones.

O quizás el barco de Sébastien venga a buscarme y:

Qué felices seremos los dos...

Miro mi copa, meto el ojo dentro, está vacía, la levanto al trasluz, sí, vacía, completamente, le hago una seña a Ahmed.

Carla observa soñadora a nuestros hijos:

—Qué buena pareja hacen..., tu padre lo decía siempre.

Ya, ya, pero a mí, puntapié que te crío y a la puta calle.

Más vino.

Santi carraspea, mi prima se apresura a comunicarme que:

—Santi se ha tomado mucho trabajo con lo tuyo —baja la voz—, lo de Sébastien.

Él me mira satisfecho, está acumulando méritos delante de Carla, ¡incluso ha comprado un cuadro! Yo le hago una especie de reverencia a lo moro, me toco el corazón y luego me doy un golpecito en la frente:

—*Salam alaikum.*

Ahmed me vuelve a llenar la copa y se echa a reír. Carla y Santi le tienden las suyas con humildad, ella incluso comete la bajeza de intentar sobornarlo recordándole que:

—Le he comprado varios bolsos a Lidia.

Pero no es suficiente, porque se debe de estar acabando la bebida, a dos botellas por camarero no hay catering que resista, Ahmed finge no verlos y pasa de largo. Santi se queda algo desconcertado, pero pronto se recupera tras un codazo de Carla:

—Mira, he estado preguntando un poco aquí y allí, ¡no quiero decepcionarte, pero la cosa pinta mal!

—¿Ya no me quiere?

Estoy ebria. Santi me mira a mí, luego mira a mi prima y pone sonrisa de conejo:

—Hombre, yo eso no lo sé, pero me han pasado datos en el ministerio, confidenciales, claro está. Y me han dicho que en el último año en Siria se han producido casi 3.000 secuestros y que la mayoría van para largo. —Consigue coger al vuelo una copa destinada a Camila—. ¡Y no todos son periodistas!

Yo mascullo:

—Sébastien no es periodista.

—¡Es que la mayoría de los secuestrados no son periodistas! ¡Se hacen pasar por periodistas, que es distinto! ¡Es una buena tapadera para los espías, agentes, traficantes, y como los terroristas lo saben, por eso secuestran a cuanto tío se hace llamar periodista!

Yo pienso que eso mismo es lo que ha hecho Sébastien, o sea que es un procedimiento habitual, no es tan grave entonces. Ahora pasan bandejas con unas patitas de pollo especialidad de Lidia, llevan la punta envuelta en elegante papel albal, nunca he entendido por qué las prepara así, quizás para que las cojamos a modo de sable y nos enzarcemos en una batalla mujer contra mujer:

—Eh, tú, cornuda esposa de Paco, aquí estoy.

Sería hermoso subirnos a la mesa, colgarnos de las lámparas y esquivar los cuadros sin dejar de cruzar nuestras espadas-pata vestidas con unos de esos trajes de esgrima apretados que lo marcan todo.

Creía que la conversación con Santi se había acabado mientras yo me iba por los cerros de Úbeda, pero me doy cuenta de que ahora está bajando la voz hasta el cuchicheo emocionado:

—En la frontera de Siria con Israel han secuestrado estos últimos meses a siete franceses. —Cuando ve que levanto la cabeza y me espabilo, me pide calma—. ¡No sé los nombres! Solo te puedo decir que la mitad han sido secuestrados por Al Qaeda y la otra mitad por grupos afines, muy peligrosos, incontrolados... Y el Gobierno francés ya está negociando.

Mientras calculo trabajosamente ayudándome con los dedos que la mitad de siete son tres y medio, él duda antes de proseguir, y al final me confiesa:

—Puede ser que algunos hayan muerto, ninguno de ellos ha podido enviar una prueba de vida.

Ahora sí que me quedo en blanco. Carla se da cuenta, me da un abrazo y me susurra al oído:

—No te preocupes, no hay nada seguro... Santi es un exagerado, le encanta darse importancia, todo lo ha sacado de internet. —Para consolarme, no duda en hundir a su novio—. ¡Si nadie le hace caso ya! ¡No tiene ningún contacto! ¡Es un pobre hombre! ¿Ves esos escoltas que lleva?

Miro hacia la puerta. Dos tíos vestidos de oscuro y con pinganillos en la oreja hacen guardia:

—Son los hijos de su asistenta, ¡dos infelices en el paro! ¡En la oreja llevan un chicle!

La gente se va de golpe. Ha venido José María, el dueño del Gitano, y, como el flautista de Hamelín, se ha llevado a casi todos a su restaurante prometiéndoles invitación a copas, música y la chimenea encendida:

—Es en plan testimonial, porque todavía no hace frío.

Mi hijo ha desaparecido con su prima y a mi hermana la acompaña a su casa Martín el textilero, que lleva a su nieta dormida en brazos.

Ahmed se acerca con la última botella de vino, la abre, me sirve una copa y luego él se pone otra. Brindamos.

—Está rico.

Me pasa un porro, chupo, lo miro con interés:

—Ahmed, me dijiste que tenías un camarada en Montpellier, ¿verdad?

—Sí, Hussein —se besa los dedos—. ¡Es como mi hermano!

—¿Y no podríamos organizar un comando para encontrar a una persona y secuestrarla?

Lo digo en broma, pero Ahmed me contesta muy serio:

—¿Cuánto estaría dispuesta a pagar?

—¿Cómo?

Pilar, ¿cómo vamos a secuestrar a Sébastien si ya está secuestrado? Esto sería un secuestro al cuadrado, iríamos a Siria y les diríamos a sus captores, señores, no se preocupen, que nos lo llevamos, pero no por eso va a perder su estatus de secuestrado.

Lo mantendría encerrado en una jaula hecha de tiempo, de esos tres días que pasamos juntos. Cuando llegáramos al tercer día, volveríamos a empezar por el primero y así hasta el final de nuestra era.

—¿Cuánto cuesta?

Ahmed se pone a reír a carcajadas y se levanta, ¡las mujeres están locas! ¡Por algo son seres inferiores! ¡Hala, menos conversación y a parir y a limpiar, que es para lo único que sirven!

Como si la hubiera llamado con el pensamiento, aparece Lidia a ayudar a recoger, alguien se ha dejado un sombrero y hay cuatro paraguas sin dueño. Leo y Camila llegan con otra botella agarrada por el gollete. Carla, como está con Santi, se ve obligada a mirarnos con algo de reprobación. Y envidia, ¡no le doy yo a este noviazgo vida más allá del otoño!

Leo, Camila y yo nos sentamos en el suelo. Santi dice, queriendo estar espiritual:

—Qué gran foto.

Pero luego rectifica, para ir a tono con el ambiente, añade:

—Quién fuera pintor.

Las tres entrechocamos las palmas de las manos como hacen los jugadores de la NBA y nos ponemos a reír estrepitosamente:

—*¡Banzai!*

Santi nos contempla primero desconcertado y después conmiserativo, y Carla se muere por reírse con nosotras, no sabe si reñirnos o no, y como no se atreve a tirarse al suelo, se inclina un poco. Nos susurra:

—Venga, chicas, qué hacéis, levantaos, vámonos al Gitano.

Leo me pregunta con la lengua estropajosa:

—Pilarita, tú eres escritora, ¿cómo se dice? ¿Carla, vete a tomar por culo, o Carla, vete a tomar por EL culo?

Camila se ofende:

—Oye, que yo también soy escritora. —Finge pensar—. Se dice, Carla ¡vete a la mierda y tu culo también!

Nos revolcamos por el suelo de risa y Carla se enfada:

—¡Qué final tan ridículo, con lo bien que ha quedado todo y con tanta clase!

Camila se lleva las manos a la cara:

—Ay ay ay, has dicho con tanta clase, ¡qué hortera!

La señalamos con el dedo:

—¡Hortera, hortera, hortera!

Carla finge enfadarse:

—¡Estoy tan cansada que ya no sé ni lo que digo! Con lo elegante que ha quedado todo. —Santi tira de ella—. Qué idiotas sois.

No nos podemos aguantar la risa. Carla también se ríe un poco, le gustaría quedarse con nosotras, y cuando Santi la coge con determinación por el brazo, protesta con malhumor:

—Ya va, qué prisas.

Camila le agarra el pie:

—Ven, boba.

Mi prima está a punto de caerse; se ve obligada a quejarse:

—Qué pesadas, dejadme.

Ahora soy yo la que dice:

—Imbécil.

Santi consigue al fin llevársela con aire de dignidad

ofendida, y Carla nos hace un guiño a sus espaldas. Pobre Santi, hasta pena me da. Leo levanta el dedo medio en dirección suya:

—Mierda seca. —Y nos mira lagrimeando—. Es que él no es artista..., no es como nosotras...

Nos abrazamos las tres, más que primas, más que amigas. Somos hermanas y si tuviéramos una navajita nos haríamos un corte y mezclaríamos nuestras sangres; gemimos:

—¡No es artista!

Lidia está cerrando las ventanas, Ahmed y los suyos, que no nos prestan atención, empiezan a apagar las luces de la sala, y en ese momento entra gritando un hombre:

—¡Leo, Pilar!

Se disculpa:

—No he podido venir antes. —Y añade crípticamente—: ¡Problemas familiares!

Es Rubén, mi vecino. No lo he vuelto a ver desde el día de la cena, quizás ha roto con su novia y vuelve a estar suelto. Camila y Leo se ponen de pie algo emocionadas por su aplastante masculinidad, porque Rubén tiene unos ojos centelleantes que a mí no me importan nada porque amo a Sébastien. Así que me quedo tan ricamente debajo de la mesa, prefiero no tener que hablar porque me siento la lengua tan gorda y seca como una toalla de baño.

A Rubén se le han escapado unos ricitos húmedos de la coleta y lleva una camisa estampada que le otorga un aspecto algo agitanado. Como también es pintor, nadie espera que compre un cuadro, pero aun así se pone a mirarlos con fingido interés alejándose un poco, con los índices y los pulgares de ambas manos forma un cuadrado a través del que contempla detalles concretos cerrando un ojo y emitiendo ruidos aprobatorios. Una vez despachado el enojoso asunto de tener que alabar a la competencia, se pone a coquetear con Leo y con Camila a la vez, las coge por los hombros, se ríen, se hacen fotos con los móviles, yo finjo hablar conmigo misma, me toco la punta de la nariz, hincho los carrillos, y al final Rubén desciende su mirada hacia mí y me pregunta:

—¿Y aquel francés que trajiste a la cena? ¡Mis amigas aún me preguntan por él!

Yo le señalo mientras le digo a Leo:

—¿Ves? ¡Él lo ha conocido, que te cuente cómo era!

Camila se enfurruña:

—Oye, que yo también lo conocí, ¡si salí con él y todo!

Pero Leo se burla de ella:

—Qué cara tienes, te lo encontraste por casualidad y habló más con tu... criado que contigo, guapa, que todo se sabe aquí.

Rubén, ajeno a este intercambio de florituras y queriendo halagarme, les cuenta:

—Las mujeres dijeron que estaba cañón; a mí me pareció un tío muy inteligente y un gran experto en temas colombianos.

Parpadeo. ¿Temas colombianos? ¿Lo qué?

Y Camila pregunta con suspicacia, a ella le van a hablar de Colombia:

—¿Ah sí? ¿En qué concretamente?

Y Rubén se explaya:

—Pues mira, me acuerdo porque luego pude ayudar a uno de mis sobrinos con un trabajo de la universidad, habló sobre el terror, los secuestros y la violencia institucionalizada. ¡Dijo que aquí solo veíamos el problema desde el punto de vista del gobierno! Y que olvidábamos las condiciones en las que vivían los colombianos pobres y el clima de corrupción.

Camila grita:

—¡Joder! ¡Claro, todo lo que le había sonsacado a Andrés Felipe! ¡Qué cabronazo! ¡Qué hijo de la gran puta!

Me mira con desprecio, casi me escupe:

—Menudo fantasma tu... Sébastien...

Canturreo. No le hago caso, estoy apurando los culos de las botellas, venga ese vaso, ¿tiene una colilla despanzurrada dentro? Intento quitarla. Rubén aparta sus ojos de mí, en el marco de la puerta se apoya Kevin, el chófer-amante, Rubén esto no lo sabe, claro está, pero algo debe advertirle su instinto de macho cabrío con muchas horas de vuelo porque prescinde de Camila y le pregunta a Leo poniendo ojos de conquistador de melodrama:

—¿Vamos a tomar la última copa?

Levanto el dedo porque yo también quiero, pero ninguno de los dos me hace caso. Leo le está contestando a Rubén echando mano de su voz más sensual:

—Que sepas que yo soy un caballo rebelde. ¡No ha nacido el jinete que me dome!

Rubén la jalea por lo bajo con las piernas separadas y las dos manos rodeándole la cintura a lo gitano:

—Serás yegua... desbocada, ¡preciosa!, ¡brava, como a mí me gustan!

—¡Sí, sí! —chillo desde el suelo levantando el índice—. No ha nacido... Y si una potra...

Intento acordarme de la canción de Julio Iglesias:

Y si una potra alazana...

¿Cómo era? ¿Era alazana la potra?

Potra...

A ver, potra sí era, pero lo de alazana...

Ya no me oyen. Rubén la lleva cogida de la trenza como si fuera una rienda y Leo va relinchando. Yo atrapo al fin la colilla, la miro, no recuerdo si hay que fumársela o bebérsela, y de pronto me viene a la memoria la canción completa, me pongo en pie y con el cigarrillo en una mano y en la otra el vaso, arranco a cantar con vozarrón de soprano:

...y si una potra alazana
caballo viejo se encuentra...

Una mano firme me coge por el brazo, y Camila me dice:

—Ven, Pilarita, te acompaño, así no puedes conducir.

Kevin se pone al volante y Camila se sienta a su lado, van en silencio, apoyo la frente contra el cristal frío, susurro:

Cuando le suelta la rienda
es caballo desbocado.

Al llegar a casa, Camila me pregunta:

—¿Quieres algo? Seguro que tus primas no vendrán a dormir.

Niego con el índice:

—No, no, no, Pilarita no quiere nada.

Camila se mete en el coche con una última recomendación:

—Acuéstate.

Subo las escaleras cantando:

—Nada, nada, nada. —Y después me señalo a mí misma—. Caballo viejo no quiere nada.

Caballo viejo hace buen caldo. ¿O era gallina vieja?

La palabra *comodín* es vieja.

Me tiendo en el sofá con el móvil al lado, *Fender* viene a olerme los pies, le comunico que será convenientemente paseado más tarde por ese joven que vive conmigo y su prometida y prima, tendrán que pedir dispensa al Papa si quieren casarse. Tecleo jovialmente con el índice y el dedo medio «¿hay novedad, chiquilla?». Aurélie tarda apenas unos segundos en conectarse y contestar, «señora, no sabemos si Sébastien está vivo o muerto», pregunto, «¿qué puedo hacer?», y me responde, «rezar el rosario».

Eh, ¿es una broma? De pronto se me pasa la borrachera, me siento en el sofá totalmente alerta, ¡el rosario que tengo en la cabecera de la cama! ¡El único que sabe eso es Sébastien! ¡Te pillé, Aurélie-Sébastien! Me pongo de pie, qué harta estoy. Hasta aquí hemos llegado.

¿Por qué lo hice? ¿Por qué no me quedé en mi ignorancia, que hubiera podido durar toda la vida? ¿No era feliz amándolo y sintiéndome amada? ¿Qué me importaba a mí la verdad? Oh, oh, así estoy, exhalando todo el día sonidos quejumbrosos que asustan a *Fender*.

Escribo, «Aurélie, he decidido ir a un programa de televisión en el que se buscan desaparecidos, voy a encontrar a Sébastien como sea». Largo silencio, y de pronto se atropellan los mensajes, huelo el miedo, noto el histerismo de la respuesta aunque venga escrita con medios mecánicos, «no, señora, por favor, podrían matar a Sébastien, no se le ocurra hacer nada», no espera a que conteste, «señora, se lo prohíbo terminantemente en nombre de Sébastien, es ilegal», y yo respondo audazmente, «Aurélie, sí, lo voy a hacer, la conductora es amiga mía y está dispuesta a dedicar un programa entero a Sébastien», otra vez «no, no, no lo haga, está prohibido, me despedirán, matarán a Sébastien, se acabará todo, piense en sus hijos, tiene cuatro», las frases inconexas se suceden una tras otra, «sus padres son ancianos, Amandine solo tiene doce años». Y yo, implacable, encabronada, como un ángel de venganza esgrimiendo la espada flamígera, «Aurélie, no me creo nada, usted me ha engañado, no sé quién es usted, no sé si existe». Silencio. Está conectada, pero no escribe. Sigo, ya lanzada por el despeñadero, «¿Sébastien está en Siria? ¿Existe usted?». Y la puñalada final, lo que quizás siempre he sospechado aun sin confesármelo: «¿O eres Sébastien?». Silencio.

Si hubiera reflexionado mínimamente, hubiera podido adivinar la verdad, era fácil, ¡lo más fácil del mundo! ¿Cómo no pude imaginarlo?

Pero todavía no sabía nada, y lancé el farol postrero, «he contratado un detective y he averiguado quién eres».

¿Qué he hecho? ¡Lo he tirado todo por la borda!

Quizás Sébastien le contó a Aurélie que yo tenía un rosario en la cabecera de mi cama. ¡Son tan amigos! Llega el arrepentimiento súbito, y aunque sé que nadie puede verme, me pongo de rodillas trémula de espanto, «perdóneme, Aurélie, estoy desesperada, no sé qué hacer ya, contésteme, por favor, no se enfade conmigo».

Silencio.

Los sollozos del adiós. Por favor. Silencio.

Última vez el dom. a las 03.14 horas.

Es el mismo mensaje que estoy leyendo ahora, que he leído miles de veces. ¿No se borrará nunca?

Se levanta viento, en algún sitio golpea una ventana que suena como una detonación.

12

—Los troncos más verdes ponlos apoyados en la pared de la chimenea y en el centro las ramitas secas formando una pira.

—¿Así?

—Sí. Ahora mete debajo el papel hecho una bola.

—No tengo papel, ya no compro periódicos.

—¿Qué tienes entonces?

—Pastillas.

—Bien, son más rápidas, aunque no me gustan mucho porque huelen a gasolina, coge esos dos troncos secos y ponlos en cruz por encima...

—Pero apagarán la lumbre.

—No, déjalos un poco elevados, apoyados el uno en el otro.

—Creo que pondré tres, papá, ¿por qué estás muerto?

—Cuando prenda, arrima los troncos verdes,

—¿Por qué me dejaste sola? Papá, no estaba preparada aún, podías haber aguantado un poco más.

—Acuérdate de tener siempre ramas pequeñas, las puedes coger tú en el bosque, no hace falta que compres astillas... Pilarita, ya tendrías que haber aprendido a hacerlo.

—Papá, ya sé que tú no me estás hablando, que son figuraciones mías..., ni tú ni mamá...

—No empieces a toquetear el fuego como haces siempre.

—Papá, vosotros no existís, ¿verdad?

—¿Cuántas veces te he querido enseñar a encender la chimenea? Nunca me escuchabas.

—Os moristeis y ya, se acabó, solo estáis en mi imaginación.

—Mira, ha prendido, vas a tener un buen fuego toda la noche.

—Papá. No te vayas, por favor.

La infatigable lluvia evoca la desdicha que me aflige. Estoy en Llafranc revolcándome a gusto en la exquisita tortura del recuerdo. El último día, cuando fuimos a la playa y los muchachos cantaban habaneras:

Pregúntales a las estrellas si por las noches me ven llorar.
Pregúntales si no busco para quererte la soledad.
Pregúntale al manso río si el llanto mío no ve correr.
Pregúntale a todo el mundo si no es profundo mi padecer.

Quiero un cielo extenuado de estrellas como aquella noche. Su larga espina dorsal, las clavículas rectas, el hueso en uve de las caderas apuntalando el vientre plano. Los recuerdos son lo único vivo de mi existencia, y estas páginas que estoy escribiendo, estas palabras en las que aún está Sébastien.

Me queda poco para terminar. ¿Qué haré después?

Hace meses que supe quién era. Y qué hacía. En Montpellier. Al día siguiente de enterarme, cuando regresé aquí, me puse a escribir y no he hecho otra cosa desde entonces.

Sí, ya, ya estoy dispuesta, el último capítulo. Hotel Royal.

Nadie quería que fuese:

—¡Y para qué te complicas la vida, qué más da quién es! ¡Solo han sido tres días! —me regañaba Leo para animarme—. ¡No te puedes tomar tan en serio una historia que solo ha durado tres días!

¡Sí! ¡Han sido tres días! ¡Como Romeo y Julieta! «Ojos, mirad por última vez, brazos, dad vuestro último abrazo, y labios que son puertas del aliento, sellad con un último beso».

Me llamaba Carla y fingía desternillarse:

—Por favor, Pilarita, y qué importa por qué lo hizo, ¡para jugar! Qué exagerada eres, ¡novelera! ¡Otra historia que ha terminado y a otra cosa mariposa!

Me gustaría ser de la raza de los que nunca se enamoran, me gustaría también reírme, como hacen mis primas. Que al alemán le siga Santi, a Santi un casado, y vuelta a empezar.

O no, todavía mejor, ¡me gustaría querer como quería antes! Me encendía súbitamente como un fuego de artificio y de la misma forma me apagaba. ¡Hombres que me habéis conocido, adivinabais oscuramente que yo era capaz de amar de otra manera! Y os quejabais:

—Es poca cosa esto que me ofreces.

Y sí, la verdad, era poca cosa.

Como es natural, después de mi última y desesperada conversación con quien se hacía llamar Aurélie, no hubo más mensajes. Escribí y nadie me contestó, aunque su móvil seguía conectado. Primero lo hacía varias veces al día, pero aun ahora, de madrugada, a veces se me van solos los dedos, «amor mío, pienso en ti».

Ahora, también, ahora que lo sé todo. Ahora que sé quién es Sébastien.

Pero entonces llamé muchas veces y no obtuve respuesta. Nadie descolgó.

Lo intenté con número oculto, desde otros móviles, fui a Zermatt a pasar un fin de semana de esquí con mi hijo y llamé desde el hotel, tampoco contestaron. Paseaba por esas diminutas calles suizas sin coches con la mano en el bolsillo del anorak, acariciando la fría pantalla del iPhone, mi viejo amigo. Fui a Florencia para visitar la sala nueva de los Uffizi, llamé desde una cabina, nadie se puso. El teléfono sonaba y sonaba y después se cortaba, sin posibilidad de dejar un mensaje.

Dejé el periódico, «de momento», aclaré, y mi jefe lo admitió porque creyó que estaba enferma, no me planteaba siquiera volver a escribir ningún libro. Vi varias veces *Los puentes de Madison*, ¡un amor para siempre que también, como el de Romeo y Julieta, como el nuestro, solo duró tres días! Y miraba su rostro una y otra vez, cambiaba el retrato de mi perfil compulsivamente, una foto antigua en la que estaba joven y desenfadada, otra que me hice observándome en el espejo de reojo, otra mirándolo a él, triste pero atractiva. Puse como melodía de mi móvil *La vie en rose* en un solo de trompeta de Louis Armstrong, y tecleé mensajes en Twitter que solo entendería él, si los leyera, que no lo sé, «los barcos aún no han llegado a puerto». En realidad, si soy sincera, casi había perdido toda esperanza, y eran solo el hábito y la impotencia los que me empujaban a realizar estos pequeños gestos ya sin sentido. La excitación, la fiebre que me había mantenido caminando varios palmos por encima del suelo durante dos meses, se había desvanecido, y ya nada me importaba, ¡cuando has volado como los pájaros, cómo te vas a contentar con ser hormiga!

Mi hijo todavía me insistió con el programa de desaparecidos de Mari Luz Barrantes, un detective nuevo, una investigación en el Liceo Francés, pero solo supe mover la cabeza:

—No, ya está, *c'est fini.*

No quise decirle que ya había llamado. Hablé directamente con madame Bernat (su número y su cargo estaban en la web del colegio) y me confirmó que:

—Sí, tenemos varios alumnos nuevos en enero, franceses. ¿Una niña en *sixième*? Un momento que lo consulto...

Esperé pacientemente, no estaba nerviosa, sabía la respuesta:

—No, no, todos son niños más pequeños.

Volvía a tener premoniciones; en realidad me era muy fácil adivinar el futuro:

—Todo va a salir mal.

Pasaron días, semanas, desde la exposición. Leo la emprendió con otro proyecto, «sitios de una casa», y pintaba día y noche un rincón anodino de la cocina, la esquina de un lavabo, una moldura del techo, la persiana... Carla demoraba su ruptura con Santi con mil explicaciones que no eran más que excusas porque no quería dejarlo:

—Me está ayudando a montar una estantería que compré en Ikea, ya he conseguido aprenderme su número de teléfono de memoria, me tiene que llevar a su médico para quitarme unas manchas, le está tramitando a Carlita el permiso de residencia en Estados Unidos, y además, ¡estoy bien con él!

Yo ya no tenía motivos para levantarme, fingía dolores de espalda, debilidad, jaquecas, asma... Solo me duché el día en que no tuve más remedio que ir a despedirme de Ricardo. «Lo envío todo a freír monas, no puedo aguantar más.» Me miré en el espejo del ascensor y no me reconocía. Volví a casa para darme unos brochazos de pintura.

La calle me sorprendió, había olvidado la sincronización de los semáforos y la Vía Augusta había cambiado de sentido.

El pequeño piso que había albergado la editorial, que tanto había representado para nosotros, ya estaba vacío. En las paredes quedaba la marca de los pósters plastificados con las cubiertas de nuestros libros. Estaban apoyados contra la pared y Ricardo me los señaló:

—¿Los quieres?

Me estremecí:

—No, no sabría qué hacer con ellos, son demasiado grandes.

La historia de la editorial, los contratos, mis primeros manuscritos, cartas, recortes de periódicos con reseñas y entrevistas, facturas, fotos, todo estaba en unas cajas de cartón apiladas en el descansillo. Ricardo las señaló:

—No sé qué voy a hacer con ellas... Supongo que las guardaré unos meses y después lo tiraré todo.

Creo que iba a reñirme, pero cuando vio mi aspecto se limitó a decirme con voz estrangulada:

—Pilar, compañera, hasta aquí hemos llegado. —Trató de bromear—. ¿Cómo era aquello que querías hacer de vieja? ¿Bailar country? ¿Necesitas pareja?

Sacó unos papeles de su portafolio y, usándolo de mesa, me tendió un bolígrafo:

—Firma aquí y aquí, así queda liquidado lo que nos unía... Ni tú me debes nada, ni yo te debo nada. —Lo guardó todo y me abrazó con torpeza—. Aparte de los buenos momentos que hemos pasado juntos...

La boca, contra su jersey que huele un poco a naftalina:

—¿Me vas a quitar La Reina Virgen?

Se separó con brusquedad y se secó las lágrimas de un manotazo:

—Idiota, ya sabes que nunca lo hubiera hecho, joder, quién quiere esa mariconada de casa.

Le limpié el jersey lleno de caspa:

—¿Y qué vamos a hacer ahora? —Intenté darle ánimos—. Tú montarás otra editorial, ¡aún has de dar mucha guerra!

Negó con todo el cuerpo antes de hacerlo con palabras:

—No, no, ya he quedado hasta los cojones de este mundo. —Suspiró—. Ya sabes que Pitina está empeñada en que entre en el negocio de su padre, está muy mayor y quiere que lo dirija....

—¿La chatarrería?

Me miró con reproche:

—Hija, ponte al día, ahora se llama Planta de trasferencias de residuos... —Sonó su móvil y me dijo, porque cuando está distraído se olvida de ser grosero—: Perdona...

Le hice un gesto de que me iba, agité la mano, y mientras bajaba por la escalera que tantos recuerdos me traía, oía su voz cansada, ronca de tanto fumar y de tantas noches sin dormir.

—¿Cómo? ¿Quién eres? Ah, hola, Juan... A ver, ¿qué buscas? No, es que yo ya no..., ah, ¿tienes libro nuevo? ¿Cómo? Tío, un bombazo, eso lo dirás tú... Ah, sí, el tema está bien, el tema en realidad está muy bien. —De pronto cambió de tono, era el Ricardo de los mítines en la universidad, era el Ricardo de los comienzos, cuando los dos nos íbamos a comer el mundo—. Oye, ¡no se te ocurra hablar con nadie! Te voy a conseguir al puto amo de los editores..., no, no, yo ahora soy el puto amo de los agentes literarios, no hables con nadie, ¡tú eres mío y solo mío!

Ricardo iba a salir a flote, lo cual me alegró, pero me hizo sentir más sola. Abrí el portal y adelanté un pie como hacía cuando era pequeña para probar el agua del río en Galicia antes de sumergirme toda entera. Decidí ir caminando hasta casa por las callejuelas de la parte antigua de mi barrio llenas de tiendecitas moribundas con carteles de rebajas no sé si de invierno o de verano. Vendo oro, una ofrece «artículos portugueses», ropa de bebé, zapaterías, comercios famélicos que no sabes de qué viven. Tuve un ataque de asma y me apoyé en el escaparate de una tienda. El rumano estaba en su esquina de siempre, pero, como apenas pasaban coches, fumaba un cigarrillo con los brazos cruzados y expresión pensativa; a su lado, la mendiga iba moviendo el cochecito como si llevara un niño muerto dentro, las pieles de naranjas se bamboleaban de forma siniestra. Si cerrabas un poco los ojos, te parecía estar viendo un apacible matrimonio con su recién nacido. Estaban juntos y yo estaba sola.

Puedo ir a Cabo Verde, conozco mujeres muy normales que se tiran a negros de veintiún años y los llaman sus novios.

¿Tardaré mucho en buscarme un Kevin, como Camila?

Yo no tengo caballos, no puedo camuflarlo de palafrenero. Si espero unos años, podría hacerlo pasar por mi cuidador y que empuje mi silla de ruedas.

Para qué esperar, fingiré que he perdido la movilidad en veinticuatro horas, cosas más raras se han visto.

Oí un ruido leve a mis espaldas y me giré a mirar, el cristal en el que estaba apoyada pertenecía a un establecimiento donde vendían animales, y unos cachorros armaban barullo mientras jugaban con virutas de papel. En una jaula mediana estaba encerrada una paloma blanca, que daba vueltas incansablemente sobre sí misma. Tenía un cartel que ponía: «Soy ciega, respeten mi tranquilidad». Movía su cuello blanco para percibir la algarabía de los perrillos.

Qué dolor me causa todo.

Llegué a casa, cogí las llaves, maquinalmente palpé el bolso y me di cuenta de que no llevaba el móvil. Entré y en el recibidor estaba mi hijo con mi iPhone al oído, los ojos puestos en mí y diciendo:

—Ah, hola, ¿eres Sébastien?

Primero me quedé inmóvil y después me lancé hacia él, explosionando como un surtidor de piedras, le arranqué el teléfono de las manos, lo empujé y casi lo tiré al suelo:

—¿¡Qué haces, qué haces!?

Grité al auricular:

—¡¡¡Sébastien!!!

Al otro lado del aparato solo oí una voz de mujer: «Telefónica le informa que no tiene mensajes nuevos, telefónica le informa que no tiene mensajes nuevos...».

Mi hijo apenas podía balbucear, con la cabeza entre los brazos, ocultándose como si fuera a pegarle, asustado y llorando:

—Mamá, si era una broma, es una broma, es una broma.

Acabamos los dos abrazados en el suelo, yo llenándolo de rímel, mocos y lágrimas, y él sollozando:

—Perdóname, mami, era una broma, era una broma.

Al día siguiente los dos fingimos que no nos acordábamos, pero le dije sin mirarlo:

—Me voy a Llafranc, he pedido un permiso en el periódico porque quiero pensar el tema de un nuevo libro.

Sabe que miento, pero ambos nos sentiremos más cómodos teniendo una coartada a la que agarrarnos.

—Así tú también descansas de mí.

Sonrió emocionado:

—Y tú también de mí.

No pude evitar decirle:

—Dale recuerdos a Carlita.

Me miró con asombro:

—Pero, mamá, ¿te estás imaginando que Carlita y yo somos novios o cualquier mierda de esas?

—¿No?

Abrió los ojos con incredulidad:

—¡Pero si Carlita sale con el hijo de Spielberg, que es profesor de yoga en Los Ángeles! —se rio y giró el índice sobre la sien—. Mamá, estás como una chota, ¡si se van a casar por el rito flamenco!

—¿Flamenco? ¿Lo del pañuelo, la virginidad y eso?

Mi hijo se extrañó:

—¿Cómo? No, van a ir a la Pinck Lacun en Australia, que es una reserva natural, y se casarán en una barca seguidos por un cortejo de flamencos y otras aves zancudas.

Y luego soy yo la que está como una chota.

Dejé a Tea encargada:

—Tú te quedas al mando de la nave, llámame si pasa algo, por pequeño que sea.

Es lo que más le gusta del mundo a Tea, fingir que es la dueña de mi casa, que escribe mis libros y que mi hijo es suyo. Cambia las sábanas, se pone bata y zapatillas, se unta con mis cremas y me hace sentir como una intrusa. Extrañamente, *Fender* se resistía a subirse al coche, cuando lo normal es que aúlle para que le abra el portamaletas porque sabe que en Llafranc será libre y feliz.

Pero esta vez no. Todo el viaje miró por el cristal trasero, de «espaldas» al sentido de la marcha. Solo le faltó levantar melancólicamente la pata para decir adiós.

Desde entonces estamos aquí. Aquí he estado escribiendo el libro que ahora concluyo. Ahora soy yo la que levanta la mano, adiós, adiós.

Cuando el sentimiento es tan bestia, deja raíces profundas dentro de nosotros que es imposible arrancar de cuajo de forma inmediata. Aún ayer, sabiéndolo ya todo, porque de todo me enteré en Montpellier, llamaron por teléfono para preguntarme por la situación de la infanta Cristina. Cuando vi que era un número extranjero, sentí un frío sepulcral en el corazón mientras lo cogía:

—*Aló*, soy Sabrina Brevin, de *Le Monde*.

Fue como si Homer Simpson se presentara en casa y se pusiera a hablar. Me quedé pasmada:

—¿Pero tú no estabas en Siria?

Advertí su desconcierto:

—Sí. ¿Cómo lo sabes?

Fue una de esas casualidades que, quizás, si supiéramos más de los mecanismos que mueven los resortes de la vida, no lo serían tanto. Y aun habiendo averiguado que todo fue mentira, pregunté con tozudez de rucio:

—¿No conocerás a un periodista que se llama Sébastien Pagès y que estaba también en Siria?

Su respuesta fue tan breve como esta:

—No.

Así que, cuando me preguntó por la infanta, le contesté a mi vez:

—No sé.

Y colgué el teléfono, hombre, a ver, o jugamos todos o rompemos la baraja.

Aún ayer vino a verme mi hermana y fuimos a comer al Llevant. Soplaba garbí y el viento húmedo barría el paseo y el mar se había tragado casi toda la playa. Donde antes se ensartaban sombrillas multicolores, se tendían toallas, los niños jugaban a la pelota y jóvenes esculturales se regodeaban caminando como sirenas hasta el agua, ahora solo había una cinta de arena encharcada y oscura, con una espuma sucia como baba. La fachada marítima era todo persianas cerradas, y sobre los balcones colgaban ateridos letreros de «se alquila», «se vende», «*rooms, chambres, Zimmer*» que golpeaban contra las persianas con sonidos monótonos.

Mi hermana me preguntó:

—¿Cómo te va el libro?

Y yo contesté:

—Mañana empiezo el último capítulo.

—¡Estoy deseando leerlo!

Bien, helo aquí, hermana.

En el restaurante estábamos solas; el dueño nos acercó una estufa, a pesar de ello, nos dejamos los chaquetones puestos. Hice un último y patético intento de sonsacarle:

—Me ha dicho mi amigo Sébastien Pagès que le reserve habitación para el mes de febrero.

El hombre me contestó con astucia:

—Ah, pues que llame él... Se tiene que hacer la reserva personalmente...

El camarero nos colocó los platos delante, un mero al horno con patatas panadera. Solícito, rondaba alrededor nuestro, pero hasta que estuve removiendo la taza de café no se decidió a hablarme:

—Perdone, señora, pero yo creo que el señor Pagès no se llamaba así... —miró a un lado y a otro, debe de ser un lector contumaz de novelas de misterio—. Un día salió con la llave de la habitación en el bolsillo y yo fui tras él llamándole y no se daba por aludido, ¡y comprendí que no era su nombre!

Y después me preguntó en un susurro emocionado:

—¿Usted cree que podría ir a un programa de televisión a contar todo esto?

Saqué un lápiz de ojos, cogí una servilleta de papel, fruncí el ceño y mi hermana me miró como si hubiera perdido la cabeza. No le hice caso y pregunté con severidad:

—A ver, solo con estos datos, no... Tendría que aportar algo más.

Anhelante, como un perro esperando su hueso, el hombre me preguntó:

—¿Como qué?

—Cuénteme lo que hacía normalmente ese tal señor... vamos a llamarlo Pagès...

El dueño se dio cuenta de que pasaba algo y dudaba entre venir o no. Sin mirarme, el chico me contestaba apresuradamente mientras yo fingía tomar notas:

—Salía todas las noches y todas las tardes hablaba desde los teléfonos fijos en un idioma raro, francés no era.

—¿Podía ser sirio?

Le sabía mal tener que contestarme:

—Yo no sé cómo suena el sirio... —pero barruntó que lo de hablar sirio sumaba puntos—. Quizás sí, sí, ¡sí! Ahora que me acuerdo, ¡era sirio!

El dueño se acercó y le llamó la atención:

—Morales, le necesitan en la cocina.

Guardé la servilleta y el lápiz, ya tan espachurrado que lo tiraré.

Yo también me he convertido en una comedianta, porque sé la solución al misterio, mañana empezaré a escribirla.

¿No contestaba cuando lo llamaban? ¿Hablaba sirio?

Podría hasta reírme. Por cierto, no sé qué voy a hacer con todos los conocimientos sobre aquel exótico y torturado país de Oriente Medio que he adquirido, lo de los trigales y los cebadales. Escribiré a Lonely Planet a ver si les interesan mis servicios.

Mi hermana no me comprende, pero sé que me quiere y está preocupada por mí. Adivino que mis dos hermanas se llaman entre ellas y hablan con mi hijo y no saben cómo ayudarme, porque yo tampoco lo sé. No pueden traerme a Sébastien, no pueden.

O sí.

Aún ayer me entero por la radio del coche de que han soltado a uno de los tres periodistas españoles que estaban secuestrados en Siria. Había sido retenido en un control de carreteras por un grupo yihadista cerca de la frontera israelí (me digo, a pesar de todo, «¡como Sébastien!»), a principios de septiembre («¡como Sébastien!»). En sus primeras declaraciones cuenta que en los diferentes campamentos en los que lo han tenido escondido ha conocido a otros secuestrados.

Me acuesto con el móvil encendido debajo de la almohada, convencida de que me va a llamar y me va a decir:

—Pilar, me encontré a..., espera, lo tengo apuntado en un papel..., Sébastien..., ¿cómo era?

—¿Pagès?

—Sí, eso, y me dijo que lo esperaras, que te amaba y no sé qué coño de unos barcos.

¡Sí, sí, lo sé! ¡Todo era mentira! ¡No hace falta que me lo recordéis! ¡Sí, vale, me he vuelto loca!

Aunque nadie se lo crea, soy una persona bastante inteligente, he estudiado dos carreras de cinco años cada una, doy conferencias, he tenido cierto éxito en mi profesión, la Edad Media y las nuevas tecnologías no tienen secretos para mí, y el otro día *La Razón* dio la lista de los veinte escritores mejores de este siglo. No, yo no estaba, pero sé que por motivo únicamente de envidia y marketing.

Pero en mi mente enferma, la realidad con la fantasía, lo inventado con lo real, las mentiras con las verdades se me mezclan confusamente como en los sueños.

Aunque le he dicho a Lidia que ya me arreglaría sola, viene por su cuenta de vez en cuando. Trastea sin nada que hacer, pero sé que también está preocupada por mí y vigila que no haga ninguna tontería.

¡Leche, que no se preocupen tanto y que me traigan un Sébastien!

Compra comida que se estropea, y que a veces tiro por el váter para que no me haga preguntas incómodas. Se pone a hablar con *Fender*:

—Dile a tu ama que ningún hombre vale la pena menos mi Ahmed, pero ni aun así pondría la mano en el fuego por él. Y que el padre de su camarada sigue esperando, todavía no tiene los papeles.

Oh, dos posibilidades, el padre de Hassan y Kevin, tremendo dilema. Mirar billetes a Cabo Verde.

Cuando la siento llegar, subo corriendo a mi cuarto, si aguzo el oído puedo escuchar todavía la música maravillosa de nuestro amor. Me pongo sobre la cama en las posturas en las que me colocaba él, bailo y doy vueltas por la habitación, me muevo sensualmente, me acerco al espejo y me dirijo miradas terribles, pongo morros, me echo el pelo sobre una ceja, me desnudo lentamente y me miro por delante y por detrás, ya no hay diferencia entre las dos bandas blancas del bañador y el resto del cuerpo. Estoy tan delgada que parezco un gusano lechoso o la superviviente de un campo de concentración. Los brazos y las piernas esqueléticos, el estómago abombado como una virgen de Lucas Cranach, el pecho caído sobre un costillar de pájaro, los muslos flácidos. He adelgazado tanto que los zapatos me van grandes, se me resbala la pulsera que me regaló Sébastien.

Sí, la sigo llevando, que la entierren conmigo y que en la lápida pongan «Pilar y su pulsera».

Los anillos se me caen, y me puedo poner los pantalones sin necesidad de desabrochármelos. Me coloco de perfil. Meto la mano por la cintura como hacíamos en la aldea con mis primas cuando éramos pequeñas, y saco el índice por la bragueta como si fuera un pene.

Pongo voz de hombre:

—Soy Sébastien, hola, hola.

Me inclino frente al galán de noche, «hola, hola», miro al espejo, «Pilarita, te amo por encima de todas las cosas, te deseo». *Fender*, cansado de Lidia, rasca la puerta, lo hago pasar, hola, soy Sébastien, aquel hombre alto, cómo estás, perrito. *Fender* no me presta atención y se arrastra dignamente debajo de la cama. Lleno el lavabo hasta arriba de agua y meto las manos, las muñecas, delgadas, de niña, no han envejecido, en la parte interior se trasparentan las venas azules. Debajo del agua quedan como cercenadas del resto del brazo por pequeñas ondas concéntricas, si tuviera una cuchilla podría cortármelas y me desangraría dulcemente, pero dónde hay cuchillas en esta casa sin hombres y en este siglo de la depilación a la cera y al láser... En el libro que escribí sobre Francisco Franco contaba que después de la guerra se marcaban los territorios que más habían sufrido con la etiqueta «regiones devastadas». ¡Que me pongan el cartelito en la frente, región devastada, y a otra cosa mariposa, como dice Carla!

Venga, el último capítulo.

Porque, después de todo y a pesar de los consejos, decidí realizar un postrer intento para encontrarle y fui a Montpellier. ¡Vamos, Pilarita, la última voltereta! ¡Sin red! Quizás allí hallaría alguna explicación, el motivo de todo esto por idiota que sea, al fin y al cabo Montpellier es la única realidad de toda esta historia porque me lo contó delante de su hija:

—Somos de Montpellier.

Y, estaba segura, el detective francés lo reconoció. Debía de ser uno de sus conciudadanos. Quizás el obispo.

Busqué sus fotos, las copias en papel, sí, me las traje. Son las mismas que tengo frente al ordenador. Cuando termine el libro, las haré trizas y las quemaré. O quizás no. Si este libro llega a publicarse y me entrevistan mis compañeros periodistas, con la grabadora apagada y en la hora de las confidencias de verdad, sacaré lentamente las fotos del bolso y diré:

—Era este.

Decidí ir por carretera, no estaba lejos, doscientos cincuenta kilómetros. Si salgo a las doce, llegaré a las tres, pero antes pedí hora en la peluquería para ir mínimamente presentable, una cosa es morirme y otra es estar fea y peluda. Bajé atolondradamente las escaleras gritando:

—Lidia, Lidia.

Se asustó; me detuve de repente intentando hablar con normalidad:

—No, que voy de viaje un día y una noche y te dejo a *Fender*, ¿te importa?

A Lidia no sé si le gustan los animales, pero *Fender* sí. Abrazó su cabezota y le dijo:

—Verás, ricura, lo que es vivir con una familia normal.

Recuerdo esos días con envidia porque todavía estaba sumida en la ignorancia y la inocencia de una cándida paloma o de una niña. Sí, sí, ahora lo voy a contar, pero antes de emprender el capítulo definitivo me levanto para recabar fuerzas.

Claro que la vida todavía podría sorprenderme, después de todo.

Tomo un poco de whisky puro.

¿Oís ese ruido de pasitos en el tejado? Está lloviendo.

La lluvia ha venido como un ladrón emboscado, la múltiple violencia de la tormenta me impide salir al jardín y la casa se hace misteriosamente pequeña, como si hubiera menguado. Me doy golpes con los muebles, no me hago daño pero tengo las piernas amoratadas, el dedo pequeño del pie, tan deformado el pobre, el hermanito feo de los otros dedos, apenas un bultito, se engancha con la pata de la mesa, no me extrañaría habérmelo roto, pero no voy a preocuparme por una parte de mi cuerpo tan insignificante, en ese pie ya tengo el corte que me hice la última noche con el trozo de botella, y lo de Montpellier... ya lo contaré luego...

Ese pie ya está hecho a todo.

Fender gime. Creo que tiene hambre, y aturdida por el dolor me equivoco y pongo su pienso en el cuenco del agua y las albóndigas se hinchan monstruosamente. Se niega a comer y tengo que abrir una lata, me corto un dedo, la sangre gotea sobre el Silestone blanco de la encimera. Me pongo a gemir, cobardica, ¿y tú querías suicidarte como Séneca?

Ya voy, ya voy. Me siento delante del ordenador. No puedo alargarlo más. ¡Me debo a mi público! ¡Jornada de puertas abiertas! Observen a esta pobre chiflada. ¿De quién será su boca ahora?

No, no se trata de eso. Ya se verá.

En fin, acato sumisamente la obligación imperiosa de ir con el último capítulo en esta remota casa aislada del mundo, rodeada de jardines solitarios, el fuego chisporrotea, desconecto el móvil, me levanto para buscar una Coca-Cola, para poner un tronco nuevo en la chimenea, oigo el viento ulular en esta noche encapotada en la que solo el haz del faro de las Formigues ilumina intermitentemente las ráfagas de lluvia, introduzco una almohada en vertical dentro de la cama para que no sea tan grande, el arbolillo del jardín, recién podado, parece un adolescente que vaya a quebrarse de un momento a otro, con un escalofrío me pongo un jersey grueso, otros calcetines, afianzo uno a uno todos los postigos de las ventanas, cierro con doble llave y antes de instalarme delante del ordenador me hinco de rodillas para suplicarle a la aventura que a partir de ahora se vaya a llamar a otra puerta.

A menos que... A menos que...

13

Me pongo en marcha a las once y media. El viento de tramontana había estado soplando desde el amanecer, se había llevado la lluvia, y el día tiene ese brillo duro y diamantino que marca a punzón la línea del lejano horizonte donde las cumbres nevadas de los Pirineos espejean al sol. Busco a lo loco entre los cedés sin funda caídos en el suelo, pierdo por un momento el control del coche, que se sube a la acera, consigo pisar el freno y el BMW se detiene abruptamente. Miro lo que tengo delante...

¿Cómo?

Creo estar soñando, cierro los ojos y vuelvo a abrirlos.

Y sí, sigue ahí. En el último muro del pueblo, esa noche, una mano anónima ha escrito «Mi color favorito es verte».

Parad máquinas, hermanos.

Echo la cabeza atrás, uno los puños y los agito, primero musito verte..., después grito verte verte, y también, gracias, mundo, sé que estás a mi lado, y también:

—Sébastien.

No puedo evitarlo: bajo del coche y acaricio la pintada, verte, verte.

Vuelvo a subir, y cuando me abrocho, el cinturón son sus manos abrazándome.

¡Mi color favorito es verte, Sébastien! La cinta oscura de la carretera se extendía delante de mí como una alfombra de 273 kilómetros tendida hacia una meta ignota.

¿Quién es? ¿Por qué?

La determinación de moverme, el mensaje en la pared, me habían excitado; toda yo estaba poseída ahora de un entusiasmo eléctrico y nervioso que me impelía a golpear el volante y bailar la cucaracha marcando el ritmo con el freno y el acelerador. ¡Joven, era joven de nuevo porque esperaba un prodigio! Me miré en el espejo del coche con grave riesgo para mi vida.

Sonrisa de idiota.

Bien, no estabas mal, jovencita, volvías a tener el tono bronceado del verano. No era milagro, sino una crema que me había aplicado durante dos días y que me había dejado las palmas de las manos de color naranja. Mi peluquera me había teñido el pelo a mechas y pintado las uñas al rojo vivo, ¡toda yo era un festival de colores! A última hora le había pedido sin mirarla:

—Depilación.

Por si acaso.

No, que quede claro que sabía que las posibilidades eran muy remotas..., pero por si acaso.

Conducía disparatadamente con ganas de danza y desenfreno como si en vez de coche llevara un ultraligero. Cuando vivía en Sitges, en una época sin control de alcoholemia, sin teléfonos móviles y sin hijos, salía de la redacción de *Interviú* a las siete y me iba parando en todos los bares del trayecto. Bares tristes, en los que una mujer con un bebé en brazos, quizás un muñeco, pasaba siempre un trapo mugriento por la barra donde una mampara sucia custodiaba unos boquerones en vinagre y unas ruedas de merluza con una mayonesa de aspecto tan letal que ni las moscas se atrevían a acercarse.

Tampoco había gin-tonics entonces y pedía:

—Un whisky con hielo y agua.

Bebía lentamente haciendo tintinear los cubitos, y luego me detenía en otro y en otro, y después cometía tantas atrocidades por las costas de Garraf que, en una ocasión en que me paró la Guardia Civil, los coches que pasaban aplaudían. La autoridad vio el estado en que me encontraba y me escoltó hasta casa, qué tiempos.

Quería a mi marido, en el trabajo me iba de puta madre y estaba podrida de dinero, ¡mis padres vivían!, pero temía llegar a casa para no asomarme a ese pozo negro, ay, ese pozo negro.

¿Pero quién pensaba ahora en bares deprimentes y sucios? Puse música.

Formidable.
Tu étais formidable, j'étais fort minable.
Nous étions formidables.

Stromae, ven, negro zumbón, que te voy a hacer un hombre. Blanco.

Formidable.

El itinerario es muy fácil desde Llafranc. Tengo que fingir que voy a Barcelona, pero en un momento debo desviarme porque un gran cartel anuncia Girona-Montpellier a la derecha, y ya llego hasta la frontera, de ahí a Perpiñán, Narbona, Béziers, sin posibilidad de pérdida.

Al final, el único que sabe adónde voy es mi hijo. Él sí me ha animado:

—Sí, vete, así te entretienes.

No quiero que nadie me pregunte qué voy a hacer, porque no lo sé ni yo misma. Tengo el estómago contraído, doy botes en el asiento, sé que me va a pasar algo, me lo dicen los Pirineos que se abren majestuosamente para dejarme paso: «Pilarita, estás llegando». «Al fin lo vas a saber todo.»

Quién es y por qué.

Por enésima vez toco el bolso, sí, llevo las fotografías, las enseñaré, miraré a las personas con las que me cruce, preguntaré. Si esto fuera una novela me lo encontraría en una calle, nos veríamos desde lejos, correríamos el uno hacia el otro y nos abrazaríamos al son de una música de violines.

Joder, tía, ¡si lo que pasó es más asombroso que cualquier novela que puedas imaginar, pobre escritora estéril! ¡Pilarita, dile a tu musa que se largue, cejijunta y culibaja, porque no vale nada al lado de lo que te ocurre en la vida real! ¡Que se retire a un hogar de musas jubiladas y que recuerde con sus compañeras sus viejos éxitos!

Risa alegre.

Abro la ventanilla, pongo el dedo medio y el índice en forma de tijera y grito de forma absurda:

—Sébastien, cuidado, ¡te voy a cortar los huevos!

Río locamente con el corazón desbordado. Cruzo el puesto fronterizo de La Junquera. Cuando era joven y roja iba a Perpiñán para ver *El último tango en París* y *Z*, y compraba libros de Ruedo Ibérico en la Librería Española, los escondía debajo del asiento del coche, y pasábamos por aquí fingiendo despreocupación. Mientras nos hojeaban los pasaportes, mi compañero hablaba del Barça para despistar y que no nos registrasen.

Las garitas continúan existiendo, y unos policías con aire aburrido hablan entre ellos sin prestarme atención, pero por algún motivo todavía me hacen sentir culpable, aunque quita ya con ese mal rollo.

Dios, Dios. ¡Que ya estoy en Francia! ¡Sébastien, prepárate, que ya llego! La carretera es más ancha, la tierra es más rica, los pueblos que atravieso son más limpios, las vacas están mejor alimentadas, las casas son mejores y tienen flores en las ventanas. Todo me grita:

Aquí llega la amada del señor,
la más hermosa entre todas las mujeres.
Eres bella y tus ojos son como palomas.

¡La felicidad es un río que me corre por dentro!

Y de forma inesperada, por las guirnaldas que brillan sobre los comercios, caigo en la cuenta de que se acerca la Navidad.

Doy un golpe de volante para desviarme unos kilómetros y entrar en Perpiñán, quiero disfrutar un rato más de esta vigilia refulgente. Me detengo ante un café al borde del río que tiene en la puerta un pequeño monumento a un perro policía que en un incendio salvó a tres personas. Hace cuarenta años ya estaba, y a pesar del tiempo trascurrido, alguien le ha ofrendado una diminuta corona de laurel.

Entro en el bar. ¡Qué cara de franceses tienen todos! ¡Esa boca que parece estar pronunciando perpetuamente la u, ese hombro un poco más levantado que el otro, esas narices rojas que delatan buena vida y buenos vinos! Siempre me asombra que cuando entra alguien en un local, cada vez, estrecha la mano de todos los parroquianos, camareros y propietario.

Me miran sonrientes porque yo también sonrío y me incluyen en la conversación:

—¿La señora es de Madrid?

Niego y aclaro:

—De Barcelona.

Uno más joven levanta su vaso:

—Barça, Messi...

Y yo levanto a mi vez la taza:

—Zidane.

Y ellos:

—Cristiano Ronaldo.

Y yo:

—Sébastien Pagès.

Se hace un silencio, me miran con asombro y después rompen a hablar todos a la vez:

—Ah, el jugador de rugby, ¡la señora está bien informada!

Y con la boca torcida les explico:

—Es que mi novio es francés..., de Montpellier...

Si se asombran de que una señora de mi edad tenga novio, no lo demuestran. ¡Son franceses, diantre, el pueblo del amor! Y ahora todos ríen y entrechocan sus pastís y me invitan a un vaso y yo no puedo negarme y cuando salgo todavía estoy más contenta y solo me queda rezar para que ningún gendarme me pare y me haga soplar por el alcoholímetro. Aunque mis nuevos amigos me han asegurado que estas prácticas no se realizan en Francia:

—¿Qué sería de nosotros si se penalizase tomarse una copa de vez en cuando?

¡Como Aznar!

Hablar en francés me acerca un poco más a Sébastien.

Grito:

—¡Ya llego, amor mío!

De Perpiñán a Montpellier hay 170 kilómetros, campos de cultivo de color marrón hibernan a ambos lados de la carretera, de vez en cuando se ve una cinta de agua, el sol declina rápidamente y tengo que subir la calefacción. Ya me queda poco. Abandono la carretera principal por el desvío de Saint-Jean-de-Védas, atravieso cientos de rotondas y al fin veo sobre la muralla que rodea la ciudad unas letras formadas por lucecitas rojas y azules, Montpellier le desea felices fiestas, eh, Sébastien, mira quién está aquí, entrando en tu pueblo. Eh, eh, sí, yo.

Penetro por una calle bordeada de árboles desnudos de hojas que exhiben espumillón y bolas de colores, pero como aún no es de noche, las luces tienen un brillo apagado y equívoco. Por una rampa desciendo al parking subterráneo donde tengo que dejar el coche, llevo solo una bolsa de mano y voy caminando los diez minutos que me separan del hotel, en el centro de Montpellier. Es una ciudad de aire burgués que me recuerda a Barcelona, con edificios no muy altos y el suelo adoquinado. Hay poca gente y muchas bicicletas que circulan arbitrariamente, de las tiendas surgen melodías navideñas.

Relleno la ficha con nerviosismo, y al poner mi nombre miro detrás como si alguien pudiera leerlo e ir con el cuento a Sébastien, tú, si supieras a quién acabo de ver inscribiéndose en el Royal.

—Tu novia española.

El recepcionista es un hombre atareado pero simpático que me pregunta:

—¿Solo una noche?

—Sí —dudo—, de momento. ¿Si tuviera que quedarme, podría?

—Claro, señora, entre semana todavía quedan habitaciones libres, antes de que empiece la temporada fuerte de Navidad.

Mi cuarto está en el último piso, por la ventana se ven los tejados de colores rojizos que reverberan a la luz del ocaso y presentan todos los tonos del bermellón, desde el granate oscuro hasta un rosa descolorido como viejo papel secante. En una de esas casas quizás vive Sébastien. Oye, miremos los dos a Marte.

Mirado Marte.

Me llama la atención ver pasar tranvías y el tono azulado de la iluminación, unos pájaros negros se apiñan inmóviles en los árboles, debe hacer frío. En recepción pido un mapa. El hombre pone un círculo en los lugares más interesantes:

—Mire, aquí está el Museo Fabre, tienen Delacroix y Courbet, y el Jardín Botánico, ahora en invierno no está muy lucido...

Yo le pregunto:

—Pero el centro, donde va toda la gente. ¿Dónde está?

Me señala hacia la izquierda del hotel:

—A dos minutos, señora, la plaza de la Comedia.

Salgo a la calle, llevo una chaqueta Herno, botas altas y pantalones de pana, hace mucho frío, me envuelvo bien en mi bufanda, me tapo casi todo el rostro. No resulta extraño, porque todo el mundo va así, incluso algunos jóvenes llevan pasamontañas. Presa de una súbita timidez no me atrevo a exhibir mi cara desnuda, cada persona podría ser Sébastien. Ahora en serio, ya que estamos aquí, ¿qué le diría si lo encontrara?

¿Fingiría ser otra? ¿Le haría creer que no lo recuerdo y que estoy aquí por casualidad?

O le cantaría soy tu amada, soy la rosa de Sarón y el lirio de los valles, soy como el manzano entre árboles silvestres y mi fruto es dulce para tu boca porque me muero de amor.

No sé si me saldría en francés todo esto.

Las calles, casi vacías hace apenas diez minutos, ahora están llenas de gente, los niños han terminado el colegio, los adultos sus trabajos. Todos van muy abrigados. Se nota que aquí la tasa de natalidad es más alta, porque las madres cargan con varios hijos, los hombres empujan cochecitos, los Papá Noel agitan campanillas en las puertas de las tiendas y desde los altavoces colocados en plena calle suena obsesivamente el *Noche de Paz*. Las luces de Navidad centellean y me doy cuenta de que todo es azul porque se han empleado *leds*, en los árboles, en los edificios, en todas partes estas bombillas de bajo consumo que dan un frío aire de acuario a la Navidad.

En el centro de la plaza de la Comedia hay una fuente con tres figuras y a su lado un inmenso abeto hecho también de luces azules que se duplican en el suelo de mármol. Seguramente esta plaza en su modo habitual es amplia y elegante, pero ahora parece un zoco árabe porque está llena de puestecitos navideños donde se vende desde fruta hasta baratijas africanas.

Un negro vocea su mercancía:

—Tenemos marfil.

Uh, marfil a mí, con mi pulserita obsequio de Sébastien donde sobrevive una pieza del tamaño de un diente (de leche). En el edificio más grande campea un «felices fiestas» gigantesco que se enciende y se apaga, la palabra

Navidad se ha desterrado de todos los carteles, quizás como respeto a la multiplicidad de religiones que impera en Francia. De los almacenes Monoprix salen vaharadas de aire caliente, música chillona y familias enteras cargadas de paquetes. Un grupo de niños pasan patinando como una exhalación bufandas al viento.

Miro a la multitud con aprensión, de pronto me sobresalto, un hombre alto, con un fular anudado en la nuca, como lo llevaba Sébastien, está mirando un tenderete, saca la mano del bolsillo para acariciar una figura de ébano, ¡la mano grande de Sébastien! Fascinada, me tapo todavía más y me acerco de puntillas, empujo a la gente sin darme cuenta, avanzo dejando un reguero de damnificados que levantan el puño y me maldicen:

—Cerda, terrorista.

A su lado está una chica joven, no es Amandine, habla con ella sin girarse, no le veo el rostro, me voy acercando, casi lo rozo ya, lleva un chaquetón de ante, de repente se da la vuelta con brusquedad y tropieza conmigo, doy un grito, él grita también:

—Perdone, ¿le he hecho daño?

Me ha dado un pisotón a consecuencias del cual me tendrán que amputar el pie seguramente, pero no me quejo, solo tengo ojos para su rostro imberbe de veinteañero y le digo:

—No, perdone usted..., me he confundido...

Me doy cuenta de que no me oye porque llevo la bufanda hasta los ojos, me aparto y me escondo entre la multitud. Voy dando tumbos por la plaza, veo dos o tres sébastienes más, ¡todo Montpellier es Sébastien! El latido de mi corazón es cada vez más débil... La bufanda se llena de saliva, ahora desciende una ligera neblina sobre la plaza, hay tanta gente que apenas puedes moverte y no tengo perspectiva para observar los rostros. Me empujan, pero eso sí, muy educadamente, me piden:

—Perdón, perdón.

A pesar del frío, algunos bares mantienen sus mesas de mármol en el exterior con estufas que desprenden un olor a petróleo que se une al perfume dulzón de los puestos de creps y gofres. Me siento y pido un pastís. Un camarero me trae un vaso con un dedo de licor y la panzuda botella de agua, me gusta el sabor anisado, antiguo, como de misa. Pago por si acaso tengo que irme rápidamente.

La multitud pasa por delante de mí con aspecto fatigado, los niños lloran, todas las familias de Montpellier deben de estar aquí, pero Sébastien no tiene hijos pequeños, hay grupos de adolescentes de la edad de Amandine, en realidad me ha parecido reconocerla en varias niñas, a mis ojos todas las chicas jóvenes se asemejan.

Envalentonada por la bebida, saco las fotos del bolso y las pongo desplegadas en la mesa dirigiendo a la gente que pasa miradas sugerentes, a ver si me van a llevar presa por prostitución, no sé si está penada esta actividad en Francia, aunque yo sé que mi Sébastien no va de putas porque ya me tiene a mí.

Borracha, creo que estoy borracha.

Despliego el mapa y veo un dédalo de callejuelas a nuestro alrededor, me levanto algo tambaleante. Me meto al azar por una bocacalle de suelo empedrado, aquí también hay mucha gente, sobre todo estudiantes bulliciosos, aunque no tanto como si fueran españoles. Está llena de bares, ¿qué hago? ¿Entro? Si tomo un pastís en cada uno me caeré redonda. ¿Entro y me limito a enseñar la foto de Sébastien? A ver si se creen que soy una mendiga de esas que muestran la foto de sus hijos para pedir limosna, al fin y al cabo, ¿alguien, alguna vez, se ha molestado en mirar la cara de esas criaturas?

Al fin me decido por un pub tipo inglés con mucha madera. Me atrevo con otro pastís, me lo sirven con cierta renuencia, veo que allí se toman gin-tonics, pedir un pastís debe de ser como pedir un chato de vino en el Palace. Voy a sacar las fotos pero la cobardía me atenaza, ¡no me atrevo! Las pongo encima de la barra. Nadie las mira. Las recojo como la pitonisa que guarda sus cartas del tarot y salgo a la calle. Ahora se va viendo menos gente, parejas, un hombre cansado con gorro de Papá Noel y un niño dormido a cuestas, dos amigas cogidas del brazo con gabardinas, tacones y medias negras fumando un cigarrillo.

Me siento muy sola, me desanudo la bufanda, ahora me parece absurdo haber venido hasta aquí, quizás Sébastien nunca ha vivido en Montpellier, ¡quizás está de viaje, tal vez vive en el campo! Me meto las fotos en el bolso, estoy mareada, llevo muchas horas sin comer, tengo que cenar algo. Veo un lugar que me parece atractivo, una especie de restaurante librería. Está semivacío, me siento a una mesita, mientras me traen la carta miro las paredes recubiertas de libros, aguzo la vista para ver los títulos, casi todos son temas locales, *La caza en el Languedoc*, *Ferrocarriles*, *Guía de setas comestibles*, hay un gran cartel de la escritora Anna Gavalda, un pequeño anuncio de un festival de hiphop, un retrato en blanco y negro de un hombre de aspecto serio y profesoral, me voy a acercar a mirar la imagen cuando de repente me llama la atención una foto gigante de Stromae, ¡anuncian una actuación de Stromae!

Formidable...

Lo señalo cuando viene el camarero con la carta:

—¿Actúa aquí?

—¿Stromae? Por fin de año, ¿lo conoce?

—Sí, me gusta mucho.

—Es...

—¿Formidable?

Ríe, es un chico joven, menudo y delgado como un yóquey:

—Sí, sí, formidable, eso...

Ahora nos reímos los dos, quizás si me tomase un pastís más me podría ir a la cama con él, de algo me serviría la depilación y mi conjunto de ropa interior de seda natural. Sin preguntar, me ofrece un vino, y mientras limpia la mesa me pregunta:

—¿De dónde es usted?

—De Barcelona.

Creo que me va a decir lo del Barça y Messi, pero me suelta:

—Ricardo Bofill.

Lo miro atónita:

—¿El arquitecto? ¡Lo conozco! Es amigo de una amiga mía y estuvimos cenando juntos hace —¿cuatro meses, un año, una glaciación?—... el otro día...

El chico me informa:

—¿No sabe que aquí ha construido un barrio entero? El Antígona, es la parte moderna de Montpellier, es soberbio, blanco deslumbrante, ¡único en Europa!

No lo sabía, muevo la cabeza con tristeza. Sé tan poco... Soy tan ignorante... Si no hubiera estado tan ocupada con el tema hombres hubiera podido hacer cosas útiles, escribir de nuevo, por ejemplo, la *Enciclopedia Espasa,* dirigir algún gigante mediático, ser presidenta de mi escalera y ponerme pamela y perlas para inaugurar los buzones, yo qué sé. El chico, con expresión astuta, me llena el vaso de nuevo. Le voy a enseñar las fotos. Las sacaré y se las pondré delante y en la guerra como en la guerra.

—¿Para comer quiere algo?

—¿Qué me aconseja?

—¿Un americano? —me señala la carta—. Es un bocadillo con carne de hamburguesa y patatas fritas.

Sí, venga, a lo grande, a tirar la casa por la ventana... ¡cuesta cuatro euros! Claro que es un asco, pero lo como para hacerme la campechana. El chico cobra la última mesa, el local se queda vacío, se mete detrás de la barra a enjugar copas y colgarlas boca abajo como murciélagos. Desaparece y resurge con jersey y tejanos, tiene movimientos algo amanerados, se sienta a mi mesa sin pedir permiso y, en vez de cruzar las piernas, retuerce una alrededor de la otra y apoya la cara en la mano, observándome. Yo apuro el vaso de vino, abro el bolso y saco parsimoniosamente las fotos, las despliego como si estuviera haciendo un solitario y le pregunto:

—¿Lo reconoces?

Si las viera, lo reconocería, sin duda. Pero no mira las fotos. Se inclina lentamente hacia mí, me parece que se va a desmayar, cuando de pronto me toma el rostro entre sus manos, acerca su boca a la mía y me da un beso, una lengua enorme y blanda me llega casi hasta la garganta, me da una arcada, se echa hacia atrás con un grito, escupo, chillo:

—Pero ¿qué haces, qué haces?

No me sale el francés, pero me entiende perfectamente, se lleva la mano a la boca:

—¡Me has mordido!

Se levanta; ahora lo veo enteco, con el pecho abultado

de pichón, no es tan joven como creía, tiene aspecto enfermizo, la piel pálida de premuerto y está medio calvo. Me agarra por el brazo y me arrastra hasta la puerta:

—Lárgate, puta vieja.

Me coge por la nuca y me obliga a agacharme para meterme por debajo de la persiana, y de un empujón me echa a la calle, ahora desierta. Hace mucho frío, con voz temblona, le digo:

—Llamaré a la policía.

Aparece su mano y me tira el bolso, la chaqueta, las fotos, que se desparraman por el suelo. La persiana se cierra de un solo golpe y se apagan las luces. Se levanta un viento helado que arrastra las fotos calle abajo, las persigo una a una, me abrazo a ellas, creo que estoy llorando pero no tengo tiempo de compadecerme de mí misma, pasa un muchacho con la capucha de la cazadora puesta y el rostro en sombra como un monje trapense, lleva suelto un perro bóxer que se acerca a olisquearme con curiosidad, si se lanza a mi cuello y me degüella, no me importa, ¡aquí estoy! El chico lo llama:

—*¡Sansón!*

Sansón levanta la pata e intenta orinar sobre mi bota, huyo corriendo, no se ve ni un alma, las luces están apagadas, se oyen mis tacones resonar contra el piso, atravieso corriendo la plaza de la Comedia, ahora desierta y oscura, sin aliento llego a la puerta del hotel. Intento tranquilizarme antes de entrar, me pongo la chaqueta, me coloco bien el bolso, siento ira y vergüenza, tengo un sabor repugnante en la boca por la mezcla de pastís, vino malo, carne podrida y saliva intrusa, me duele el pisotón que me ha dado el falso Sébastien en la plaza. Ha sido en el mismo pie donde me corté con el cristal el día en el que el auténtico se fue de Llafranc. Hace más de tres meses. Creo que la herida se me ha abierto.

¿El auténtico Sébastien? ¿Existe algún auténtico Sébastien en el mundo?

Pronto lo sabría, pronto.

Cojeando, entro en el vestíbulo, y mi aspecto debe de ser lastimoso, porque el recepcionista me pregunta solícito:

—¿Todo bien, señora?

Balbuceo que sí, aunque estoy a punto de echarme a llorar, ¡lo que daría ahora por estar en mi casa, con *Fender* debajo de la cama y mi hijo en su habitación hablando por el móvil y sin hacerme puto caso! Si no hubiera bebido, si el coche no estuviera lejos, metería mis cosas y me largaría de esta ciudad infernal para siempre.

Aquí ya no tengo nada que hacer. Rápido, rápido, que me espera mi monótono y solitario futuro.

Me decido:

—Mañana despiérteme a las seis, por favor.

—¿Dejará la habitación entonces?

—Sí, al final no puedo quedarme.

No me veo con fuerzas para proseguir esta aventura insensata.

Subo a mi cuarto. Lo primero que hago cuando llego a un hotel es encender el televisor, qué ironía, en la programación regional están retransmitiendo un partido de rugby, supongo que en diferido. ¿La estrella? Sébastien Pagès. Me quito las botas, los pantalones, la colcha es de color granate adamascado, me digo:

—Si tiene flecos, me pego un tiro.

Sí, tiene flecos. La colcha y la lámpara de pie. La almohada es un rulo duro como en todos los hoteles franceses por buenos que sean, este tiene tres estrellas. Cuando me estiro se me clava en la nuca, me toco el pie, me lo miro, nunca hubiera dicho que en la planta del pie tuviéramos huellas dactilares como un pulgar gigante, me lo masajeo, vamos, vamos, vieja, ya hemos hecho bastante el ridículo. Abandone usted toda esperanza y dedíquese a los nietos. Caigo en la cuenta de que mi hijo está soltero y sin ninguna intención de casarse y me enfado conmigo misma por ponerme pegas. ¿Pilar, es que no hay nietos en este mundo?

¿Será por nietos?

Iré a mis vecinas y les preguntaré si puedo cuidar de los suyos, ¡puedo hacer de abuela postiza! Me iré a las puertas de los colegios y robaré unos cuantos niños y les pediré que me llamen yaya. La doctora Compasión cobrará vida convertida en una anciana decrépita que aconseja cómo hacer tapetitos para poner encima de los microondas, quizás pueda conseguir que me patrocine alguna funeraria, «abuela, su caja de pino en cómodos plazos». ¿Qué prefiere, caja de pino o barca de Caronte? Con o sin flamencos.

¿Es tarde? Miro el reloj del móvil y me doy cuenta con asombro de que son solo las nueve, se me cierran los ojos, multitud de niños me persiguen llamándome abuela, abuela, y yo voy con ropa interior y trato de taparme, y los niños siguen llamándome abuela abuela, y viene Sébastien a rescatarme y con su voz dulce y convincente me dice, cálmate, Pilarita, las cosas son así, escasas a propósito. Me duele tanto la cabeza que me despierto, y es tal la obsesión que tengo con Sébastien que aun despierta oigo su voz, me quedo muy quieta, si no me muevo quizás cesará este punzón que se me clava en la sien, miro la lámpara que cuelga del techo, lleva falsas velas y se balancea ligeramente, la voz de Sébastien prosigue, «mi ensayo se llama *Héroes...*». ¡Parece tan real!

Si me pongo algo metálico en la frente, dicen que el dolor se pasa, es increíble, sigue la voz, «es un estudio acerca de la evolución de las noticias sobre la guerra de Siria a través del testimonio de los propios corresponsales...». ¿Una moneda servirá? A ver si llevo alguna de dos euros, «espero que nadie crea que hablo de superhéroes como Batman y Robin, jajaja». Es que hasta la risa parece... ¿Cómo? ¿Una alucinación con risas y efectos especiales? Me quedo congelada en un gesto, «está editado por mi universidad...».

¡Es él!

¿Qué? ¡No puede ser! ¡No es que me parezca oír la voz de Sébastien! ¡Es que es Sébastien!

Dónde, maldición, dónde, miro alocadamente a mi alrededor ya despierta del todo, es de ese anticuado modelo de televisor panzudo de donde surge la voz de Sébastien, aunque otra voz se superpone a la suya:

—Es un texto muy interesante, y más teniendo en cuenta que muchos de esos hombres y mujeres han muerto o han sido secuestrados...

Me acerco a la pantalla, la imagen tiene mala calidad, un hombre consulta unos papeles mientras habla, no es ese, es la otra voz, que hable la otra voz, y la cámara se desplaza y ¡sí! ¡Ahí está! ¡Es Sébastien! Sentado en una silla, hablando. ¡Mi Sébastien! ¡Qué dice, diablos, maldita sea, qué dice, quién es, por qué!

¡No lo entiendo, habla demasiado bajo y no lo oigo! Busco frenéticamente el mando del televisor, es tan antiguo que quizás no tiene, Sébastien, por favor, no me abandones otra vez, me lanzo en plancha al aparato, aprieto botones, pero ante mi desesperación la imagen desaparece. ¡Me he equivocado! Sigo apretando con furia asesina, sale una película en blanco y negro, un partido de fútbol, un programa de debate, ¿se habrá acabado ya? ¡No sé qué emisora era! Al fin recupero la imagen, sí, aquí está.

Como el manzano entre los árboles silvestres.

El otro botón debe de ser el del volumen:

—Lo leyó casualmente Jean-Claude Boulzo, el crítico de *Le Figaro* y...

—... y publicó esa reseña magnífica que se ve en el plasma y por eso lo estamos entrevistando en nuestro programa, «Voces del Languedoc», aquí, en Montpellier Televisión-Sur.

Me retiro, me siento en la cama, me meto los puños en la boca, y sí, aquí está Sébastien, sentado en una silla, una pierna sobre la otra, vestido de invierno, Sébastien. Va cuidadosamente peinado, la barba apenas esbozada ahora rodea esos labios voraces que tan bien conozco, el cuello de la camisa tiene una blancura sobrenatural. Un Sébastien erguido e inasequible que no se molesta en girarse para leer el texto que aparece a sus espaldas: «esperaba encontrarme con una aburrida tesis doctoral y me he tropezado con un libro poderoso e insólito que por momentos tiene lo mejor de Hemingway y Norman Mailer, un canto épico al héroe moderno que combina magistralmente el humor, el análisis de la realidad y las reflexiones profundas, va mucho más allá de un simple ensayo académico», pero yo solo puedo mirar a Sébastien, en la sien le palpita una vena.

Es él.

Me agarro al cubrecama, me lo pongo sobre la cabeza, los flecos sobre la frente, y solo asoman mis ojos como si él pudiera observarme, no hago ruido ni me atrevo a respirar para no perder ni una sílaba, no quiero romper el sortilegio de este instante en el que finaliza mi búsqueda,

¡que me envuelva una mampara de vidrio para aislarme, como a los boquerones en vinagre de los bares de carretera de mi juventud! ¡Que bajen ángeles del cielo porque él ha vuelto saltando sobre los montes!

Silencio, que ahora habla, ¡ahora habla!

—Mi hija me trajo *Le Figaro Littéraire* del colegio, ¡yo no lo había visto! Fue una sorpresa, porque no se trata de un libro destinado a todos los públicos...

—Su hija Amandine... —satisfecho, el conductor del programa señala a sus espaldas—. Ahí está.

Amandine toca el piano en una grabación en el marco doméstico de un típico hogar francés. Una mujer rubia apoya la mano en su hombro mientras le gira artificiosamente las hojas del cuaderno de música. Las piezas de este puzle giran vertiginosamente en mi cabeza sin saber cómo ensartarse.

Sébastien sonríe pensativamente:

—Sí, ahí están Amandine y Kirsten, mi mujer —abate por un momento los párpados—, mi familia.

Tu mujer, no. ¡Tu mujer soy yo! ¡Tu familia soy yo! Sacudo la cabeza como si tuviera insectos dentro, pero la imagen de la pantalla no desaparece, una tristeza llena de fuego y deseo se desploma sobre mí, querría apagar el televisor y volver al tiempo pasado, pero, valor, Pilar, aquí está, quién es y por qué. ¿No era lo que quería? ¡Para esto he venido!

Primer clavo de mi cruz. Se abraza a otra mujer por las noches. Está casado. ¡Está casado! Estas dos palabras se hunden hasta mi corazón, cada martillazo pulveriza a ese hombre solitario paseando por las llanuras sirias. Boqueo, no sé si podré continuar, ¿qué me aguarda?

Ahora cojo el chaquetón y me lo pongo superpuesto al

cubrecama, querría desaparecer, pero al mismo tiempo atornillarme al suelo.

Musito:

—Sébastien.

Aquí está. Sébastien sonríe con frialdad, le adivino el gesto de fumador en sus dedos extendidos aunque no lleve el cigarrillo; cuando veo sus manos, ah, es él, sus manos.

En el faldón sale otro nombre que no quiero mirar, pero es Sébastien. Me siento en el suelo tan cerca que podría acariciar la pantalla. Lo hago. Con una mano. Con la otra saco el iPhone, busco el número de la televisión de Montpellier Televisión-Sur, llamo y llamo, nadie contesta, comprendo que el programa está grabado y la emisora, vacía. Miro la dirección, la sede está en un pueblo llamado Castelnau-le-Lez.

Calma, Pilar, en un momento sabré qué hacer, tan inepta no soy.

Ahora conozco su nombre.

El periodista rebusca en su carpeta, es un hombre mayor con el pelo completamente blanco y chaqueta de tweed, habla un francés cristalino:

¿De qué hablan?

—Usted es profesor universitario.

—Sí, doy clases de Historia Moderna en la Universidad Paul Valéry.

—También se ha dedicado a la política.

Sébastien asiente, estira los brazos para sacar los puños de la chaqueta en un gesto que no reconozco, y responde con sencillez:

—He sido candidato en dos ocasiones a la alcaldía de Montpellier.

El hombre, algo apabullado por la personalidad poderosa de su entrevistado, se relaja por un momento y sonríe:

—Todavía recuerdo las paredes de la ciudad cubiertas con su rostro, se decía que las mujeres arrancaban los pósters para llevárselos a casa.

Claro, por eso lo reconoció el detective. Esos rasgos repetidos cien veces en los carteles electorales.

Sébastien sonríe a su vez con escepticismo:

—Pero después no me votaban.

Qué ansia de abrazarlo y de beber de sus labios, estoy sedienta de él y arrebatada. Me inclino sobre la fría pantalla y la beso.

Ven, pantalla, dejaremos al hombre casado y te llevaré a Llafranc y te hurtaré a la vista de todos. Haremos el amor sobre un lecho de rosas.

El entrevistador vuelve al tono formal y pregunta:

—Corresponsales en uno de los conflictos más sangrientos de nuestro siglo. ¿Para escribir este libro se desplazó usted a Siria?

—No, la verdad es que lo escribí en su mayor parte en un pueblecito de la Costa Brava durante el mes de agosto.

¿Cómo? Escucho estupefacta y boquiabierta.

—Estaba aprovechando la invitación de Sébastien Pagès...

—¿El jugador de rugby? —pregunta asombrado el periodista.

Sébastien sonríe:

—No, por supuesto... Mi amigo es empresario, es el propietario de Vilebrequin, nos conocemos desde la infancia...

¡Hostias! ¡La cinturilla del traje de baño asomando por debajo del pantalón la noche que fuimos a la playa! ¡Ese otro Sébastien Pagès que aparecía incesantemente en todas mis búsquedas en internet, en todas esas jodidas horas buscando!

No, por Dios, segundo clavo de mi cruz. ¡Sí, tú, Dios, tú, tú! ¡No alardees de tu crucifixión, no has sufrido ni la mitad de lo que estoy padeciendo ahora!

Perdóname, Dios, por esta herejía.

Sébastien le ha robado el nombre a otra persona y no ha estado en Siria. Nunca. Existen las crestas nevadas del Djebel Andariyé y las verdes orillas del Éufrates, pero él no las ha pisado nunca. ¡Sébastien, asesino de paisajes!

Hay sonidos raros en la habitación, creo que soy yo gimiendo. Pilarita, cálmate, me arrullo como cuando era pequeña, so, so, misterio descubierto, qué fácil era, para esto has venido, ¿pero os asombrará que os diga que este amor se resiste a morir? ¿Me tomaréis por imbécil si os confieso que queda un resto incandescente como antracita brillando dentro de mí?

¡El decorado es accesorio! Quizás ha sido estúpido preocuparme tanto por ello. A mi amiga Teresa se le ha detectado un cáncer y al principio su máxima inquietud era que se le llegara a caer el pelo. Ahora lleva peluca y me dice, «qué boba era, lo importante no era lo del pelo, lo importante era no morirme».

Que me mientas no me importa, Sébastien.

Tendrás tus razones.

Me importa que no me ames.

El Sébastien que no se llama Sébastien en realidad sino otro nombre que me niego a leer abre los brazos y prosigue aclarando misterios que me parecen tan lejanos como la guerra de Cuba, el velcro y aquellos hombres inmaduros con los que me acostaba:

—Sí, mi amigo me regaló dos estancias reservadas en un hotel que él no iba a poder utilizar, durante una semana del mes de agosto. Yo estaba muy cansado, había dirigido la tesis de doctorado de varios alumnos míos y tenía este ensayo ya en marcha.

No me atrevo a hacer ningún gesto, un dolor inexplicable y angustioso se apodera de mi corazón, sigue y sigue:

—¡El pobre Sébastien se sentía en deuda conmigo! El año pasado fuimos a tirar a las becadas, se le escapó un perdigón y me hirió levemente. —Se lleva la mano al hombro, ahí donde yo metía la lengua—. No tuvo importancia, pero se empeñó en que debía resarcirme...

Me sube una oleada sangrienta al pecho, así que no fue en Kosovo el disparo, pero este Sébastien mentiroso tiene los ojos en llamas y ni aun así puedo dejar de amarle. Qué me importan las becadas y Kosovo. ¿Querías deslumbrarme, Sébastien? ¿No te bastaba con poner en juego el fuego de tus ojos y tus caricias?

Tonto, con eso era suficiente.

—Y fue usted...

—Sí, con mi hija, porque mi mujer estaba en Dinamarca, ya que operaban a su padre. Mire, fue curioso, porque allí me convertí en otro hombre, nadie sabía cómo me llamaba en realidad, no crea, me costó acostumbrarme, ¡muchas veces en el hotel no contestaba cuando me decían señor Pagès!

Se recuesta en la silla, tan cómodo como si estuviera en su casa. Con la misma sonrisa íntima que sacaba a pasear conmigo, en mi habitación, cuando miraba mi cuerpo desnudo a la luz de las velas. Contengo la respiración:

—Fue...

Está a punto de decirlo, sí, lo sé, yo lo animo con los

puños juntos, venga, venga Sébastien, grítaselo al mundo, habla del perfume de jazmines, del rosario encima de la cama, «ojos, mirad por última vez, brazos, dad vuestro último abrazo, y labios que son puertas del aliento, sellad con un último beso», Sébastien, dilo, puñetas, dilo.

Que me conociste, que me amabas.

Sudo, jadeo. Pasan esos segundos en silencio que disparan los audímetros (enamorada y loca, no puedo dejar de darme cuenta de estos detalles profesionales), pero Sébastien se rehace, carraspea, se incorpora y señala a sus espaldas, donde hace poco estaba la imagen de Amandine:

—Hasta mi hija, en broma, me llamaba Sébastien Pagès.

El entrevistador golpea ahora con un dedo sus papeles:

—El libro conlleva un trabajo documental importante...

—Sí, hice decenas de entrevistas a enviados especiales a Siria y me impresionaron sus vivencias. —Se mueve en la butaca y se acerca al presentador, un mechón de pelo sale de la estricta disciplina del fijador—. En Grecia cantaban a los soldados de Esparta, en Roma a los supervivientes de la guerra de las Galias, Walter Scott tenía a sus caballeros, Byron a sus corsarios, hemos llegado al siglo XXI, ¡nuestros dioses están muertos y nuestros héroes son hoy los que difunden la verdad y así tratan de que el mundo sea más justo! ¡Los corresponsales de guerra! ¡Son los ojos de la guerra!

—Los periodistas, dice usted.

Sébastien se recuesta sobre su asiento:

—No todos, no todos. Mire usted, el mecánico de la Mercedes no tiene nada que ver con el mecánico del rally París-Dakar y sin embargo ambos comparten profesión.

Muevo los dedos, «aquí, aquí, que me traigan un Mercedes que lo apaño en un momento, pero primero indíqueme donde está el motor», en el cuarto parece levantarse un viento sutil y el reflejo del televisor esparce una luz blanda sobre las paredes:

—Por eso el libro se llama *Héroes*...

—Sí. Son héroes, pero no son hijos de los centauros como en Grecia, sino personas corrientes, ¡son vulnerables, hacen el amor, mienten, exageran, y por eso su valor merece nuestro respeto! ¡Les cuesta mucho ser valientes! Todo está ahí, en los cientos de mensajes que intercambian con sus familias mientras permanecen en las zonas de conflicto y que me cedieron generosamente.

Los mensajes, los mensajes.

El entrevistador, pensativo, pone las manos frente a sí en forma de tienda de campaña y junta las rodillas, se suben las perneras de sus pantalones y dejan ver unos calcetines de rombos rojos:

—Creo que es esa parte del libro lo que le da su peculiar personalidad. Esos mensajes de móvil son una aportación muy moderna a lo que conocemos como ensayo, hay poemas, canciones, declaraciones de amor y de amistad. ¡Se habla poco de la guerra ahí!

Me pongo la sábana por encima, soy una tienda beduina y miro mi ejecución por una ranura, Sébastien ríe, se le ha desbaratado un poco la corbata y tiene círculos rojos en las mejillas:

—Sí. Montaigne no tuvo esta oportunidad, no existía el WhatsApp entonces... —Ahora parece un muchacho joven con chispas magnéticas en las pupilas—. Es un libro en carne viva, ¡me impliqué mucho!

—¿Es todo real? Parece que han surgido algunas críticas diciendo que usted no identifica sus fuentes o atribuye sus propias palabras a los que están muertos y no pueden quejarse... Esa Aurélie...

¡Aurélie! Me encojo sobre mí misma tratando de exponer la mínima parte de piel posible para el tercer clavo, me entra suavemente hasta el corazón, se detiene a escasos milímetros, aunque lo que sigue en el fondo no me sorprende:

—Aurélie no existe. Yo adoptaba su nombre porque creía que en ocasiones mis interlocutores se sentirían más cómodos intercambiando información con una mujer. —Sébastien se mira pensativamente las manos y ya no parece hablar del libro sino de sí mismo—. A veces el camino para llegar a tus propósitos está pavonado de infamias, pero es necesario...

Infamias, sí.

Las mentiras que me contaste para escribir tu libro quizás.

Y para enamorarme.

Las sombras trepan por mi corazón, siento la vejez aposentada en mi alma, me gustaría esconderme en lo más profundo de la tierra. Lloro.

El periodista le dice impresionado:

—Desde luego, ha escrito usted un gran texto.

Sébastien asiente:

—Le digo que sí, y no crea usted que me mueve la vanidad, porque lo cierto es que en momentos mi mano parecía guiada por una fuerza extracorpórea, ¡lo escribí en menos de un mes!

Dejo de escuchar, qué bien te fue, cabronazo, haber creado a Aurélie. ¡Para tu libro y para lo nuestro!

Me pierdo en ensoñaciones infantiles. ¿Cuando me enviaba mensajes como Aurélie apelaría a esa parte de mujer que según dicen la mayoría de hombres llevan dentro? Me lo figuraba haciendo incluso gestos femeniles mientras me escribía, cuando le pregunté si era guapa bajaría púdicamente sus largas pestañas para contestar no estoy mal. Pero a pesar de saberlo, a pesar de saberlo, me muero por esas largas pestañas estrelladas.

Sébastien prosigue hablando, y ahora se encoge de hombros:

—Y si hay alguien que se sienta agraviado, que me demande.

¿Demandarte? ¡Sí, sí, demandarte! ¡Recorreremos los tribunales de toda Europa y durante los viajes por todos esos sitios haremos el amor en hoteles antiguos y vendrán los sirvientes a golpear las puertas para que dejemos la habitación porque perderemos la noción del tiempo!

Es una idea.

¿También utilizaste mis mensajes, hombre alto? ¿Te gusta cómo escribo, sueño del viento?

Debería odiarte, pero sé que tengo esa sonrisa al bies de retrasadita que se me pone cuando me siento halagada. Pardiez, soy escritora también, además de mujer engañada y desecho humano, y el que no lo entienda a la puta calle.

Porque, quieta, vamos a lo que importa.

¿Todo fue mentira? Pero ¿llegaste a amarme? ¿Me amaste alguna vez? ¿Me amabas mientras me abrazabas y sentíamos ese río de dicha corriéndonos por dentro?

¿Me amabas mientras leías la pantalla de tu móvil? ¿Me amabas como Aurélie y también como Sébastien? Me recuerdo tendida sobre mi cama horas y horas desnudando mis sentimientos, quizás ibas apuntando con precisión de escribiente mis mensajes y calculando tus respuestas con el fin de que siguiera y siguiera desgarrándome el pecho para entregarte pedazos ensangrentados de mi corazón. Pero me amabas.

Cuando corría por las calles escribiéndote y tropezando con las farolas. Me amabas.

Me querías. O no. O sí y no a la vez.

Pero Pilar, ¿te das cuenta? ¡Estamos en la misma habitación! ¡En la misma ciudad!

Ya sé qué hacer, como conozco su nombre, mañana iré a verlo. A ese, a ti, señalo la pantalla, doy golpecitos con el dedo «o si, o no, o si y no a la vez». Y «a ti, a ti, a ti». Y más bajito:

Formidable.

Sébastien mueve las manos lentamente y mira a su interlocutor con sus ojos profundos bajo las cejas de terciopelo.

No lo escucho, quito el sonido y repito como un mantra:

—Sí y no a la vez, sí y no a la vez.

Me acerco más a la pantalla, me siento frente a ella y la acaricio.

—Te quiero.

Y luego me pellizco hasta el dolor en el brazo porque creo estar soñando, ¡lo he encontrado y es real! ¡Iré a verte! ¡Mañana iré a verte! Pero de pronto me pido perdón y me doy besos, cuerpo, perdona, recuerda cuánto te han amado.

Me acaricia el pecho. ¿Recuerdas, Sébastien? Todo era verano y los muchachos en la playa cantaban

Pregúntales a las estrellas si por la noche me ven llorar.

Así es, llegará la noche con sus negros pavores, pero el amor que he sentido por ti me mantendrá con vida.

Mañana lo veré.

Canturreo y con la punta del pie le doy al botón del sonido, vuelvo a escuchar:

—¿Dejará la universidad?

A Sébastien se le endurece la mirada:

—Claro que no, ¡soy incapaz de romper mis compromisos! —bromea—. Puedo serle infiel con este libro, pero sabe que no voy a abandonarla nunca...

El entrevistador sonríe también:

—¡Parece una relación conyugal!

Sébastien está a punto de decir algo, las palabras quieren salir de nuevo de su boca raudas como golondrinas viajeras, pero al final se encoge de hombros y se calla. Yo sé lo que iba a decir.

Ibas a hablar de mí, ¿verdad, hombre del norte?

Me acaricio ahora la cintura y el hueso sinuoso de mi cadera porque me muero por esas largas pestañas, ¡el sentimiento arde dentro de mí con más fuerza que nunca!

Se termina la cosa, sí, sí, vaya terminando, amigo, váyase a su casa que mañana estaré yo allí. Sébastien esboza un gesto de despedida, gira con lentitud el cuello y por un instante me parece que me mira a mí directamente, baja la voz, me habla a mí, lo sé.

¿Cómo lo sé?

Recuerden, se lo dije al principio, ¡soy adivina autodidacta!

—A veces desearías dejarlo todo. —Su mirada penetrante horada el espacio, extiende una mano, sí, aquí está la mía también, se tocan las yemas de nuestros dedos a través de un cristal que parpadea—. Pero no puedes atrapar una mariposa sin matarla... Es mejor olvidar y tratar de seguir adelante con lo que tienes...

Y aquí deja ir suavemente dos palabras que solo yo entiendo y que le dan sentido a todo:

—Tuve miedo...

Y es tanta la desesperanza de su voz que me gustaría esconderme en lo más profundo de la tierra. Espera, Sébastien, volveremos a vernos, una vez más, Sébastien.

Te asustaste.

Por favor, no me cierres la puerta.

Iré mañana. Será fácil localizarte ahora, sé tu nombre.

No sé qué voy a decirte.

Lloro. Sigo con la mano pegada a la pantalla. No te vayas, aún no.

Largo silencio. El periodista se levanta para despedirse, pero se frena ante la seña del regidor que supongo le dice que tiene un par de minutos más de tiempo y se ve obligado a improvisar:

—Me han dicho que usted escribe con bolígrafo...

Sébastien asiente:

—Sí, porque para estos trabajos, digamos lúdicos, no utilizo el ordenador..., son manías. Tampoco uso el teléfono móvil para hablar con mi familia, Kirsten y yo siempre que podemos nos comunicamos por teléfono fijo.

—¿Le ha gustado el libro a ella?

—No lo ha leído, no lee francés a pesar de que lleva tiempo viviendo aquí... —Sonríe—. Hablamos danés entre nosotros...

El idioma extraño que oía el camarero del hotel...

Qué sencillo era todo, ¿verdad?

¿Y qué mierda importa ahora eso, Pilar?

¡Siempre yendo al detalle insignificante, joder!

—Usted se lo ha dedicado, ¿no? —El hombre se pone las gafas y lee—. «Para ti, dos barcos que se cruzaron en la mar».

Sébastien levanta el índice y el dedo corazón y los cruza vagamente.

Silencio de catedral. Dos barcos que se cruzan en la mar. Allí donde está el secreto de los ojos abiertos de los peces.

Me dedicas a mí el libro, amor. Somos nosotros, ahora lo sé, así que, a pesar de que lo has intentado, no has dejado de pensar en mí... Respiro hasta que el oxígeno me llega al vértice inferior de los pulmones.

Me quieres, entonces, hombre alto.

El presentador ahora sí que va a despedir la entrevista, y coge familiarmente a Sébastien por el brazo:

—¿El verano que viene regresará allí y escribirá otro libro?

El verano que viene estarán las mismas estrellas, te lo juro, las he convocado. Pero Sébastien descarta la posibilidad:

—No, no, mis clases y mi trabajo académico me llenan totalmente, esta «infidelidad», esta pequeña incursión por un mundo que no es el mío se ha terminado. —Vacila, no sabe si proseguir—. Tampoco me gusta regresar a los lugares que han sido importantes para mí. ¡No te puedes bañar dos veces en el mismo río!

Se me alza en el pecho una algarabía de pájaros y amargura.

No te vayas, aun no, no otra vez.

Pero mañana iré a verte. ¡Solo era miedo!

Mi corazón es un tambor retumbante. ¿Y si no te encuentro?

Me quito los velos de un manotazo, sin darme cuenta doy golpes ciegos contra el aparato, que se tambalea, está a punto de caer, me retuerzo los dedos escalofriados, noto serpientes que me corren por dentro, grito:

—Sébastien, Sébastien.

Porque la pantalla se ha fundido a negro y después de tantos meses Sébastien se desprende de mí como de un abrigo viejo y se va a su vida. Para siempre.

O no. Quizás este libro que estoy terminando sea tan solo una añagaza para hacerlo volver a mi lado.

Estoy tratando de comprarte, Sébastien.

Tú, tú, si lees estas páginas, ven a mí, volvamos a nuestras noches delirantes. ¡Tu nombre es como un ungüento derramado! Vuelve a navegar por mi cuerpo, besémonos lentamente, tus manos, ah, tus manos.

Grito, estoy gritando mientras escribo:

—Sébastien.

Grito Sébastien, grito Sébastien. ¡Su nombre falso se ha grabado con punzón en miles de sueños con demasiada profundidad para que pueda borrarse! *Fender* gruñe debajo de la mesa, golpeo las teclas del ordenador con los puños apretados, el ratón se cae y las pilas se desperdigan por el suelo.

Mi amor, mi amor, vuelve.

Qué oscuro se ha puesto este cuarto de hotel. Le Royal.

Yo no quería un final sombrío y melancólico para mi libro.

Y no lo tendrá, lo juro.

Pero ahora me dejo caer al suelo, el mentón me toca las rodillas, cierro las manos muy apretadas, querría volver al vientre de mi madre, papá, ven, necesito que me expliques otra vez cómo se enciende el fuego.

Mi padre está apoyado en el marco de la puerta con los brazos cruzados, solo se vislumbra el fulgor de su rostro, muy pálido, su voz denota indignación:

—¿Por qué desperdicias tu vida así? ¡Siempre lloriqueando! —Me imita—: Sébastien, Sébastien...

Sorprendida, levanto la cabeza:

—No lo entiendo. ¿Por qué te enfadas conmigo?

Se acerca y me señala desdeñosamente:

—Porque, en realidad, no sabes apreciar la suerte que has tenido, has sentido a tu edad un amor que mueve montañas, provoca guerras, explota como cohetes en el cielo, inventa países, mueve fronteras, da nombre a las constelaciones, ¡da las gracias en vez de gimotear todo el día como una gilipollas!

Y añade, ceñudo:

—Y no sé qué coño hago diciéndote estas cosas. ¡Los padres no debemos entrar en estos temas!

Lo entiendo, a mí también me da vergüenza, como cuando tuve que explicarle a mi hijo lo que eran los condones (me dijo, en el cole hay máquinas expendedoras desde hace cuatro años y se tapó los oídos y se puso a cantar).

En voz baja le suplico:

—Papá, no es así, tú lo sabes...

—¡No te he educado para esto! ¡Me avergüenzo de ti!

Alarga el pie como si fuera a darme una patada, pero al final se limita a mirarme con desprecio:

—Joder, ¿por qué me tomo la molestia de aparecerme a ti si tú te empeñas en seguir viviendo como un gusano? —Me da la espalda, sus hombros se estremecen—. Qué gran desilusión estás siendo...

No lo soporto, de papá no lo soporto, no, no:

—¿Qué? ¿Quién? ¿Yo?

Reacciono, me sube un golpe de sangre a la cabeza, medio me incorporo y le grito soltando un chorro de saliva:

—Pero estás loco. ¡Me es igual desilusionarte! ¡Me importa una mierda desilusionarte! Vete, ¿no estás muerto? ¡No vuelvas más!

Se queda quieto. Pasa la furia y me deshago en lágrimas:

—No vuelvas más, no vuelvas.

Ruedo sobre mí misma, me hago daño en los codos y las rodillas:

—No vuelvas, no vuelvas.

Qué asco de vida me espera, me aterra este futuro ya definitivamente sin Sébastien, gimo:

—Papá, papá... —Está inmóvil, de espaldas—. ¡No es tanto lo que pido! Volver a mirar Casiopea, y la Osa Mayor y la Menor y el baile de los peces fosforescentes y la cinta de nácar del horizonte.

Voy extendiendo uno a uno mis miembros oxidados, soy como una muñeca articulada, dejo las piernas tiesas, pongo el brazo doblado encima de mis ojos con el codo puntiagudo apuntando al techo. La voz próxima de mi padre, ahora muy suave, me dice:

—Eso no puede ser, hija. —No me toca, pero me susurra con la voz quebrada—. ¿Qué más querrías?

Recupero mi voz de niña, sé que estoy hablando sola:

—Que me traigas un vaso de leche caliente a la cama por la noche, que apagues la luz, que mires si la llave del gas está cerrada.

—Qué más.

—Que me borres los recuerdos.

—Qué más.

—Que me pongas la mano en la frente y me digas que tengo fiebre. —Noto que titubea—. Pónmela, papá, por favor... Estoy enferma... No me dejes salir a la calle, mira...

Toso, papá me aparta el brazo con suavidad y me coloca los dedos sobre los párpados, ¡el olor de mi padre! Me quedo inmóvil, el corazón se detiene en mi pecho.

Quizás me muero como él.

—Papá, ¿por qué dicen que la vida es corta? ¡A mí me parece tan larga! ¿Me voy a morir, papá?

—No..., tienes que escribir, es tu única arma para luchar contra la fugacidad y el olvido.

—Pero si yo lo que quiero es olvidar.

—¿Quieres irte a la tumba y llevarte todo lo que has vivido? Qué desperdicio. Estamos aquí para algo, para qué cojones te hemos hecho tu madre y yo. ¡Para qué vinieron desde Irlanda los abuelos de mis abuelos! ¡No somos simples rayas en el agua!

—No quiero una tumba, quiero que me incineren.

—Calla, coño.

Ya no me escucha, se ha ido de mi lado, lo oigo rebuscar por la habitación, sin abrir los ojos le comunico:

—Papá, ya no quiero escribir más, y además sé que no existes.

Oigo el ligero sonido de un lápiz sobre el papel, levanto un párpado y lo veo inclinado a la débil luz de una lamparita, con la lengua fuera como siempre que está intensamente concentrado, trazando unos garabatos. Es mayor, ahora me doy cuenta, ha disminuido de tamaño, tiene la espalda encorvada, su cabeza se bambolea, es un viejo y aun así se esfuerza en cuidarme. Le digo muy bajito:

—Papá.

No me oye, creo que sordea, pero levanta la vista con suspicacia y yo me apresuro a cerrar los ojos, y después se acerca con pasitos leves, arrastra un pie, miro su mano temblorosa de anciano con un bloc con el membrete del hotel en el que, con su letra picuda, ha escrito «todo lo que voy a contar empezó el último agosto...». Con cierta timidez me lo tiende:

—Sigue tú, yo ya te dejo. ¡Es tu oficio, pequeña!

Lo cojo tiritando todavía con el miedo del perro apaleado, sobre mí sus ojos devotos y compasivos. Los cierra y los abre de golpe, joven todavía, un poco joven aún, carraspea, echa mano de sus últimas fuerzas, me arrebata el papel de un zarpazo, lo arruga, me lo tira encima y me grita yéndose para siempre:

—Ponte a escribir, carajo.

14

El conserje del hotel me ha buscado la dirección en el listín de teléfonos y me ha indicado cómo se llega mirándome con curiosidad, pero no le he dado ninguna explicación.

He pagado, 155 euros, sí, la factura que ahora tengo delante de mis ojos, al lado de las fotografías, de las piedras de la playa y la nota en blanco con el membrete de Le Royal que estaba en el suelo de la habitación. Al lado de mi ordenador el resumen de toda una vida en tres meses. Ya va, ya va. Estoy terminando.

Meto la bolsa en el coche, será rápido el trámite, podré estar en Llafranc antes de mediodía. La ciudad se despierta más allá de las ventanillas, se oye el ruido de una persiana metálica al levantarse, un hombre con jersey grueso de cuello vuelto, una colilla en el labio y gorro de Papá Noel suelta un paquete de periódicos delante de un kiosco aún cerrado, y me llega el vago olor dorado del pan recién hecho. El resto de mi vida echa tímidamente a andar.

Tictac tictac, se pone en marcha el segundero de mi futuro sin Sébastien. Pero queda lo último. No hay que tener demasiado valor tampoco, muchas mujercitas lo han hecho, ir a casa del amante, enfrentarse a él.

Decirle, por ejemplo, estoy embarazada y este hijo es tuyo.

Detente, loca de la casa. No es el momento, imaginación desbocada.

Es una calle empedrada a las afueras de Montpellier con chalets antiguos rodeados por muros con yedra. A las siete de la mañana el cielo oscuro ya palidece, oh, tierno y luminoso amanecer.

Oh, esperanza recobrada.

Aparco delante de la verja, en el piso de arriba una ventana brilla plácidamente. Con una rara seguridad en mí misma, recorro el caminillo de grava y pulso el timbre. Pateo el suelo porque hace frío, mi aliento sale en forma de vaho como si fumara.

Se abre la puerta y el vaho se detiene porque me olvido de respirar.

Aquí está Sébastien.

Es un puñetazo en medio de la frente, son los Pirineos desplomándose encima de mí, es una tormenta de rayos y truenos. ¡Qué digo tormenta! ¡Son huracanes, ciclones y maremotos!

He visto atacar naves en llamas más allá de Orión.

Descalzo, con pantalón de pijama, una camiseta negra puesta del revés y el pelo no con gomina como apareció anoche en televisión, sino alborotado y absurdo como si acabara de levantarse de la cama. Como si acabase de hacer el amor.

Siento el cuerpo fláccido porque me han cortado los tendones, caigo de rodillas lentamente pero no llego a tocar el suelo porque me coge y me levanta.

Querría estar siempre así, pájaro en su nido, pero me suelta, me tambaleo, no sé quién da un grito ahogado.

Sí, el corazón se me ha parado, la tierra interrumpe su lento girar alrededor del sol, mueren miles de estrellas.

No podemos dejar de mirarnos, porque primero se reconocen nuestros ojos, los suyos, atroces y fieros, se clavan en mí con tal intensidad que me surge un gemido, un rugido, un lamento primitivo desde las entrañas:

—¿Por qué me mentiste?

Cierra los ojos con lentitud, se hinchan sus fosas nasales. Tensa tanto sus mandíbulas que rechinan, aprieta los labios, respira hondamente. Va a decir algo, pero al final se encoge de hombros y sonríe, ah, esa sonrisa turbada:

—Quería enamorarte.

Asiento. Sí, lo sé. Continúo mirándolo obsesivamente, me recorre un escalofrío de ternura, lo llamo por su nombre falso:

—Sébastien. —Y pregunto sin cambiar la voz—: ¿Por qué me dejaste?

Pasan segundos, o siglos, ¡no lo sé! Se levantan sus pestañas onduladas. Un leve hachazo entre sus cejas. Mirada de lobo enfermo, ojeras sombrías.

Se rehace y me responde con sencillez:

—Tuve miedo.

Muevo la cabeza con incredulidad:

—Pero ¿cómo puedes vivir sin mí?

—¡Apenas puedo!

Me estremezco, me abrigo con la chaqueta. ¡Tuvo miedo, pero vuelve la música de nuestro amor! Voy a hablar y la voz no me sale, carraspeo y al final digo, llorando o riendo, tampoco lo sé:

—Así que era cierto..., me amabas...

De las copas de los árboles del jardín surge la música portuaria y estrambótica de un acordeón, llega un soplo de aire cálido y compartimos la intensa felicidad de nuestro secreto, nos brillan los ojos, oh, juventud recobrada. Tiende el largo índice para tocarme la mejilla, me repasa el arco de las cejas, los labios, sus palabras se impregnan de nostalgia:

—Estás blanca. —Y repite con la voz rota—: ...yo solo quería enamorarte...

Le digo con amargura:

—Y escribir un libro.

Hace un gesto de desprecio con la mano que me avergüenza y contesta con brutalidad:

—¡Eso después! Sí. ¡Y también he usado mensajes tuyos! ¡Eres buena, joder, se me venían solos a los dedos!

Qué más da, Pilar. ¿No estás tú también escribiendo un libro?

Adelanta el pie desnudo y me coge ahora bruscamente por los hombros, me clava contra su esternón, levanto mi cabeza a la altura de sus clavículas y me encuentro con sus labios, ¡el juego de nuestras lenguas!

Las voces antiguas de nuestros besos hasta el alba.

Se oyen ruidos en la casa, me aparto, sopeso lo que voy a decir. Clavo mi mirada en la aldaba de la puerta para no distraerme y le comunico con frialdad de notario:

—Voy a escribir nuestra novela, la de Sébastien y Pilar. Con todo lo que pasó, las verdades y las mentiras... Lo decidí anoche, después de verte en televisión, he venido a decírtelo.

Sonríe triste y compasivo como si sospechara que esto es tan solo un miserable recurso para conquistarlo. Sacude la cabeza y luego asiente aprobadoramente:

—*C'est une belle histoire.*

Y después tiene un gesto que solo le he visto hacer a mi marido: me coge las manos, les da la vuelta y me besa las palmas, primero una, luego la otra. En ese momento surge Amandine de la oscuridad del vestíbulo:

—¿Qué pasa?

Yo retiro mis manos con brusquedad y Sébastien contesta tranquilamente, sin apartar sus ojos de mí:

—Esta señora está buscando una calle.

—¿Cuál? —pregunta la niña con suspicacia, sin reconocerme—. ¿Qué dirección?

¡El callejón del olvido, grito por dentro, que ese es el título de uno de mis primeros libros! Querría vivir ahí, en ese lugar del que no se regresa nunca, pero papá no me deja. Y este oficio cabrón que he elegido tampoco.

Pero no digo nada, claro está. Me doy media vuelta y camino hacia el coche, arranco, escudriño con dificultad los carteles indicadores buscando la palabra *Espagne*. Solo entonces me doy cuenta de que tengo las manos mojadas. Me detengo en la cuneta, paso la lengua por la línea de la vida, las lágrimas saladas de Sébastien se incorporan a mi ADN. ¡Si me hicieran la prueba en mi saliva, dirían que somos hermanos! ¡Para casarnos necesitaremos una dispensa del Papa! Eh, bro, ¿no es tan moderno?

El sol rompe las nubes, me río, creo que río.

Aquí está, Sébastien, nuestro libro. Léelo, en sus páginas cantan las sirenas para ti.

A ver si eres capaz de resistirte.

Es una bella historia.